死相學偵探

最後的案件

三津田信三
Shinzo Mitsuda

目錄

一　安穩的好日子　5
二　出乎意料的訪客　19
三　找出黑術師！　37
四　間諜　54
五　邀請函　68
六　船上的七人　84
七　黑術師的島　97
八　那些服務人員　113
九　晚餐的十三人　134
十　第一起殺人？　154

十一　第二次殺人？　172
十二　三個無意義的行為　189
十三　觀景台　204
十四　第三次殺人？　219
十五　相反的死相　236
十六　第四次殺人？　250
十七　第五跟第六次殺人？　269
十八　連續殺人案的祕密　281
十九　咒術宣告殺人的意義　302
二十　黑術師的塔　323
終章　394

一 安穩的好日子

七月下旬的酷熱午後，「弦矢俊一郎偵探事務所」的冷氣房裡，時光悠然流逝著。

接待區的桌面上，三個布杯排成一直線，前面再擺上一顆布做成的球。然後球被放進其中一個杯子裡，一雙手便迅速地移動三個杯子。

一直到他自己也搞不清楚球究竟在哪一個杯子裡時，弦矢俊一郎才停下挪動杯子的雙手。

「好了，小俊喵，球在哪個杯子裡？」

他詢問的對象，是虎斑貓小俊。

一開始他是拿三個紙杯跟乒乓球來玩，但小俊每次都猜對。可能是停止移動三個紙杯的瞬間，裡面有球的那個杯子會發出輕微的聲響。

俊一郎這麼推測，便請亞弓幫忙做了布杯跟布球。亞弓是曲矢刑警年紀相差甚遠的妹妹，而曲矢刑警跟這間偵探事務所有著牽扯不清的孽緣。她目前還在上學，夢想是成為一位護理師，時常拿著「感謝俊一郎關照哥哥」當理由，擅自進出事務所，主動打理各種雜事。

起初俊一郎只覺得她很難搞，讓人困擾，但日子久了，又不自覺依賴起亞弓。曲矢看不慣，抱怨「你是把我妹當免費勞工嗎？」曲矢難得說出有道理的發言，俊一郎便決定支付打工的薪水，但亞弓總是婉拒，令俊一郎傷透腦筋。

曲矢主動表示願意幫忙，不過他的話不可信，因此俊一郎還是花盡心思去說服了亞弓本人。

「好，那我幫你轉交。」

可是說到底，也不是自己拜託她來幫忙的。

俊一郎頓感心裡不平衡，但亞弓在各方面都幫上忙卻又是不爭的事實。

俊一郎的工作型態特殊，偶爾必須離開事務所幾天，以前都是讓小俊自己看家，但他心底難免會擔憂。實際上，曾經有一隻住在附近、叫作「重金屬」——但俊一郎都叫牠「肥油貓」就是了——長得一點都不可愛、態度又差的貓伺機進門，還引起不小的騷動。

如果當時她就常來事務所走動……

那麼小俊就不會跟那種貓交上朋友，結果最後內心受創了吧？俊一郎忍不住這麼想。或許因為他也曾暗自反省過這件事，心態就不知不覺轉變了，開始歡迎亞弓過來。

最重要的一點是，小俊很喜歡她。

儘管小俊強烈主張自己的名字是「小俊喵」，但俊一郎平常還是都叫牠「小俊」。他的理由是，小時候叫小俊喵當然沒關係，成年後還這樣叫就有點丟人了。

但現在他卻開口閉口都是「小俊喵」，那是因為小俊玩膩這個遊戲了。

「小俊喵，哪一個啊？」

俊一郎都祭出對貓咪撒嬌的聲音了，端正坐在桌上的小俊仍是一副事不關己地看向他處。

「看起來雖然是同一個遊戲，但用的道具不一樣喔。」

他試圖說服，但小俊依然不為所動。

「用紙杯跟乒乓球的話，你耳朵這麼靈，每次都猜對，所以這次我把兩個道具都換成布做的了。」

任憑他好言相勸，小俊仍舊沒有要轉頭過來的意思。

「哎呀，小俊喵，你該不會是不知道吧？」

於是俊一郎改變策略，還拋去輕蔑的眼神，可是小俊連動也不動，眼睛牢牢盯著其他地方。

「喂——陪我玩啦——」

看樣子，弦矢俊一郎偵探事務所目前一片祥和，但這是有原因的。

DARK MATTER研究院那件案子——別名「九孔之罠」的案件——真相水落石出，「黑術師」的左右手「黑衣女子」遭到逮捕後，至今的一連串怪事戛然而止。

那些駭人案件的背後，總是有黑術師的影子。每一起案件都有凶手，真面目也都讓死相學偵探俊一郎一一揭開。可是，把用咒術殺人的特異能力暫時傳授給那些凶手，一次又一次引發驚悚連續殺人案的，就是黑術師。他就是操控一切發生的幕後黑手。

現在回想起來，在距今大約一年又四個月前，俊一郎剛搬到東京，在神保町的「產土大樓」開設偵探事務所，接受第一位上門的委託人內藤紗綾香的委託，在她未婚夫老家入谷家遇上那起連續離奇死亡案——別名「十三之咒」案件——以來，就能隱約察覺到黑術師插手的痕跡了。後來，與黑術師有關的淒慘案件一口氣暴增，簡直就像對方之前一直在耐心等待他以死相學偵探出道，活躍於案件偵查似的。

這位黑術師的真面目至今還查不出來，唯一能確定的事情只有，他會增強每個人心底潛伏的惡念，讓它逐漸膨脹成殺意，再把用咒術殺人的方法教給他選中的人，誘使對方犯下連續殺人案——這種令人難以置信的行為，至今已多次出現。

花心思打造殺人案的凶手，做對方的後援，這樣的舉動究竟有什麼意義呢？就連黑術師的動機到底是什麼，目前也不清楚。被選為凶手的那些人，還有他們各自犯下的案件，也找不出任何共同之處。如果硬要擠出一個答案，就是每一起案件都會往獵奇連續殺人案的方向發展吧。

或許可將黑術師當作是愉快犯吧。

以上是黑搜課的見解。黑搜課設在警視廳下，是專門對付黑術師的最高機密團隊，只有高層才曉得這個單位的存在。搜查員都是從警視廳各部門或各縣警方網羅而來，有些人是暫時調動部門，有些人算是外派，不過從他們的工作內容來看，可知每位成員都是菁英中的菁英。

在這群菁英裡，就只有曲矢一個人格外突兀。當初會找他加入黑搜課，是因為該課負責人新恒警部想要借助俊一郎的力量。俊一郎以偵探身分調查入谷家的案子時，曲矢正好是該轄區的刑警，兩人從此結下這段孽緣，於是新恒警部就相中曲矢來擔任聯繫俊一郎的窗口。

可以看見其他人身上出現的死相。

是俊一郎從小就擁有的特殊能力。他住在奈良杏羅町的外婆，是這個領域中名聞遐邇的靈媒，大家都暱稱她為「愛染老師」。她的信徒——不，是粉絲，遍布各行各業、各個年齡層，不僅有鄰居家的小朋友，也有各界的掌權者。依照對方前來商量的事情大小及嚴重程度，她有時只會收人家一顆糖果，有時卻會喊出不合理的天價，完全是精於算計的個性。為人又總是快人快語，從不顧忌太多，這種性格一個不小心就可能惹禍上身，但她卻意外深受各世代及各界人士的喜愛。

待在外婆身邊幫忙靈媒的工作，於俊一郎而言算是一種修行。他從中慢慢學習該如何運用自己的力量去駕馭能夠「觀看」他人死相的特殊能力。外公稱這種能力為「死視」。

由於死視的緣故，他從小就遭人排擠。周圍的人時常罵他「惡魔之子」、「怪物」或「死神」，不願接納他。然而，在協助外婆的過程中，他獲得了大量一般校園生活沒機會接觸到的經驗。他今天能成長到這種地步，可說都多虧了那一段歷練。

只可惜，還有一個大問題，他仍舊不善與人溝通。只要繼續在外婆身邊幫忙，他就等同於一直待在溫室裡，如果不跳脫這種狀態，他絕對沒辦法真正獨立。

外公擔心俊一郎的將來，等他一成年，就勸他去東京獨立開業，促成了後來弦矢俊一郎偵探事務所的誕生。不過事務所剛開張時，他因為拙於應付人際關係，吃了不少苦頭。

順帶一提，外公弦矢駿作是一位怪奇幻想作家，擁有一批死忠粉絲，由於作品內容太恐怖，還傳出「只要讀了就會遭到詛咒」的流言。然而，那些流言也不見得完全是騙人的，因為外公的小說裡，確實埋藏著連讀者都不曉得的駭人祕密。

外公外婆在杏羅町的家，中庭有一座塚，外婆把從委託人身上祓除的穢物都封印在裡面，也就是說，那些惡念或邪靈都關在塚裡了。不過如果長年只進不出，總有一天會瀕臨極限。到時候，多年來不斷累積的邪惡能量說不定會融合成一股新的力量徹底爆發出來。兩老心裡想必懷著這層隱憂。

因此，外公拿外婆清除的那些壞東西來當作題材，撰寫小說，透過創作的形式將它們封印在一個虛擬的世界，達成雙重封印的效果。從這一層角度來看，外公也擁有了不起的特殊能力。

這項實驗據說成功了，除了某次恐怖意外，那座塚不曾出過問題。

那個意外到底是什麼呢？

外公外婆堅決不肯透露半點口風，只是嚴肅叮嚀「以前出過那種差錯，所以你絕對不能隨便靠近那座塚」。

外公認為，俊一郎的死視能力，多半是外婆這位靈媒的龐大能力藉由不同形式隔代遺傳而來。不過外公作為一位怪奇幻想作家的特殊能力，想必也傳給了俊一郎。

在外公的推波助瀾之下，俊一郎來東京創立了偵探事務所。一如所料，他沒辦法跟委託人順暢溝通。

外婆也有不少顧客來自警界，更是透過警方高層的介紹，認識了黑搜課負責人新恒警部這位知己。照理說，要尋求俊一郎的協助，應該不是難事，不過警部考量到俊一郎不善與人來往的性格，認為「要在中間安插一位熟人比較妥當」，曲矢才會雀屏中選。只是對兩位當事人來說，這份體貼說不定同時也帶來了困擾。

後來，俊一郎與黑搜課諸位成員——新恒警部、曲矢主任、唯木搜查官、城崎搜查官通力合作，一次次調查黑術師牽涉其中的離奇案件，並在這個過程中，逐漸建立起深厚的信賴。當然外公外婆也在背後鼎力相助。特別是外婆，好幾次發揮自身能力及豐富人脈成功救援。不過這些服務可不是免費的，外婆精明得要命，諮詢費跟調查費從來都沒在客氣的。

每解決一起案件，俊一郎與人溝通的能力就進步幾分，現在他已經能與他人如常談話了，這是初抵東京時根本無法想像的變化。不對，應該說「幾乎如常」吧？總之，無論他個人樂意與否，那些案件都迫使他不斷成長，而周圍人們的協助，自然也是功不可沒。

其中功勞最大的一個人，不對，是一隻貓，正是虎斑貓小俊。除了外公外婆，俊一郎小時候沒有朋友，只有小俊親近他，一直陪在他身邊。因此俊一郎前腳剛搬來東京，小俊後腳就立刻跟來了。但他原本也打算趁這個機會「學習不依賴小俊獨立生活」，因此狠下心要把小俊趕回去，不過最後小俊卻理所當然般地在偵探事務所落腳。

儘管一開始是被迫接受，但這些日子以來，小俊的存在對俊一郎幫助極大。不光是在精神層面上給予他支持，甚至在解決案件上提供實質的幫助。小俊活躍的程度遠超乎一隻貓的能力範圍，甚至曾讓俊一郎認真懷疑：「小俊該不會是化貓妖怪吧？」

牠從小在具有異能的外公外婆家長大，可能是某一天忽然獲得了特殊能力也說不定……俊一郎最近終於開始這麼猜想。

不過在三個布杯子前，把頭扭向一旁的身影，怎麼看都只是一隻普通的貓。

「喂喂，你真的不知道喔？」

俊一郎故意出言挑釁，小俊依然是那副不甘我事的表情。

「這樣啊，我原本還想說要是你猜對了，就要送你獎品呢。」

小俊的雙耳剎時晃動了一下。

「而且是很好吃的獎品喔。」

……喵。

是什麼？小俊彷彿開始好奇了，臉稍微轉了一點點回來。

「是竹葉魚板～」

俊一郎趁勝追擊，小俊完全轉回正面了，目光炯炯地盯著三個布杯，歪著頭思索。竹葉魚板是小俊最愛吃的食物。

「只是呀，要連續猜中三次才有。」

俊一郎立刻追加條件，小俊卻沒有露出不滿的神情，只是抬起前腳比了比最右邊的布杯。

「這個嗎？你確定要猜這個？要換的話就趁現在喔。」

俊一郎露出奸詐的笑容，故意說些動搖小俊意志的話，不過……

喵。

小俊只是叫了一聲，像是在催促他快點掀開杯子。

「嘿！」

俊一郎喊出聲的同時打開布杯，下面出現了布球。

「厲害，小俊，你贏了。」

喵～嗚。

小俊應的這一聲，並非是「那當然」的意思，而是在抗議「叫我小俊喵」。不過——

「賭上竹葉魚板的比賽，第二場要開始囉。」

俊一郎一這麼說，牠的雙眼瞬間又緊盯住那三個布杯。

「好，開始！」

先在最右邊的布杯裡放進布球，再把杯子連球一起換到最左邊，然後移到中間，接著……多次重複交換杯子的動作後，就連俊一郎自己都搞不清楚現在到底哪個布杯才是正確答案了。

「好。」

俊一郎心想應該差不多了，便停手。

「是哪～一個呢？」

小俊又偏頭思索，目光不斷在三個布杯間移轉。瞧見牠這副模樣，會以為牠不確定答案，但下一刻抬起前腳輕戳左側布杯的神態，又充滿了自信。

「你真的要猜這一個嗎？」

喵。

兩人重複剛才的對話，然而這一次也是小俊贏了。

不過，俊一郎就算輸再多次，內心依然感到滿足。因為能和小俊專心玩耍的安穩日常，是極為寶貴的溫馨時光。

黑術師在暗地裡的活動戛然而止，反倒顯得情況詭異。儘管可能是因為……那傢伙的左右手黑衣女子落入黑搜課手中的緣故，但這件事應該不至於對他造成那麼大的影響。更何況，黑術師身旁還有另一位左右手「黑衣少年」才對。

「這麼一來，有可能的原因就是——」

距今正好兩週前，黑搜課找俊一郎去旁聽搜查會議時，新恒警部陳述了自己的解釋。

「黑術師停手的原因，應該是想要觀察我們的下一步。」

「換句話說，他是為了準確掌握住，黑搜課究竟從黑衣女子口中問出多少關於自己的資訊，才會按兵不動，等我們先出招。你的意思是這樣嗎？」

俊一郎詢問後，新恒朝他投去像是老師在對表現良好的學生報以微笑似的讚許目光，點頭。

「不過呀，就那個黑術師來說，這個策略不會太軟弱了嗎？」

曲矢則用像是壞學生吐嘈優等生的語調說。

「我也這麼認為，不過截至目前為止，黑術師從來沒有遇到過挫折吧？」

「也是啦。」

「說不定黑衣女子被捕這件事帶給他的打擊，遠比我們預想的還要大。」

「黑術師有這麼玻璃心嗎？」

「總之，這件事就是衝擊到他了。」

「你這傢伙，還是這麼天真。」

「曲矢刑警，你還是這麼彆扭。」

「你說什麼？」

兩人只要交談，十之八九都會吵起來。新恒似乎已經很了解這一點，若無其事地往下說：

「我剛才的解釋，只要稍微換一個角度去思考，意義就會截然不同。黑術師要觀察我們的下一步，可能並非遭受打擊的緣故，而是想要冷靜評估黑搜課的能力——我是這麼推測。」

「你這樣講，我比較能接受。」

曲矢的口吻依然粗魯，不過對方可是新恒警部，話語中自然是沒有帶著找碴的意味。

「關於黑術師的藏身地點……」

俊一郎開口時語帶顧慮，因為他也很清楚，這段時間黑搜課一直在全力搜查黑術師的下落。

「很遺憾，還不曉得。」

新恒一臉沉重地回答。

「不過我們已經收集到滿多線索了，現在也繼續借助DARK MATTER研究院各位成員的力量，從黑衣女子身上套問情報，這次的結果應該值得期待一下。」

上起案件發生的舞台——DARK MATTER研究院，裡頭有多位異能者，其特殊能力分別是透視、預知、心電感應、幻視及讀心。因此黑搜課請求研究院方協助，善加運用他們的能力，來對堅決保持沉默的黑衣女子進行偵訊。

「不過我們獲得的這些資訊，該如何分析、整合成可信的推理，就需要借助像弦矢這種名偵探的力量。」

聽新恒說這句話，已是兩週前的事了。這段期間內，俊一郎並未收到任何聯繫。這多半就意味著，黑搜課尚未獲得足以進行分析的充分資訊吧。

暫時過一下這種安穩的小日子，感覺也挺好的。

俊一郎聽著小俊在輕易連續猜中三次後，發出「給我竹葉魚板——」的叫聲時，心裡一面對自己這麼說。

喵～嗚，喵。

快給我吃。小俊不停催促。俊一郎望著這一幕幾乎要笑出來，臉上卻刻意擺出認真的表情。

「我知道，我會遵守約定。不過呀，如果你現在就不玩了，就只能吃普通的竹葉魚板，但如果再玩三局而且全部都贏了，那我就給你高級的竹葉魚板。怎麼樣？小俊喵，你要接受挑戰嗎？」

小俊歪頭思索，圓滾滾的雙眼直直盯著俊一郎。

應該沒騙人，但背後有什麼陰謀嗎？

牠一臉很想這麼問的表情。那副認真的神態，可愛到令人難以招架，俊一郎忍不住抿嘴微笑，出言保證：

「你不要擔心，家裡的冰箱真的有放高級的竹葉魚板啦。」

吼～

小俊接受挑戰，站起身，昂然宣告必勝的決心。

叩、叩。

幾乎同時間，事務所的大門響起敲門聲。

「請進。」

今天沒有委託人預約，不過很多拿著有力介紹信的客人都不會事先聯絡，總是忽然造訪。可想而知，大家一定是一想到要去找死相學偵探求助，就猶豫到最後一刻才能下定決心吧。

「門沒鎖，請進。」

於是，俊一郎只要聽到敲門聲，就會盡量用輕鬆的語調回應。回想事務所剛開張時，他頂多只會應一聲「誰？」就能知道他真的成長了不少。

他從沙發起身，繞過屏風，準備迎接對方。從這一點也能看出他的改變。如果在從前，他只會繼續坐在辦公桌前的椅子上，傲慢無禮地接待委託人……

「打擾了。」

開門走進的那位男性，外表看起來比真實年齡年輕。從他頭上參差的白髮來看，年紀至少介於四十五到五十歲之間了，不過那張隱約浮現笑意的臉龐，卻流露出少年的氣息。一身輕鬆寫意的打扮，也很符合這份氣質。真是位不可思議的人。

「請問是有事要委託我嗎？」

聽見俊一郎的問題，對方笑意加深。

「我是很想請你觀看我啦。不過要是觀看後，你真的說我身上出現了死相，那我也是很傷腦筋。」

俊一郎清楚感受到，對方見到死相學偵探弦矢俊一郎高興得不得了的心情。

……他，他是誰啊？

俊一郎心裡難免有些不舒服。

「那個，不好意思……」

他開口要詢問對方的身分時——

「啊，抱歉。」

那位男性露出帶著幾分慚愧的靦腆笑容。

「虧我都活到這把年紀了，但終於親眼見到傳聞中的你，我實在太興奮了，真不好意思。」

說完，他先行個禮，便自報姓名。

「我叫作飛鳥信一郎。」

二 出乎意料的訪客

俊一郎的反應別說是遲了一拍，根本就是整整停頓了三拍。並不是他沒聽過這個名字，恰好相反，正因為他從好久以前就十分熟悉這個名字，此刻真人忽然出現在眼前，大腦一時半刻無法相信。

「那、那個……」

他勉強找回自己的聲音。

「朱雀地區夏日祭典的珍奇秀上嬰兒憑空消失的案子，發生在茄叉兔的學生宿舍裡的學生毒殺案，奧白庄的岩壁庄發生的高中生屠殺案，還有鮑予鑼群島的狗鼻島上發現五個剛斬首的活人首級案等，以非官方身分協助偵破多起離奇案件的知名業餘偵探，你就是那個……飛鳥信一郎嗎？」

「我絕對算不上知名，但沒錯，就是我。」

「哪會，在警界相關人士中，你都成為一種傳說了。」

信一郎開懷大笑。

「怎麼感覺我好像忽然老了。」

「我、我不是那個意思……」

俊一郎頓時手足無措，信一郎愉快地望著他的反應。

「在警界相關人士中，絕對是你比較有名。」

「怎麼可能……」

「我只是業餘偵探，你可是貨真價實的職業偵探。」

「不、不敢當。」

喵。

這時，小俊在沙發椅背上叫了一聲，表示：「你們是要站到什麼時候？」

「啊，不好意思，請坐。」

俊一郎邀請信一郎到接待區。

「你就是死相學偵探那位聰明又可愛的助手小俊喵嗎？」

信一郎望著小俊這麼說，令俊一郎相當驚訝。

「你知道？」

「小俊喵當然也很出名喔。」

那瞬間，小俊得意洋洋地瞄了俊一郎一眼。

「實際見到小俊，就知道牠是真的聰明又可愛。」

小俊等信一郎在沙發坐下後，就大搖大擺地跑到人家大腿上，喉嚨還發出呼嚕呼嚕的聲音。

「牠馬上就會得意忘形，請你要適時制止牠。」

喵、喵、喵——

小俊立刻發出憤慨的抗議聲，但俊一郎只是充耳不聞。

「歡迎光臨。」

此時，亞弓端著擺好咖啡杯的托盤走出來。

「咦……？妳在喔？」

俊一郎大為詫異。

「我剛進來時還有跟你打招呼，只是你太專心在跟小俊玩，完全沒發現。」

她一臉拿你沒轍的傻眼表情——不過轉過頭面對信一郎時，便展露親切的微笑，將咖啡擺上茶几。

「小俊喵，要喝牛奶嗎？」

喵。

小俊回答的是「待會兒」，因此亞弓行個禮便走進去了。她進出事務所的日子久了，漸漸也聽得懂小俊的「語言」。

「你太太？」

俊一郎剛入口的咖啡全噴了出來，趕緊說明亞弓的「身分」。

「真是個替哥哥著想的好妹妹呢。」

「這一點我不否認，但她把我的事務所當成自家的圖書館自修室，也是事實。」

「互助合作啊。」

對方從這種角度下結論，俊一郎總覺得哪裡不太對勁，卻又嫌繼續討論這話題太麻煩，便沉默不語。

接下來，兩人熱切聊起世界上尚未破解的離奇案件。在討論至今已出爐的「真相」後，相互分享自己的推理，再進一步深入研討。兩個人聊得太忘我，甚至都沒注意到沒人理睬的小俊走進裡面去了。

「對了……」

推理活動告一段落後，俊一郎才想起一件要緊事。

「對了，我好像還沒問你怎麼會過來……」

「咦？」

沒想到信一郎卻露出詫異的神情。

「都沒人通知你嗎？」

「啊？」

「喂喂，不會吧——」

這時，傳來了敲門聲。

「大概是跟我一樣的訪客喔。」

信一郎意味深長的這句話，令俊一郎疑惑地側頭，同時朝門口喊道：

「你好，請進。」

他站起身，再次繞過屏風，準備迎接客人。

「不好意思。」

開啟的門後，是一位年紀落在三十至三十五歲之間的男性，他穿著筆挺的大衣，乍看還以為是上班族，不過俊一郎立刻就察覺到了。

……他、他是誰？

眼前這個人，跟飛鳥信一郎散發出同樣的氣息，俊一郎不禁心臟怦怦直跳。

「我遲到了嗎？如果遲到了，真不好意思。」

「不、不會……」

俊一郎完全搞不清楚狀況，此時也只好先配合對方。

「那個，請問——」

俊一郎無比好奇地詢問。

「我叫作速水晃一。」

對方神態自若地報上名字，俊一郎卻如同聽到飛鳥信一郎的名字時一樣，頓時怔怔站在原地。

明明很熟悉才對，卻沒辦法立刻想起來。

氣氛有點尷尬，俊一郎實在是想不出來，正要開口問對方身分時……

「不倒翁跌倒了～」

屏風的另一側忽然傳來信一郎的歌聲。

「啊啊！」

那一句歌詞鑽進耳朵的瞬間，俊一郎輕呼。

「你、你是解決在摩館市發生的那起『誰魔連續殺人案』的恐怖推理作家速水晃一老師……對吧？」

「叫我老師實在擔當不起。」

晃一說完，伸手指向屏風的另一側。

「那邊那位才應該尊稱老師吧？」

「咦……？你們兩位認識嗎？」

俊一郎疑惑問道，卻沒有人回答他。

「好久不見啦。」

「真的好久沒見了。」

信一郎從屏風後走出來，自顧自地跟剛走進事務所裡的晃一寒暄起來。

「你最新的那本小說，《很恐怖喔，那傢伙要來了》，真是嚇死人了，很好看。」

「謝謝。飛鳥老師，你獨立編輯的《歐美怪奇小說選集》真的都選得很好，我受教了。」

「能獲得你的稱讚，對我是莫大的鼓勵。」

「我也一樣。」

此刻，信一郎瞥了眼滿腹疑惑的俊一郎。

「我也是一名譯者，在文學獎的宴會上經常會碰到速水，那種時候我們一定都會聊到死相學偵探。」

「所以今天能見到本人，心裡真的很高興。」

兩人直率的發言，讓俊一郎害羞得不知如何是好，信一郎便代為招呼，三人往沙發移動。

「我這麼講可能不太好，不過——」

晃一有些難以啟齒。

「那起誰魔案件快結束時，正好發生了六蠱的獵奇連續殺人案，轉移了社會及媒體的目光，真是讓我大大鬆一口氣——跟你道謝也是有點奇怪，不過我一直想著如果有一天能碰面，一定要告訴你這件事。」

「這樣呀。」

俊一郎也認為跟自己道謝確實有點奇怪，但他能理解晃一沒說出口的意思。

「那起案子還有一個稱呼是『是誰殺了他』吧？是一個既悲傷又駭人的案件。」

信一郎這句感想挑起了話頭，三人開始分享自己參與過的各案件祕辛。

俊一郎雖然好奇兩人究竟為何造訪事務所，但一談及這個領域，他就情不自禁地沉迷於一件件案情之中，特別是聊到尚未破解的「『迷宮草子』殺人案」跟「南瓜男殺人案」時，他興奮到全身都發抖了。

三人你一言我一語，針對這兩起尚未破案的案子展開一場推理大戰，討論逐漸白熱化。

此時，又傳來敲門聲，俊一郎甚至還來不及應門，一位男性就魯莽地繞過屏風走進來。

「各位久等了，我是星影企畫。」

而且還用一副自以為了不起的語氣報上名字。

年紀應該落在二十五到三十之間吧？T恤配膝上短褲，這身打扮莫名地不太適合他。那件T恤的圖案是在義大利電影導演米蓋勒・索阿維拍攝的《AQUARIUS》中出現的，戴著貓頭鷹面具的殺人魔。

俊一郎等人全都怔怔地看著那位名叫星影的男人，而他倒是興致高昂地一個人自嗨。

「現在是名偵探的聚會嗎？」

「那個，請問你是？」

俊一郎詢問，他神情不悅地回：

「我剛不是自我介紹過了，我是星影企畫。」

「喔。」

俊一郎應聲後，目光先是看向信一郎，又轉往晃一。但兩人都輕輕搖頭，多半也不曉得這位是何方神聖。

「不會吧，這也太奇怪了。」

星影原本自信滿滿的神態頓時轉為焦躁。

「我是星影啊，星影企畫。」

三人思考片刻，原本狐疑盯著對方的信一郎忽然「啊……」地發出恍然大悟的驚呼聲。

「喔喔，不愧是飛鳥信一郎。你認識我吧？」

「不知道為什麼沒有收錄弦矢駿作老師作品的那本《恐怖的饗宴　尚不為人知的怪奇短篇傑作精選集》，負責企劃的自由編輯。」

「嗯，是啦，沒錯，那本傑作精選集就是我負責企劃編輯的……」

那本書俊一郎也有。不光是如此，在大面家那起牽涉到遺囑的連續殺人案——又名「十二之贄」的案件，他為了確認某件事還曾從書架中取出這本書過。

然而，星影卻顯得十分不高興，狠狠瞪著三人。

「啊啊，那本書啊。」

與心情欠佳的他相反，晃一語氣開朗地說：

「裡面有收錄幾守壽多郎的《亡者渡河》跟天山天雲的《小巷底的家》——」

俊一郎也接著開口：

「還有伊乃木彌勒的《三角恐怖》跟佐古莊介的《在二樓的它》，讓我滿驚訝的。」

信一郎也跟著發言：

「最重要的是居然收了畸形鬼欠的《忘執之筆》跟霄之宮累的絕筆作品《禁忌溫泉》，實在是一本相當劃時代的選集。」

他先以讚許作結，旋即話鋒一轉。

「但我一直百思不解，到底為什麼沒有收錄弦矢駿作老師的作品，今天正好可以請你解釋一下。」

「我也想問。」

「我是他孫子，自然就更想知道了。」

遭到三人質問，星影慌張起來。

「弦、弦矢老師，太恐怖了。」

信一郎深表認同。

「這倒是，老師的怪奇短篇真的恐怖過頭了。」

「不，我不是這個意思——」

晃一代替他解釋。

「你的意思是，老師給人一種難以接近的感覺，看起來很恐怖嗎？」

「沒錯，果然是當過編輯的人，真清楚。」

俊一郎聽了就說：

「我外公是不好相處沒錯，但他很支持這種選集，照理說不可能拒絕收錄自己的作品才對。」

一股尷尬的低氣壓在四人中蔓延開來。

「你該不會是打從一開始，就因為害怕弦矢老師，根本沒有去邀請他……吧？」

星影的神情明明白白顯示出，信一郎的推測正中紅心。

「我是認為身為一個編輯，這種行為不太恰當。」

晃一補上一刀。

「真可惜，如果是那本選集的企畫案，我外公百分之百會樂意參與的。」

俊一郎也跟著強調。

「不過選了宵之宮累的作品，也算是功勞一件啦。」

信一郎似乎在試圖緩和氣氛。

「他的絕筆作是刊登在《小說 野性時代》上，如果只有在那裡曝光，後世的讀者很難有機會讀到，因此能像這樣收錄在書裡，還是很值得高興。」

說了嘉許的話，不過……

「書的事先放一邊，重點在於我究竟是誰。」

星影的態度卻好似回到一開始的倨傲。

「你是誰……不就是星影企畫嗎？」

「自由編輯吧？」

「如果還要補充，應該就是個沒禮貌的人。」

信一郎、晃一跟俊一郎依序回應。

「不對啦，你們再想想，我跟在場三位是同一類人吧？」

「啊？」

「什麼意思？」

「完全不懂。」

三人的反應卻完全沒有改變。

「我說你們呀——我知道了，我給你們一點提示。」

星影口吻傲慢地說：

「火照陽之助。」

俊一郎陷入沉思，不過信一郎似乎已經想到了，接著是晃一。

「是那個吧？《拷問刑具虐殺館十三招凌遲連續獵奇殺人案》的作者。」

「你居然記得完整的名稱，我差不多只記得《惡魔死村的屠殺》吧。」

「沒啦，其他的我也只有個大概的印象。像是《小矮人之劍的什麼什麼》或是《首級之森什麼什麼的井》這樣。」

聽到兩人的談論內容，俊一郎終於也想起來了。

「毫無文采可言，有錢的自費出版狂嗎？」

「嗯，他寫的文章，看了就感覺大腦都要錯亂了。」

「飛鳥，你都看過了嗎？」

「沒有全部，兩、三本……」

「我實在是看不完。」

「那是正常的反應啦。不過，會有點上癮。」

兩人的談話勾起俊一郎的好奇心。

「聽你們這樣說，讓我也想找一本來看了。」

「最好是不——」

晃一正要提出忠告時，星影忍不住出聲打斷。

「誰叫你們討論火照的那些垃圾作品？」

「不就是你嗎？」

信一郎理所當然地回答。

「不是。那傢伙的宅邸，不是有發生過一起案子嗎？」

星影雖然生氣，依然嘗試喚起他們的記憶。

「你是指在火照家偌大庭園地底下建造的、宛如迷宮般的核能避難所裡發生的連續密室殺人案嗎？」

「啊啊，不愧是飛鳥信一郎。」

星影面露喜色，卻不改其傲慢的神態。

「在那間避難所裡發生了離奇又匪夷所思的案件，而我本人就以一位名偵探的身分——」

但晃一立刻開口吐嘈。

「你們不覺得那起案子到最後，真相很模稜兩可嗎？」

「是啊。好像解決了，又好像還沒解決似的……」

「我印象中擔任偵探角色的應該也是別人……」

星影聽了露出滿臉尷尬之色。

「既然如此，我在這裡就不能稱為名偵探。」

他像是在挽回至今丟失的顏面似地，斷然說道。

「今天特地找我們過來，是要對沒人解得開的謎團——」

不過，他正要往下講時……

「說到最近的謎團，關東地區的醫院太平間，有好幾具遺體相繼不翼而飛。」

「你是說也有人懷疑是戀屍癖好者幹的的那起案子吧？」

「嗯，甚至還有人認為犯人是死靈術師。」

完全被信一郎跟晃一開啟的新話題蓋過去。

順帶一提，戀屍癖是指熱愛屍體到甚至可能會姦屍的一種癖好，死靈術師則是操縱死者或死靈的術師。

「那個，我可以插個話嗎？」

此時，俊一郎終於問出今天一開始心裡的疑惑。

「話說回來，幾位今天為什麼會過來呢？」

沒想到飛鳥信一郎、速水晃一跟星影企畫三人全都疑惑地望向俊一郎。

「我當時就覺得那位刑警的語氣有點可疑……」

「飛鳥老師，你也有這種感覺嗎？其實我也一直擔心這一點。」

「果然，我早就發現那傢伙靠不住了。」

他們紛紛發表意見。

「請等一下。」

三人話中有個詞自然引起了俊一郎的注意——「刑警」。

「難道是一位名叫曲矢的刑警請你們今天來我的事務所嗎？」

「我接到電話。」

信一郎代表眾人說明：

「一開始他先問我『你知道黑術師嗎』，我回『我了解不深，只是警界朋友有提過一些資訊』，他就說『我們想要找出那傢伙的藏身之處，希望借助你的力量』，拜託我幫忙。又說『我在電話裡沒辦法詳細說明，不過我們已經收集到有關那傢伙的充分情報，下個階段需要有能力分析資訊展開推理的偵探』，我問他『你們還找了誰』，他就回『恐怖推理作家速水晃一跟死相學偵探弦矢俊一郎』。」

「我、我咧？」

星影指著自己發問，但看見信一郎面無表情的臉，立刻就安靜下來、別開眼。

「就像我剛才說過的，我跟晃一認識，如果有機會一起進行搜查，我是滿高興的，再加上又能見到死相學偵探弦矢俊一郎，我立刻就答應了。」

「還能見到我，簡直是棒呆了。」

星影立刻插嘴，信一郎卻沒有開口反駁，這應該是他的善良吧？俊一郎決定這麼想。

「打給我那通電話，內容也差不多。」

晃一接著表明。

「我當時，也大概是這樣吧。」

星影跟進，但其他三人都不理睬他。

「不過我那通電話裡，那位刑警在講預計邀請的名偵探時，提到了那位大師的名字。」

他一補上這句話——

「咦？今、今天可以見到老師嗎？」

「沒想到居然可以見……」

信一郎跟晃一神情驟變，俊一郎不禁好奇起來。

「是哪位啊？」

但兩人完全沉浸在興奮情緒裡，根本沒聽見他的話。

「可是老師應該還在進行民俗學地調吧……」

「對呀。一想到他即便到了這個年紀，依然精力充沛地去偏鄉考察……」

聽見兩人的交談內容，俊一郎也明白那位名偵探的身分了，他也大為振奮。

「那、那位老師要來我、我的事務所……」

結果，星影惡作劇般的聲音橫空響起。

「我還沒講完啦，我當時就跟那位刑警說不可能。第一，那位大師的推理老是變來變去的，根本比天氣還變幻莫測。」

信一郎跟晃一立刻洩了氣，俊一郎也一樣。

「這樣啊……」

「好可惜。」

「什麼嘛。」

但一聽見星影的下一句話，三人神色大變。

「我還跟刑警說，最重要的是，那位老師年紀也大了，搞不好早就過世……」

他話只說到一半就打住，是因為中途發現三道銳利無比的視線正狠狠瞪著自己。

只是俊一郎的憤怒很快就被擔憂所取代。因為，他現在確定了這三人是接到曲矢的電話才過來事務所的。

「真是抱歉。」

為什麼自己必須道歉？儘管內心有所不滿，俊一郎依然選擇先低頭致歉。光從願意放下身段這件事來看，就清楚他究竟成長了多少。儘管不是自己的錯，他都先代替曲矢道歉了。

「所以那位刑警完全沒告訴你這件事。」

信一郎深表同情地說。

「那你不用放在心上。」

晃一也出言安慰。

「反正能見到我，就算有收穫啦。」

星影依然故我的自大發言，惹惱了俊一郎。

「我說你啊——」

但他根本還來不及吐嘈。

「喂喂，事情大條囉。」

話題主角曲矢刑警就跟平常一樣連門也不敲，魯莽地走進事務所。

三　找出黑術師！

「這什麼情況？委託人嗎？還有三位，聲勢浩大耶。」

曲矢看到飛鳥信一郎等人後的第一句話就是長這樣。

「不，不對吧？這些人是你——」

俊一郎馬上出言提醒他。

「現在沒空管委託人了，你把工作往後挪一下。」

刑警不尋常的反應，令俊一郎忍不住問：

「該不會是黑術師又……」

「啊？你說這什麼話——」

但曲矢的反應卻像是在跟一個白癡講話似的。

「當然是小俊喵的事啊。」

「什麼？」

俊一郎立刻露出狐疑的神情。

曲矢的性格實在十分彆扭，明明討厭貓，卻只對小俊情有獨鍾。這種彎彎繞繞的心理在不知不覺中轉化成對於小俊的龐大愛意，而深受其害的對象幾乎都是俊一郎。

「小俊的話——」

俊一郎瞥向信一郎的大腿，卻不見小俊的身影。沙發上也一樣。事務所裡放眼所及之處，都沒有小俊的影子。

「可能是因為我們都專心聊案子的事，牠途中就跑進去裡面囉。」

信一郎說完，俊一郎就明白小俊現在跟亞弓待在一塊兒。不過要是讓曲矢得知亞弓過來事務所，他又要大吵大鬧一番了，因此俊一郎選擇避開這個話題。

「所以咧，小俊怎麼了？」

沒想到曲矢卻反問他：

「小俊喵是什麼貓？」

「聰明又可愛的貓。」

「這個很明顯吧。我不是講這個，我是要問牠是哪種品種的貓。」

「不是虎斑貓嗎？」

結果曲矢頓時沉默了，低頭滑手機片刻，再將螢幕轉至俊一郎面前。

……咦？

看見螢幕上的貓咪照片，俊一郎心裡漾開一股奇異的感受。他對貓的品種絕對算不上了解，但有什麼地方不同。

好像跟小俊不太一樣……

曲矢的手指在螢幕上滑動，一連秀出好幾張虎斑貓的照片。

「怎麼樣？」

「這些照片裡的貓，全都是虎斑貓嗎？」

「嗯，肯定是。這一隻還特別為了讓大家看見全身，各種角度都有拍，你看仔細了。」

如同曲矢所言，那隻貓的照片有好幾張，真的全身都入鏡了。

「……可是，牠們長得跟小俊不太一樣。」

「哪裡不一樣？」

「小俊有些地方毛是白色的，但這些貓完全沒有白毛。」

真正注意到這件事，是在摩館市的無邊館無差別獵奇殺人案——別名「五骨之刃」的案件那時。

那件案子裡，有一位名叫美羽的四歲小女孩住院，當時俊一郎必須從她身上問出案情的重要關鍵，但他哪有辦法搞定那麼小的孩子。正坐困愁城時，一隻怎麼看都是小俊的貓咪忽然出現，很快讓美羽放鬆戒心。小俊在她的雙臂中翻轉身體，露出潔白肚皮，撒嬌討摸摸的模樣，俊一郎至今仍記得清清楚楚。

「所、以、啊——」

曲矢用一種接下來要發布重大事項的語氣說——

「小俊喵不是虎斑貓。」

說出令人震驚的發言。

「……不可能吧。」

「正確來說，牠是白底虎斑貓。」

「什麼呀，不是差不多——」

「不過，你從來沒有想過小俊喵是白底虎斑貓吧？」

「……對，沒有。」

「這樣不是很奇怪嗎？」

「因為我外婆——」

俊一郎還小時，當時仍是幼貓的小俊還叫作外公取的「俊太」這個名字時，外婆告訴他「這隻貓是虎斑貓」。

他向曲矢解釋。

「白底虎斑貓也是虎斑貓，這樣也不算搞錯吧。」

「可是，你從來沒想過牠是白底虎斑貓這一點，還是很奇怪吧。」

兩人爭辯不休，其餘三人一直尷尬地保持沉默，終於，信一郎客氣但堅決地開口。

「不好意思，請讓我這個局外人插個嘴——」

他說話時，轉向曲矢。

「你就是黑搜課的曲矢刑警吧？」

「啊，對。」

「那麼，是不是差不多該來討論你請我們來這裡的那項主題了？」

曲矢一聽，頓時拔尖了聲音說：

「啊啊，你們是我找來協助搜查的那幾位偵探嗎？」

「我的事務所為什麼會變成集合地點？」

俊一郎趁機抗議。

「反正也要接你過去，不正好一石二鳥？」

刑警乾脆地回答，接著他說：

「這個，你是業餘偵探飛鳥信一郎老師嗎？那麼，那一位就是作家偵探速水晃一老師——」

視線依序掃過三人，卻在星影身上停下。

「你是誰啊？」

「星、星影企畫。」

「好像一家公司的名字。」

「囉嗦，你管我。」

「你說什麼？」

一被曲矢威嚇，星影立刻閉上嘴，別開目光。

「你自己邀人家來的，不該用這種態度講話吧？」

俊一郎無奈，出言提醒曲矢。老實說，他心裡對星影這個人著實沒有半點好感，但既然黑搜課主動邀請他來協助搜查，也不能讓對方太沒面子。

「咦？我有邀他嗎？」

曲矢疑惑地頻頻將頭擺向左邊又擺向右邊。

「你、你打電話給我，絕對錯不了。」

星影強烈表明，但仍舊難以讓人信服。只是，如果要說為人不可靠這一點，曲矢也是不遑多讓。

俊一郎、信一郎跟晃一沒有針對這件事進行任何討論，就立刻達成共識——要從曲矢跟星影裡挑一個人相信，從一開始就是件毫無意義的事。

「不要浪費時間討論這種事，趕快走了。」

曲矢開口催促，俊一郎立刻進房，準備出門用的物品。

「那、那我呢？」

星影卻不肯罷休。

「不需要業餘人士。」

曲矢冷淡回應。

「這樣說的話，飛鳥信一郎也是業餘偵探吧？」

「他不一樣，他有多次成功破案的紀錄。」

「那我也——」

「那你說，你真的解決過什麼案子？」

唔……星影被逼得說不出話來，露出苦苦思索的神情。

「黑術師的事，我全都曉得。」

「哦？像是什麼？」

曲矢語帶輕蔑，沒想到星影卻如魚得水一般，開始如數家珍地講起黑術師的各種資訊，刑警的表情略微產生變化。

收好行李回來的俊一郎也安靜聆聽星影的發言，對他逐漸改觀。穩穩坐在沙發上的信一郎跟晃一似乎也有同樣感受。

一開始完全沒有人期待他能說出什麼有料的內容——實際上聽起來，也幾乎都像是網路上看來的情報——可是，至少能確定他真的相當了解黑術師。儘管其中有些話可信度不高，但偶爾也有一些內容令曲矢和俊一郎大感意外，兩人情不自禁喊出「什麼？」

「好，你也一起來。」

曲矢乾脆地同意。

「不用先跟新恒警部討論沒關係嗎？」

俊一郎還是提醒了一句。不過他也改變了對星影的看法，認為這個人說不定能夠派上用場。

「黑搜課這次的行動方針是，只要有可能對搜查黑術師下落有一丁點幫助，就全部找過來幫忙，即使是這種傢伙也一樣。」

「你叫我……這、這種傢伙。」

「是這樣呀，那就好。」

「你也太沒禮貌了吧。」

「沒魚蝦也好，湊合一下囉。」

「喂！」

「如果要在這種情況用這句諺語，也應該是他自己說吧。曲矢刑警，由你來說有點奇怪。」

「我怎麼可能自己說這、這種話！」

星影氣呼呼地說。但曲矢跟俊一郎不理睬他，逕自往下討論，這件事就此定案了。

「我有件事要跟你講。」

曲矢叫俊一郎到走廊上。

「幹嘛啦，還把我拉來這裡。」

「不能讓那三個人聽到。」

「怎麼了？」

「城崎最近怪怪的。」

城崎是黑搜課的年輕搜查官，也是曲矢主任的部下。

他年紀較唯木輕。年齡落在二十五至三十間的唯木性格堅毅嚴謹，舉手投足都非常有警察的架式，相較之下，城崎就散發著一股玩世不恭的氣質，再加上他的上司又是曲矢，每天要面對這位言行舉止令人都不禁要懷疑起警方素質的主任，可以看得出來他頗為苦悶，俊一郎從以前就有點擔心他。

但從另一個角度來看這件事，又彷彿從他身上看見曲矢年輕的模樣，放著不管應該也沒問題吧。更何況城崎有反感的對象，並非只有頂頭上司曲矢而已。對於死相學偵探俊一郎，他也始終懷疑把黑搜課的搜查任務交給看起來這麼靠不住的傢伙好嗎？他自然不曾表現出自己的想法，但隱約可察覺他的心思。

「因為曲矢刑警嗎？」

因此，俊一郎下意識這麼問。

「不，並沒有特別針對黑搜課的誰。」

「那是怎樣的奇怪法？」

「好像一直不著痕跡地在觀察四周……」

「幾時開始的？」

「十九號左右。」

「像是在找什麼……的感覺嗎？」

「嗯，沒錯。」

曲矢附和。

「你該不會要說你大概曉得怎麼回事吧？」

「沒有，只是……」

「只是怎樣？」

「畢竟現在是非常時期，謹慎一點比較好。」

聽見俊一郎的意見，曲矢的神色剎時繃緊。

「我還是跟新恒講一聲好了。」

兩人回到事務所後，五人再一同離開產土大樓，朝停車場走去。

「你搭電車去吧？」

此時，曲矢突然說出驚人之語，對象當然是星影。

「為、為什麼？」

「後座坐三個人太擠了。」

眼下這種情況，自然是俊一郎坐副駕駛座。現在後座突然多了一個星影，信一郎跟晃一就得坐得很擁擠。沒想到曲矢在這方面倒是很細心。不對，他只是想要捉弄星影而已吧？這種動機才符合他的性格，這可能性很高。

儘管如此，連俊一郎都覺得星影這樣太可憐了，其他兩人或許也有同樣感受，最終決定五個人一起坐車去。

曲矢開車，信一郎坐副駕駛座，後座從駕駛座後方依序是晃一、星影跟俊一郎。

「為什麼我要坐中間？」

星影抱怨，但沒人理睬他。

車子一發動，信一郎就連珠炮似地問起曲矢有關黑術師的各種問題，晃一跟星影立刻加入討論行列，車內頓時就喧騰起來。

但曲矢不是回「嗯」就是說「對啦」，三人提出的問題，最後幾乎都是俊一郎回答的。

「喂喂，你真的是黑搜課的刑警嗎？」

星影原只是喃喃低語，沒想到其他三個人事先講好似地全部安靜下來，他的聲音便清晰地在車內迴盪。

「你這混帳，我要把你丟在首都高速公路上。」

這可不是出言恫嚇而已，曲矢真有可能做得出來。俊一郎太清楚這一點，再不情願也只好出言調停。

一抵達設在警視廳某處的黑搜課後，一行人立刻就被帶往會議室。新恒警部隨即現身，先是熱情招呼飛鳥信一郎跟速水晃一，又關切俊一郎的近況。接著，面對曲矢強調「這傢伙自己跟來了」的星影企畫，也不改其親切作風。

新恒離開會議室的同時，唯木跟城崎走進來，在桌面擺上與現場人數一樣多的筆記型電腦、幾十本資料夾，還有用迴紋針別好的紙本資料。

俊一郎不著痕跡地悄悄觀察城崎，發現確實如曲矢所言，他真的不時留意四周，簡直像在偷看什麼似的，只是完全看不出來他究竟在看什麼。

去廁所的信一郎跟新恒回來後，搜查會議正式開始。與會者有黑搜課的新恒警部、曲矢主任、唯木搜查官及城崎搜查官四人，以及擔任偵探角色的飛鳥信一郎、速水晃一跟弦矢俊一郎三人，還有不請自來的星影企畫。

「這場會議的目的只有一個，就是找出黑術師的藏身之處。」

擔任司儀的新恒警部將至今與黑術師有關的案件全部說明過一遍後，立刻開門見山地點出主題。

「各位手邊的資料，是這段日子以來黑搜課多方收集黑術師的相關情報後，精簡梳理過的版本，詳細的內容則收在桌上排好的那些資料夾裡。所有資料都已經電子化了，如果想要追溯情報源頭或相關連結，請利用我們幫各位準備好的筆記型電腦。」

接著，新恒開始說明這場會議的流程。

「情報大致可分成兩種，一種是具體資訊，另一種則較為抽象。前者是黑搜課多位搜查員一點一滴調查來的，獲取資訊的方式可以說跟一般的搜查活動沒有兩樣。換言之，對我們而言是很熟悉的線索。」

新恒停頓了一下，臉上浮現出接下來才是重點的表情。

「可是無論我們收集了多少具體情報，進行多少分析，都沒辦法進一步了解黑術師，完全掌握不到他的藏身處。我話說在前頭，這些收集來的情報，無論質或量都很夠。至於分析的方法，我認為也沒有任何問題，但就是拿不出堪用的結果。因此我開始懷疑，我們應該是少了什麼關鍵的線索。」

聽了新恒的話，俊一郎自然點點頭。畢竟他也很清楚黑搜課的那些搜查員迄今花了多少心力在調查黑術師。

「就在我們一直無法突破這個瓶頸時，幸運地扣留住黑術師的左右手黑衣女子。」

新恒沒有用「逮捕」這個字眼，而說「扣留」她，實在很像他的作風。

「至於黑衣女子的偵訊工作，我們在DARK MATTER研究院幾位超能力者的協助下，一直持續進行當中。」

即使不去翻閱DARK MATTER研究院那起案子的紀錄，相關細節俊一郎仍記憶猶新。

「只是……」

新恒面露難色。

「黑衣女子應該是沒有料想到我們的計畫，但她也絕非毫無防備，相反地，她身上的防禦十分堅強，恐怕是黑術師預先埋下的『保險機制』吧。」

黑術師事先設想到萬一黑衣女子落入黑搜課手中時，腦中的思緒可能會遭人窺視，因此為了防範未然，事先對她施下了某種咒術。

「不過，DARK MATTER研究院的諸位能力相當出色，而且隨著時間過去，黑衣女子身上的防禦力量也逐漸減弱，我們終於獲得了一些至今不曾尋獲的珍貴情報。」

這時，新恒重新將目光投向三位偵探，由信一郎代表發言。

「雖然獲得了一些線索，但因為是潛入黑衣女子受到保護的意識中挖掘出來的，全都缺乏了具體的細節，幾乎都是些抽象內容。那些內容意味著什麼？該如何跟至今收集來的其他情報結合在一起？為了推動搜查工作向前，此時必須要大膽猜想，所以才需要號稱是名偵探的我們的推理能力，是這樣嗎？」

俊一郎之前就從新恒口中聽過類似的話，因此對於信一郎料事如神的準確度十分佩服。

「就是你說的這樣沒錯。」

新恒也面露微笑，看起來很高興，但立刻又轉回嚴肅的神情。

「所以，接下來，我們要一件件來看這些概略分類過的情報。」

警部的說明結束後，俊一郎不得不正視這件事的困難程度，遠比原先預想的還要棘手。信一郎跟晃一肯定都和他有同感，兩人皆是眉頭深鎖。

「黑術師的所在地，好像是一個外觀像塔的高聳建築物上層。」

「那裡可能是隔絕於人類社會之外，沒辦法輕易靠近的地點。」

才開始沒多久，信一郎跟晃一就紛紛說出自己的看法。這與其說是推理，感覺上更近似一種直覺。

可惜俊一郎的貢獻不如兩位多。他在一些關鍵處提出的意見雖然都有命中要點，卻沒能陳述自己的推理。不過星影一如當初的預測，絲毫派不上用場，倒是有人幫他墊底了。

然而隨著有可能的藏身地點一一出爐，星影對於黑術師的豐富知識意外發揮了作用。俊一郎也是頗感訝異，不過在看清他算是黑術師的粉絲後，又感到能夠理解。

最後挑出了三個有可能的地點。

第一個是摩館市的廢棄公寓大廈。

第二個是鮠予鑼群島的一座孤島。

第三個是梳裂山地的一個廢棄村落。

此時，新恒警部提議「大家休息一下吧」。俊一郎不經意地瞥了眼時鐘，才發現早就晚上了，難怪肚子餓了。

「要吃飯嗎？」

「說的也是，點外賣好了。」

曲矢難得這麼周到。

新恒同意後，星影倏地站起身。

「你要去哪裡？」

新恒的語氣就像是隨口一問，星影卻彷彿嚇了一跳。

「廁、廁所。」

「小便嗎？」

聽到他的答案後，新恒回的話實在太奇怪了。

「嗯、嗯。」

星影極為困惑地點頭後，新恒向曲矢下了一道驚人的指令。

「那曲矢主任，請你陪同他一起去。」

「啊？」

似乎連曲矢都大感詫異，俊一郎自然也是嚇了一跳。

「陪到廁所裡？」

「對。」

新恒平靜地回，神情不像在開玩笑。

「這個，不是吧，警部……」

就連曲矢也對這道命令深感不解。

「到底為什麼？」

最先恢復冷靜的是星影。

「黑搜課有規定要陪別人一起小便嗎？」

「沒有。」

新恒神態認真地回答。

「那我要自己一個人去。」

「我不允許。」

新恒堅決說不。

「為何？」

「萬一星影先生連絡了其他人，會造成我們的困擾。」

「我到底會去連絡誰……」

「當然是，黑術師。」

四　間諜

新恒一說出爆炸性發言，曲矢就立刻移動到星影旁邊，唯木跟城崎則馬上守住會議室門口。

「你、你是什麼意思？」

星影怒氣沖沖質問，但就連俊一郎也看得出那只是在虛張聲勢。

「先前我們在黑搜課的會議裡，討論出幾位偵探的名字，希望尋求他們的協助。挑出合適的人選後，我將聯繫並說服他們加入的任務交給了曲矢主任。」

新恒開始說明後，俊一郎好想插嘴說，把這個任務交給曲矢打從一開始就是個錯誤吧。但他忍住了，先保持沉默。

「他已經和弦矢俊一郎這位名偵探建立良好的交情，這就代表他是最適合的人選。」

新恒無論是作為一名警察的能力，或是擔任管理者的手腕都令人折服，但就是不知道為什麼，他對於曲矢的評價竟然不可思議地寬容。俊一郎就很久以前就一直擔心這一點，現在果然出問題了。

「曲矢主任或許是在邀請幾位偵探的過程中，發現你的存在，才會邀請你過來。我曾這麼猜想過，但主任本人表示不曾打電話給你。他真的有邀你，或者是沒有邀你，我沒辦法在第一時間判斷何者為真。」

不過，如果新恒是這麼想的，那他應該相當了解曲矢的諸般缺點。

「因此，我認為至少先調查一下你這個人比較好，隨後飛鳥先生又在走廊上叫住我。」

「我告訴警部，你很可疑。」

聽見信一郎的發言，晃一也微微點頭，因此俊一郎立刻發問。

「速水，你也這麼懷疑？」

「我沒有飛鳥老師那麼確定，不過……」

這時，星影朝兩人忿忿地說：

「亂講！你有什麼根據認為我很可疑？」

信一郎跟晃一分別回答——

「一開始頂多就是一種直覺。」

「不過飛鳥老師遵從他的直覺，替你設下了陷阱。」

「哦，不愧是偵探作家，你果然有發現。」

「起初我只覺得這不太像老師的作風，怎麼會在這種地方講錯，但一連出現三次後，我就懂了。」

兩人流露出愉快的神情，繼續討論。

「喂，你到底在說什麼？」

星影更加火大，信一郎才揭曉答案。

「首先是小說選集《恐怖的饗宴》，我當時說那本書的副標是《尚不為人知的怪奇短篇傑作精選集》，但正確的名稱其實是《尚不為人知的怪奇小說傑作精選集》。」

「只差兩個字而已——」

「如果是一般讀者，這種程度的口誤很正常，但負責企畫編輯的當事人不可能會沒注意到。」

「我也這麼認為。」

在晃一表示贊同前，俊一郎就因自己的粗心大意深感懊惱。他明明有那本書，也看過了，怎麼會完全沒發現。

「接下來是宵之宮累，第三人稱代名詞我刻意用了『他』（註1），你卻毫無反應。宵之宮累是女性喔。企畫編輯居然不曉得這件事，也是絕對不可能的。」

「我就是在這個時候確定，飛鳥老師是故意在設圈套。」

「我也中招了。」

晃一說完後，俊一郎喃喃地自嘲。明明「五骨之刃」那件案子時，自己有接觸過宵之宮累的相關資訊。

「事務所突然跑來三個人，你一定覺得很混亂，情有可原啦。」

信一郎隨即出言安慰，但俊一郎還是覺得慚愧。

「然後是第三次，在講火照家的大庭園地底下蓋的核能避難所時，我說了『宛如迷宮般』。但火照家的迷宮是在庭園裡。弄成迷宮的是進入避難所前會經過的那個庭園，避難所本身倒不是迷宮。」

「你洋洋得意地炫耀自己解決了避難所連續密室殺人案，卻沒有糾正這麼嚴重的錯誤，怎麼想都很奇怪。」

晃一補上的這一刀，就連星影都無從反駁。

「我原本也是打算在搜查會議開始之前，私下請搜查員調查一下你的身分。」

新恒講完後，信一郎接著說：

「我跟在警部後面出會議室，跟他說你很可疑時，發現警部早就開始懷疑你了，所以我就告訴他那三個陷阱的事。」

這麼說來……俊一郎回想剛才的情況。新恒跟信一郎都曾經短暫離開過會議室，後來又一起走進來，沒想到那個舉動背後還有這層含意。

內線電話響起，新恒接起來。

「對……沒錯，麻煩你了……好。嗯……嗯……哦……原來如此，我明白了……不用，不需要跟他接觸，只要繼續跟著，小心別被發現就好……對，這樣就夠了，辛苦了。」

註1：在日文中，「他」跟「她」的讀音不同。

警部掛上電話。

「搜查員已經找到真正的星影企畫先生了。」

下個瞬間，假星影哼了一聲。

「太遲囉，這場會議的內容，早就一滴不漏地傳到黑術師大人的耳裡了。」

「竊聽器嗎？」

信一郎的猜測，遭到新恒推翻。

「他們是用那個方面的手法。」

「那就是咒術了……」

所有人注視星影的目光中，都流露出一抹不安的色彩。其中最快恢復冷靜的，就是新恒。

「這樣一來，要針對黑術師的根據地發動奇襲就不可能了，只好先放棄這個想法。不過有可能的藏身處已經縮小到三個地點了，也算是達成了這場會議最初的目的。」

「關於這一點……」

俊一郎將自己的擔憂說出口。

「搜查會議的後半，假星影積極提供協助。現在既然知道他是黑術師派來的間諜，是否還應該相信他剛才說的話呢？」

「這一點我也想過了，但他剛才給人的印象是——沒想到他說出來的居然都是些有用的資訊。」

新恒說出令人驚訝的回答。

「兩位怎麼看呢？」

接著徵求信一郎跟晃一的意見。

「我的想法跟警部一樣。」

「我也是。」

信一郎接著補充：

「這只是我的猜測，搞不好黑術師下了一個違背常理的指令。星影一開始的目的是擾亂搜查，盡可能妨害我們推理。這肯定是他最主要的目的沒錯。只是隨著會議進展，我們確實步步逼近黑術師的藏身處後，黑術師判斷這下不可能逃得掉了，那不如乾脆反過來推我們一把。我猜——他可能下了這種指示。」

「怎麼可能。」

立刻有反應的人，是曲矢。

「他從頭到尾都是來搞鬼的，這才是事實吧。」

「如果用常識去思考，當然是這樣沒錯。不過對方可是黑術師喔。」

「飛鳥老師的推測，我也有想過，但同時也和曲矢刑警一樣認為……這實在不太可能。」

晃一的發言，俊一郎也是很想要贊同，不過……

「也可以說……很像黑術師的作風。」

口中說出的話，卻支持信一郎的推理。

「怎麼樣呢？」

新恒語調從容地詢問假星影。

「天曉得。」

後者卻別開頭裝傻。不過，他拙劣的演技反倒透露出，信一郎的推理多半是猜對了。

假星影誰都不看，晃一則不解地側頭望著他道：

「可是，黑術師為什麼會特地選一個像他這樣，立刻就露出馬腳的傢伙呢？」

「我、我沒有立刻就露出馬腳吧？」

本人激動反駁，但信一郎不理睬他。

「這一點我也無法理解，反而會懷疑——黑術師該不會是認為藏身處暴露也無所謂，反倒主動透露給我們知道吧。」

他說話時，瞥了俊一郎一眼。

「最適合回答這個問題的人選，一定就是你了。」

「我沒辦法說得很清楚，不過……」

俊一郎先拋出這句話，沉默了一會兒，才開口道：

「黑術師的態度多半是，想和我們玩一場遊戲……」

「你的意思是，那傢伙還有這種閒情逸致？」

「他對自己的力量過度自負這一點，多半沒有錯。但不光如此，原本他從一開始就是抱持著遊戲的心態……」

「你說的一開始，不是單指這次的事，而是在講那傢伙至今引發的所有咒術殺人案嗎？」

「……對，我認為應該是如此。」

這時，新恒道出黑搜課根據目前為止的分析得出的看法。

「各種資料都讓我們不得不認為，黑術師的犯案動機是在找樂子。」

「如果這項推論正確，那他可說是非常棘手的存在。」

「畢竟好像有犯案動機，又好像沒有一樣。」

信一郎跟晃一似乎重新體認到黑術師的恐怖之處。

假星影約莫是明白自己插翅難飛了，乖乖地跟著唯木和城崎離開會議室，前往偵訊室，由新恒負責偵訊他。

那段時間，俊一郎等人跟曲矢吃外送當作遲來的晚餐。

「曲矢刑警，你不用過去嗎？」

「我去的話，肯定會看不下去警部彬彬有禮的偵訊過程，一把揪住那傢伙。所以他才一開始就沒叫我過去。」

對於俊一郎的問題，曲矢給了一個相當彆扭的答覆，但信一郎感興趣的卻是其他方面。

「那位新恒警部呀，他給我的感覺是，就算偵訊過程表現得彬彬有禮，等到察覺時才會發現他其實一直在精神上施壓，自己早就被逼到懸崖邊了，有點恐怖啊。」

「但飛鳥老師，你跟他肯定能鬥個平分秋色吧。」

晃一出聲附和。

「你們根本不懂警部真正恐怖的地方。」

曲矢輕輕吐出的這句話，似乎令兩人都是一驚。

「有他當黑搜課的負責人，實在是太可靠了。」

不過信一郎馬上恢復冷靜，這麼說道。

「如果能從假星影口中獲得有力的情報就好了。」

晃一的發言，同時也是其他三人的希望。不過在場所有人，包括說出這句話的他本人，都明白希望渺茫。

看假星影那副德性就知道了。

根本不用俊一郎特地說出口，其他人應該也都持著同樣看法。

「一旦找出黑術師的藏身處，接下來黑搜課就會展開獵捕行動嗎？」

「又不是在演時代劇，不過差不多是這樣啦。」

晃一拋出的問題，由曲矢回答了。

「到時候，問題就會是對方的人員吧。」

信一郎只是提出了一個理所當然的疑問，但俊一郎真的是大意了，尚未想到這一層。

「你的意思是……黑術師有一大群手下嗎？」

「誰知道呢。」

信一郎對自己提出的問題，看來也還沒有定論。

「闇黑神祕巴士案那時，我們才發現原來網路上堪稱黑術師信徒的人還不少。」

俊一郎先說明別名「八獄之界」的那件案子。

「其中有一位成員在DARK MATTER研究院那件案子裡，以黑衣少年的身分出現。」

「那些瘋狂的信徒，受到黑術師的保護……」

信一郎嘴上這麼說，神情卻顯示出他並非打從心底相信。

「這頂多只是我個人的感覺，不過——」

結果，晃一略帶遲疑地開口陳述自己的想法。

「黑術師像是一個孤芳自賞的人——不對，這樣講不太精準。我在猜，那傢伙該不會是很孤單吧？沒辦法與他人建立親密的關係，總是獨來獨往。因為他沒辦法相信別人……他信任的，只有自己的咒術……我腦中老是浮現這樣的人物形象。」

「我的感覺也跟你幾乎一樣。」

在信一郎表示贊同之前，俊一郎也不假思索地點頭。

「不過他的左右手，黑衣女子跟新加入的黑衣少年，應該還是有跟黑術師直接碰面吧？」

「說的也是，他只允許少部分親信見到自己。只是，碰面時他也不一定是用原本的面貌。」

「我也這麼認為。」

俊一郎開口附和，忽而想起過去與黑衣少年的一段對話。

「但我之前見到黑衣少年時，他表現出來的態度，像是知道黑術師的真面目……」

信一郎跟晃一都對這項新訊息都大感詫異。

「他跟黑術師之間應該沒有什麼特別的關係吧？」

「沒有，他只是網路上的信徒，這種人多的是。話又說回來，當時參加巴士旅行的所有人，全都很崇拜黑術師，照理說沒什麼理由讓他比其他人特別才對。」

「但他卻見到了黑術師的真面目……」

晃一話說到一半就打住。

「這代表說，他親眼見到黑術師後，就知道對方的真實身分了。」

「……沒錯。」

信一郎語調凝重地回答。

「我們先假測黑術師的真實身分是A好了。這樣推理下來，這個A，就會是那位少年也知道的人物。」

「名人嗎？」

曲矢語氣有點激動，相對地信一郎則神態沉穩地說：

「目前幾乎不了解黑衣少年的資訊，我無從推測。」

「我只記得他是個喜歡推理小說的男生。」

「光憑這點就猜測黑術師的真面目可能是一位推理作家——不管怎麼說也太隨便了吧。」

「如果是像我一樣的恐怖推理作家呢？」

晃一的玩笑，令信一郎跟俊一郎會心一笑，曲矢卻面露不悅。

「不過說不定還存在其他理由。」

信一郎意味深長地說。

「什麼意思？」

俊一郎心下一凜，開口詢問。

「那位黑衣少年之所以知道黑術師的真面目，不是因為他認得那傢伙的臉，而是因為完全不同的理由，像是——」

此時，會議室的門開了，新恒走進來。

「怎麼樣？」

曲矢立刻詢問情況。

「他的本名叫作松本行雅，自由業。很可惜，他沒有見過黑術師。他是在有關黑術師的電子布告欄上——我直接用他的話講，被『好玩又好賺的打工』吸引了。」

「就像巴士之旅那次一樣嗎？」

聽見俊一郎的問題，新恒點頭繼續說：

「打工的具體內容，是黑衣少年去找他時，向他說明的。還有，松本的長相跟真正的星影企畫先生有點像，但沒有像到可以瞞過親友的程度。只是如果跟星影不太熟，就有可能相信他是星影企畫本人。」

信一郎苦笑道。

「我跟速水都只有在文學獎的派對上看過星影企畫，才會差點著了他的道。」

「但兩位都認為他很可疑，實在很敏銳。」

「照理說，黑衣少年不可能沒有告訴松本星影的資料。」

聽了信一郎的疑惑，這次輪到新恒苦笑。

「他的確有收到用電腦打好的資料，但松本行雅只有隨便瞄了幾眼。」

難怪會露出馬腳。他雖然是敵人，也太丟臉了吧。俊一郎忍不在心裡嘀咕，接著開口說：

「找一個這麼不可靠的人過來，幾乎可以證明黑術師根本有一半是在玩了吧。」

「就算他長得像星影，這個打工已經超過松本行雅的能力了。黑術師——不對，黑衣少年也是，不可能都沒發現。」

聽了俊一郎跟新恒的意見，信一郎沉吟道。

「究竟是黑術師太有自信，或者……」

「或者？」

晃一催他往下說。

「或者那傢伙認為差不多該做個了斷了呢？」

「跟黑搜課嗎？」

相對於情緒激昂的曲矢，信一郎平靜道：

「或是跟弦矢俊一郎這個人……」

俊一郎來東京設立偵探事務所之後，簡直就像彼此相互呼應一般，頻頻發生與黑術師有關的案子。這一點新恒跟曲矢當然很清楚。信一郎跟晃一才剛聆聽完至今所有案件的說明，肯定也有發現這件事。正因如此，信一郎才會開口暗示這項可能性吧。

「先不論黑術師的目的為何——」

新恒轉變話題。

「那傢伙的根據地已經限縮到三個地點了，剩下來——」

敲門聲響起，警部出聲應門的同時，唯木已經跑進來了。

這不像平時總是冷靜沉著的她啊。俊一郎頗為訝異，卻不料，接下來她說出的消息更令人震驚。

「新恒警部，剛剛，黑術師送邀請函過來了。」

五　邀請函

聽聞這個難以置信的消息，五人全都怔怔傻在原地。

「妳手上那個就是嗎？」

最先回過神的是新恒警部。

「不好意思。」

唯木說著，伸手遞出一個大信封。如果是正常情況下，她肯定會在報告的同時將信封交給警部，今天卻忘了這個動作，可見她內心有多驚慌。

「這是什麼時候寄到的？」

「跟傍晚送來的郵件混在一起。」

警視廳會在固定的時間，將郵件跟包裹分送到各部門。不過明面上黑搜課是不存在的單位，因此如果有郵件包裹，就會是以個人名義寄送。

「上面沒貼郵票也沒蓋郵戳。」

信封上寫了警視廳的地址跟名稱，還有「新恒警部收」等字樣。

「收件人寫警部，卻沒寫寄件人，加上又沒有郵票和郵戳，我就請鑑識科打開過了。」

「妳這樣處理很妥當。」

「結果裡面又裝了七個信封，也有給我和城崎的，我們就一起打開了，才發現是黑術師發出的邀請函。我猜剩餘的五封也是同樣的內容。」

大信封裡面，七個小信封上的收件人姓名，分別是以下七人。

弦矢家的弦矢駿作、弦矢愛和弦矢俊一郎三人。

黑搜課的新恒警部、曲矢主任、唯木搜查官和城崎搜查官四人。

眾人分別接過寫有自己姓名的信封，打開來看。裡面放了一張有黑色花樣的白色卡片，上頭寫著這些文字：

邀請函

我邀請你蒞臨黑術師的城堡。

遊戲差不多該收尾了，讓我們好好面對彼此吧。

請務必跟其他六位一同前來。

只要缺少一個人，就會又發生咒術造成的無差別連續殺人案。

時間地點如下：

地點：鮑予鑼群島的濤島

時間：八月一日下午

不需要操煩食宿問題。

滯留島上的時間預計是六天。

期待各位的蒞臨。

信一郎湊過去看俊一郎的卡片，流露出遺憾的神情，瞥了晃一一眼。

「看來沒我們的戲份了。」

「對呀。就算拜託各位帶我們去，可能也只會礙事。」

「畢竟這次跟咒術扯上關係，想必是超過我們的能力範圍了。」

聽見兩人交談，新恒低頭致意。

「很感謝兩位這次的協助，真的幫上大忙。」

「不用客氣，既然都收到邀請函了，看來我們的推理也不過是白忙一場——」

「不是這樣的。正是由於我們已幾乎猜中黑術師的藏身處，他才會放棄抵抗，乾脆主動送這種東西過來。」

「這不是用寄的，應該是有人拿過來的。既然這裡是警視廳，應該有辦法確認這件事吧？」

「我們會去查，但大概希望渺茫。」

信一郎的提議，新恒先是接受，又隨即否決了成功的可能性，這不像他的作風。不過俊一郎的看法跟警部一致。

「飛鳥先生，鮠予鑼群島的那些島，你應該很了解吧？」

聽見新恒的問題，信一郎笑著回：

「處理上次那件案子時，我有稍微調查過，但算不上多了解——」

「那這座濤島呢？」

「聽說這座島是因為洋流常讓海面風浪翻騰，船隻靠岸困難，才會取這個名字，不過……」

他不知為何忽然欲言又止。但一聽到他接下來的理由，俊一郎等人全都明白了。

「這個名稱還有其他緣由嗎？」

新恒追問，信一郎才答道：

「十幾年前，某間大企業的董事長在這裡蓋了一棟別墅，建築本身十分氣派，空間也多到足以邀請客人來過夜，但只要海面風浪一大，船隻就不能靠岸，後來那位董事長又因貪汙遭到逮捕，終於在幾年前被判有罪。我當時有聽說他打算出售那棟別墅……我只知道這些了。」

「很夠了。」

警部微微一笑。

「不過找不到買家，別墅日漸荒廢，成了廢墟，又傳出奇怪的流言嗎？」

「你真是料事如神。沒錯，那明明是一座無人島，卻一到晚上就會發出亮光……或者是，島上應該只有那棟別墅，卻會看見一座長得像高塔的東西……之類的。這一兩年開始傳出這些不明所以的流言。」

「和黑術師活躍的時期幾乎重疊了呢。」

「聽說有些當地居民因為這座島會發出詭異的亮光，而稱其為『燈島』，或因為能看到神祕高塔而叫它『塔島』（註2）。」

「還真是座奇怪的島，跟黑術師簡直絕配。」

曲矢的發言，眾人紛紛表示同意，只有晃一側著頭。

「只是，就算他是一位力量龐大的咒術師，躲在那座孤島上，有辦法準確地向黑衣女子下指令嗎？就算換成黑衣少年，也有同樣的問題存在。」

他說出一針見血的疑問。

「說不定——」

信一郎靈光一閃。

「我們推敲出的三個藏身處裡有摩館市的廢墟公寓大廈，搞不好他也有在那裡出沒。」

「你的意思是，那只是根據地之一嗎？」

對於這個猜想，新恒似乎也贊同。

「距離邀請函上的日期還有一段時間，除了濤島以外，我們也會針對那座公寓大廈同時展開調查。」

「萬一那裡有黑術師的手下在，情況會怎麼樣呢？」

俊一郎立刻擔憂起這一點。

「嗯……這倒是不容易判斷呢。」

「如果有手下在，當然是抓起來。」

慎重又深思熟慮的新恒，和魯莽又思慮淺薄的曲矢提出的意見截然相反，俊一郎轉向後者說：

「為何？」

「要在八月一日前引發事端，必須要經過審慎的評估。」

「萬一惹火了黑術師，他很可能會引發無差別連續殺人案。」

「那是我們七人裡有人沒去濤島的情況，跟廢墟公寓大廈無關吧？」

「如果黑術師能講理，當然沒問題。可是，你覺得他是這麼明理的人嗎？」

俊一郎直指核心的言論，讓平時最愛跟他鬥嘴的曲矢也無法反駁，只是「唔」了一聲。

「只不過——」

信一郎宛如在自言自語般地說：

「在假星影的身分徹底暴露之前，我們把藏身處的可能地點縮小至三個選項。黑術師藉由某

註2：在日文中，「燈」、「塔」跟「濤」都有相同的讀音。

種咒術透過假星影得知了我們的進展，才會送邀請函過來。」

「原來如此。」

新恒露出同意的神情。

「你的意思是——現階段，黑術師肯定連廢墟公寓大廈可能會遭到搜查這一點都考量過了吧？」

「對。黑術師也許過於相信自己的力量沒錯，但他也十分認可黑搜課諸位跟弦矢俊一郎的能力。」

「好，那就可以捉人了。」

聽了曲矢頭腦簡單的結論，信一郎笑著繼續說：

「就算那棟廢墟原先真的是黑術師的據點，現在可能完全就是字面上的情況了。」

「什麼意思？」

「就是一座廢墟，一個人都沒有。」

「那傢伙的手下呢？」

「我先回來講一下邀請函送來前的討論內容，如果黑術師真的是在單打獨鬥，那自然也沒有會出來迎戰黑搜課搜查員的手下。」

「這樣更好，我們也落得輕鬆。」

相對於一聽就明白的新恒，曲矢似乎還沒進入狀況。

「不過還是小心為上，即使可能沒有人守在那裡，卻不曉得會不有人類以外的東西……這樣講或許更清楚。」

不過信一郎這麼說後，兩人皆是神情一變。

「或者是，到處都用咒術設下了陷阱之類的。」

晃一又提醒了一句。

「廢墟公寓大廈的調查工作還是先由黑搜課負責進行，但要實際潛入時，我會請愛染老師陪同前往。」

新恒下了面面俱到的結論後又說：

「飛鳥先生和速水先生，真的很感謝兩位的協助。我們已經訂好了今晚的飯店，待會馬上就帶你們過去。」

新恒深深鞠躬致謝後，兩人先回禮。

「我是抱著長期抗戰的心理準備來的，再多忙幾天也沒問題——」

「廢墟公寓大廈跟濤島的調查工作，我也樂意鼎力相助喔。」

他們開口表明希望繼續協助調查的意願。

「不，已經很夠了。」

新恒卻果斷拒絕。

「如果讓兩位更深入參與這件案子，說不準又會有兩封邀請函送到這裡來。我必須避免發生這種情況。」

只是，他不愧是行事周到的新恒，立刻清楚說明拒絕的理由。

「對方用的既然是咒術，那不管我或速水都無法與之抗衡。」

「說的也是。這時能派上用場的應該是祖父江耕介吧？」

祖父江耕介是專門寫怪奇領域的作家，飛鳥信一郎的好朋友。過去曾一邊遊歷日本鄉下，一邊在雜誌上發表《日本傳奇巡旅》、《日本怪談紀行》和《日本妖怪行腳》等旅遊文學的文章，還寫了《日本傳奇紀行》等著作。

「耕介確實是這方面的專家，但他又不會用咒術，還是不行啦。」

信一郎這麼說後，目光轉向晃一跟俊一郎，慌忙加上最後這一句。

「要是讓他得知這個消息，絕對會硬要跟著去，拜託你們千萬不能告訴他。」

「我明白了。」

晃一立刻答應，俊一郎也點頭。

俊一郎雖然不認識祖父江耕介，但只要繼續以死相學偵探的名義執業，也許有朝一日會在哪裡遇上。信一郎多半是考慮到了這一點吧。

「那麼我們就恭敬不如從命，按照警部的意思，不再參與這件事吧？」

信一郎先徵求晃一的同意後，才又轉向新恒。

「不過最後，我還有一件事想問——」

他的目光依序掃過新恒、曲矢、俊一郎，最後是唯木。

「黑術師發出邀請函的對象，只有精挑細選的七個人，有什麼特殊的理由嗎？」

「包含我的外公外婆——」

俊一郎率先開口。

「這幾人可以說都是迄今一直在阻止黑術師犯案的人。」

「唯木搜查官跟城崎搜查官也是嗎？」

這次則由新恒回答。

「跟其他搜查員相比，他們兩位更常去現場。如果黑術師有從旁觀察每起案件的凶手一次次進行咒術殺人的過程，多半也會注意到唯木跟城崎。」

「原來如此，那弦矢駿作老師呢？」

信一郎的這個問題，一下子問倒了俊一郎，就連新恒也一樣露出略帶困惑的神情。

「弦矢老師肯定也有像愛染老師給俊一郎案情相關的建議那樣，提供一些有助益的見解。只是從至今我對於案件的了解來看，弦矢老師感覺很少出現。」

「結果黑術師卻連外公都邀請了……」

「為什麼呢？」

對於信一郎的疑問，晃一輕輕說了一句：

「為了向弦矢俊一郎施壓……」

現場頓時陷入一陣沉默。

「不管我怎麼想，都覺得黑術師的目標好像是你。」

「你千萬要小心。」

信一郎跟晃一注視俊一郎的神色滿是擔憂。

「我們黑搜課的四個人會全力保護弦矢的。」

「這傢伙有我顧著，不會出事的。」

新恒跟曲矢的表態，令兩人的神情頓時放鬆下來。

俊一郎陪曲矢開車送信一郎跟晃一到今晚住宿的飯店前，其實他很想待在飯店大廳跟兩人再多聊幾句，但看見他們都露出疲色，只約好下次再敘就先走了。

飛鳥信一郎跟速水晃一一直揮手目送他們，直到再也看不見車身為止。

俊一郎剛才還顧慮到兩人累了，沒想到自己也差不多，在回程車上沉沉入睡。

「我跟你講話，等了老半天你也沒有反應，結果我一轉頭去看，才發現你居然睡著了。那我剛才自己一個人講了一大串，不就像白癡一樣。」

一抵達產土大樓，曲矢立刻大發牢騷。

「掰掰，晚安。」

俊一郎卻只拋下幾個字，就迅速下車。

「你這個混帳，請客人喝杯咖啡不會死吧。」

他對曲矢連珠炮似的抱怨充耳不聞，踏進年代已久的大樓。從大樓入口回到偵探事務所的路上，他已經開始恍神了，一心只想趕快在床上躺平。

打開事務所的門，走進去。

喵、喵。

一聽到小俊歡迎他回家的叫聲，神智忽然清醒了。

「我回來了，你吃過晚餐了嗎？」

喵嗚。咪、喵。

跟小俊多講幾句話，疲憊感忽然減輕。

只是，小俊喵療效——俊一郎總是暗自這麼稱呼——今晚卻撐不了太久。過了一會兒，他又累了，只好趁還有一點力氣時趕緊去洗澡，鑽進被窩。

小俊理所當然地跟進來。平常他都會把小俊趕出去，但今天連那一丁點力氣都沒有，一人一貓就這樣一起入睡了。

所以隔天一大早，小俊就把他叫醒了。他不理睬小俊，打算繼續睡回籠覺，但小俊肚子餓了，一直吵他。

秀才遇到喵喵叫的小俊跟曲矢，有理說不清啊。

俊一郎的腦海浮現了仿效諺語「秀才遇到兵，有理說不清」的這句蠢話，又漸漸睡去。看來他遠比自己以為的還要疲憊。

那一天過後，表面上生活似乎又回歸了安穩的日常，實則不同了。黑術師沒有再引發新案件，最近也沒有身上有棘手死相的委託人，每天都有大把時間陪小俊玩，這些都是事實。

只是，八月一日正逐漸逼近眼前。

黑術師正在鯱予鑼群島的濤島上等著自己。

在這種時空背景下，怎麼可能安心過以往的生活。現在不管是觀看委託人的死相時，陪小俊玩耍時，還是跟亞弓交談，甚至是故意冷落擅自前來的曲矢時，八月一日這個日期都盤旋在俊一郎的腦海中。

摩館市那棟廢棄公寓大廈經過黑搜課的徹查後，確定裡頭完全沒人，就連擅自借住的流浪漢都沒看到。原因就出在於，那是附近知名的「鬧鬼大廈」。

明明窗戶全都關著，卻有一隻白皙手臂垂掛在窗外。

有人撞見長得像人類的東西沿著外牆向上爬。

一張臉從陽台探出來望著下面，然後碰地一聲就掉下一顆頭。

一扇窗忽然亮了，隨即又換成另一扇亮起。

——好幾則近似鬼故事的流言不脛而走。

黑搜課當然不會這樣就被嚇跑了，反倒衝動闖進去了。

「曲矢刑警，一定是你吧？」

曲矢來事務所傳達這項消息時，俊一郎問他。

「為什麼是我。有可能嗎？」

「畢竟黑搜課沒有其他人會這麼衝動了吧？」

「如果你是說，經常站在最前面領導大家的話，也是啦，看來也只有我最適合這個位置了，不過——」

「少幻想了，到底是誰？」

俊一郎不理睬他的自吹自擂，氣得曲矢雙頰都鼓起來了，不悅地回答。

「城崎啦。」

「咦？是他……」

俊一郎講到一半就打住了，某個疑惑在腦海中成形。

「那傢伙一個人擅自闖進那棟大廈裡，也是因為這樣，我們才確定裡面真的沒人。」

「新恒警部怎麼想？」

「他嚴厲警告了城崎一番，但沒有特別處罰他。」

俊一郎早就察覺到，新恒似乎特別包容像曲矢跟城崎這種組織中的異類。不過警部是一位出色的管理者，想必有信心能跟這種類型順利合作吧。

不過俊一郎此刻最想知道的並非這方面的資訊。

「不，我不是要問這個，我想知道的是——警部怎麼理解城崎擅闖大廈的行動？」

「我沒有直接問他，不過——」

曲矢先說了這句。

「他的想法恐怕跟你一樣，至少我看起來是這樣。」

「上次你跟我說城崎最近怪怪的，我跟你說，這種非常時期最好小心為上。」

「嗯，所以我後來就告訴新恒那件事了。」

「我當時刻意講得比較模糊，不過那時候，曲矢刑警，你是怎麼想的？」

曲矢露出極為凝重的神情。

「就是你大概在擔心——那傢伙倒戈到黑術師的陣營了吧。」

「果然會這樣想啊。」

「只要黑術師施展咒術，就算不是出於城崎本人的意願，從結果上來說，那傢伙還是成了臥底黑搜課的間諜。你也是怕會這樣吧。」

「萬一這個懷疑是正確的……」

俊一郎特意語帶保留。

「那就代表——那棟廢棄公寓大廈果然是黑術師的據點。」

「為了掩飾這一點，城崎才假裝一個人擅自行動，回報虛假的消息。」

「做這件事的如果是唯木，背後肯定有問題，但他的性格闖出這種禍也不奇怪，黑術師或許也是考慮到這一層因素。」

「所以咧，該怎麼辦？」

俊一郎很擔憂日後該如何處置城崎。

「新恒在接受城崎的報告後，同時暗地也調派幾位搜查員去那棟廢棄公寓大廈調查，嘗試了幾種事先向愛染老師請教來的確認方式，發現現場清楚殘留著用過咒術的痕跡，不過現在那些咒術已經失效了。」

也就是說，新恒早就採取行動了。

「這麼一來，就無從判斷城崎只是一時衝動，還是受黑術師操控了。」

「不管怎樣，新恒目前是打算放他自由發揮。」

「意思是，還是讓他一起去濤島嗎？」

「廢話。叫他一個人不要去，他馬上就會起疑。」

「是這樣沒錯，可是……」

要深入敵營已經很緊張了，在這種時候還要擔心七個人裡可能有黑術師的間諜……這情況也太危險了吧？

俊一郎內心漾開難以言喻的不安。

六　船上的七人

八月一日早上，遊艇出航後，在晴朗的藍天下順暢劃過群青色的海面。船身前方激起陣陣浪花，後方則拖曳出一條長長的白色泡沫痕跡，毫無阻礙地破浪前行。

不過令人寬心的只有船隻流暢行進的狀態，船員跟乘客的神態都完全看不出一絲愉悅。

「啊啊，糟了！」

不過只有一人例外。此刻在船艙裡大叫的，是俊一郎的外婆。她在奈良家裡都會穿和服或巫女服裝，今天卻難得一身西式打扮。

俊一郎擔心地出聲關切。

「我忘記帶泳裝了。」

得到驚世駭俗的答案。

「我拜託妳，我們不是要去海邊玩好不好。」

「都說是孤島上的別墅了，肯定要當一下泳裝女郎的吧？」

「誰是女郎啊？話說回來，這年頭誰還在講女郎這種詞——」

「不這樣說呀，那就改成泳裝美女好了。」

這段對話實在是一點緊張感都沒有。

「有機會跟俊一郎一起旅行，我也真是幸福。」

「而且還是花黑搜課的錢——不對吧。」

「你的反應也很快嘛。」

俊一郎順著平常的習慣應和外婆的蠢話後，又立刻為自己剛才的舉動深感羞恥。兩人的一搭一唱新恒警部是微笑看著，曲矢則擺出把俊一郎當白癡的表情，唯木強忍笑意卻還是裝出面無表情的模樣，城崎則一臉不痛快地盯著。

瞧都不瞧一眼的，只有一上船就開始看書的俊一郎外公。他平常都穿和服，今天跟外婆一樣穿上西式便服。順帶一提，他看的是東城雅哉的《拷問館的慘劇》。這當然不是他第一次看，早已不曉得重讀多少回了。

俊一郎自從意識到這可是第一次在黑搜課成員在場的情況下和外公外婆碰面，就一直覺得有點尷尬。外婆至今來東京協助搜查好幾次，但總是沒跟他碰面就回奈良去了。

另一方面，俊一郎來東京開了偵探事務所後，只有去年底到今年初的新年期間回過老家一次，那次當然只有他自己一個人——還有小俊啦——沒有黑搜課的任何成員在。

因此，雖然早就習慣附和外婆愚蠢的玩笑，但這還是第一次在別人面前展露這一面。他遲了幾拍發現這項事實後，就覺得丟臉丟到家了。

「既然都要去度假別墅了，俊一郎，我一定要跟你玩一下那個。」

不過，外婆依然還瘋個不停。

「什麼啦，那個是指什麼？」

俊一郎下意識反問。這顯示出習慣是一種多麼可怕的東西。

「就是啊，在果汁裡插兩根吸管，一起喝——」

「拜託妳別講這麼噁心的事，會暈船吧。」

昨天晚上所有人都住在港口附近的旅館。去旅館前，先在黑搜課的會議室召開了出發前的最後一場會議。只是，既然不曉得黑術師會怎麼在濤島迎接他們的到來，眾人其實也無從準備起。

「我認為黑術師會在整座島布下結界，大家要先有一個心理準備，到時候我多半沒辦法充分發揮力量。換句話說，就算事先準備了什麼，應該也都是白費工夫。」

俊一郎只記得外婆當時十分悲觀的預測，讓自己內心彷彿壓上一顆大石般沉重。

只是，倒也不是完全束手無策。儘管在這場會議中沒有拿到檯面上討論，還有一個方法是監視城崎的動向。對於他可能已在黑術師控制下一事，黑搜課的所有成員都有了共識，當然，這個消息也有事先傳達給俊一郎的外公外婆。

外婆抵達黑搜課，不著痕跡地觀看了城崎。

「他身上的確被施了某種咒術。」

正是大家最害怕的結果。而且很可惜，目前還沒釐清那是何種術法。

「總覺得有點熟悉就是了……」

外婆不管觀看幾次，都還沒有弄清楚。

「他是真的被控制了嗎？」

當時俊一郎提出了最關鍵的疑問。

「不，這倒沒有。城崎他本人的意識還很完整。」

然而外婆的回答，卻是俊一郎最不希望聽見的答案。

新恒、曲矢跟唯木三人也流露出複雜的神情，可見他們的想法都與俊一郎一致。

當時討論出的結論如下：

如果黑術師要設下什麼圈套，極有可能會透過城崎來行動。

而且可能在抵達濤島之前就會開始，務必要十二萬分小心。

因此今後其他六人都要時時留意他的言行舉止。

不過為了避免他發現，不能太過刻意。

如果城崎有任何變化，就要立刻通知其他所有人。

在旅館過夜時，除了外公外婆以外，其餘五人都住單人房，因此事先在城崎的房裡裝了竊聽器，由新恒、曲矢跟唯木輪流監視他是否有可疑的行徑，不過沒特別發現什麼異狀。

儘管如此，還是不能掉以輕心。此刻也是。大家都裝出注意力放在看俊一郎跟外婆鬥嘴的樣子，實則暗地留意城崎的一舉一動。不管是俊一郎自身和外婆，甚至是正在看書的外公也都一樣。

只是，城崎看起來跟平常沒什麼兩樣。

俊一郎在心中默默下了結論。

就快要踏上黑術師的根據地了，結果這小鬼頭跟老太婆還一直在耍寶，一點緊張意識都沒有，實在讓人忍無可忍。

——他心裡肯定在這樣暗罵，幾乎全都寫在臉上了。

城崎的正義感可能有點過於偏執了。

他明明是這樣的性格，為什麼會想要靠攏黑術師呢？

為了以防萬一，黑搜課已經偷偷把城崎身邊的人都調查過一輪了，結果所有人都平安無事。至少他應該不是因為家人遭到挾持而受要脅。

這樣說起來……

這件事讓俊一郎頓時發覺，自己根本不了解黑搜課每位成員的私領域。就連曲矢，他也只知道跟曲矢的妹妹亞弓有關的部分，其餘則一無所知。

在黑搜課最後一場會議之前，七月下旬，新恒特別放了曲矢、唯木跟城崎幾天假。那幾天裡，有其他黑搜課的搜查員負責監視他。但據說城崎並沒有回老家，也沒有出門玩樂，依然天天過著注意四周情況的日子。跟蹤的搜查員還因為這樣差點就被他發現了。

他奇異的舉止究竟藏著什麼涵義呢？

這個疑問深深困擾著俊一郎跟新恒。新恒也曾試圖從本人口中套出答案，但卻一無所獲。

只是，好一段時間都舉止異常的城崎，在港邊的旅館住一晚後，乘船時卻突然回復到他原本的模樣。這個變化又意味著什麼？竊聽時並沒有發現任何可疑之處，所有人暗中觀察他時也一樣，而且他此刻看起來似乎還滿開朗的。

俊一郎用城崎聽不見的音量低聲詢問外婆：

「城崎身上的詛咒陰影，已經消失了嗎？」

「沒有，跟上次觀看時一樣。」

但外婆觀看的結果完全沒有變化。

他身上到底發生了什麼事？

俊一郎在遊艇上陪外婆搞笑時，內心仍因城崎感到莫名不安。

他不曉得這幾天的休假裡，新恒和唯木做了些什麼，不過倒是知道曲矢帶亞弓去吃飯和購物。當然不是本人說的，是亞弓講的。

「我哥跟我說，不管是衣服包包還是首飾鞋子，只要妳平常捨不得買的，喜歡的，就盡量挑。」

亞弓一臉「你聽我說啦」的神情纏著俊一郎說。

「所以我就帶我哥去了一家平常不太下得了手的名牌服飾店，但我有特地挑一家不會太高級的店，雖然身為學生的我買不起，但有在工作的哥哥應該負擔得起——」

亞弓的臉赫然脹紅。

「我試穿了幾件，每次哥哥都說『超適合我』，其實我喜歡的是另一件，但哥哥卻堅持『買這件，一定很可愛』，所以我才選了那家衣服。結果他一看到價錢，立刻大吼大叫『這什麼玩意兒，這是幾塊布該有的價錢嗎？』」

「好可憐。」

俊一郎表示同情，她露出哭笑不得的神情。

「我實在丟臉到家了……」

「我能理解。後來咧？沒買就離開店裡了嗎？」

亞弓用力點頭。

「明明是我哥自己一直說『妳不用客氣』，『有沒有喜歡什麼』的……」

「我有個小問題——」

「什麼？」

「妳是他妹，難道不曉得他的性格嗎？」

「……不，我很清楚。我居然一時大意，真是笨死了。」

後面的發展不用聽也曉得，一切都跟俊一郎猜想的一樣——就連用餐的店家，全都是曲矢喜歡的。

這幾天假，當然跟俊一郎沒有任何關係。不過新恒肯定是認為他需要「在決戰前好好養精蓄銳」，提議打電話給外公外婆，請他們提早一兩天來東京，讓俊一郎帶兩人逛逛東京。簡單來說，就是孝順一下外公外婆。

俊一郎將此事告訴接起電話的外婆。

「你怎麼這麼貼心，真是個好孩子啊，那個人一定也會高興。」

外婆都一把年紀了還興奮地像個小孩似的。至於那個人，指的當然是外公。

「妳們想去哪裡？想吃什麼？」

聽完兩人的——根本就是電話那頭的外婆一個人的——希望後，俊一郎正要開始決定日期。

「我先確定一下，花費全都你出沒問題吧？」

「咦？吃飯的錢還行——」

「從奈良到京都的特急電車，還有京都到東京的新幹線——」

外婆從交通費開始算起，接著又說出高級飯店的名稱。

「——如果哪天有機會三人一起在東京觀光就好了呢。」

俊一郎拋下這句話，就毫不遲疑地掛上電話。

儘管最後多半會由外公出錢，但外婆可是狡猾得要命，可能會趁俊一郎不注意就把東京觀光的花費加在弦矢俊一郎偵探事務所欠她的諮詢費跟調查費上了。

不過這次只有跟外婆講到話，俊一郎便接著打給外公。

「我有點忙。」

他說話仍是那麼簡潔。

「忙著寫稿嗎？」

「必須在出發前寫完。」

「外公，你什麼時候變成暢銷作家了？」

弦矢駿作的作品從各方面來看都很挑讀者，實在難以想像他居然會有被截稿期限追著跑的一天。

結果外公說了句奇怪的話——

「我要徹底引出那座塚的力量，反過來利用它。」

「……塚，中庭裡那個？」

所以寫作的方式會跟平常寫那些恐怖過頭的怪奇短篇時不一樣嗎？不過外公說「反過來」，這個字眼勾起了俊一郎的好奇心。

「什麼意思？」

「只是多一層保障啦。」

外公拋下這句話後，很快就結束了通話。

這對夫妻果然很像。

原以為外婆和外公不管個性或其他一切都南轅北轍，但卻意外地很合拍，經常令人覺得兩人果然「半斤八兩」。只是，如果想要具體說明究竟是哪裡相似，卻又說不出個所以然來。因為一細想，又找不出任何一個相似之處。

真是一對不可思議的夫妻。

俊一郎頭一次好奇起兩人的戀愛故事。

只是，現在不用孝順外公外婆，他又開始煩惱了。這種時候偏偏連一個委託人都不上門。亞弓說「要跟哥哥去約會」出門去了。無事可做的日子持續了好幾天。

俊一郎就看看書，去附近散步，逛神保町的二手書店，去Erika咖啡廳喝咖啡，剩餘時間就跟小俊玩。生活好似回到了當初委託人還很少，成天閒得發慌的日子。

不過此刻的生活，跟找出黑術師根據地的那場搜查會議前的安穩日常只是表面上相似，實則大為不同。因為充滿未知的八月一日，隨著時間流逝不斷逼近眼前。

小俊或許是察覺到俊一郎隱而不顯的憂慮，比平常更黏他。當然是不至於跟出門，但只要俊一郎人在事務所，小俊就會如影隨形地陪著他。

「喂，你會被我踩到喔。」

俊一郎開口抱怨。

喵。

小俊也只是抬頭望向他，叫了一聲，就依然故我地繼續撒嬌。

俊一郎一在沙發上坐下，小俊就會理所當然地賴在他大腿上，甚至還會把臉埋進俊一郎的頸窩中。只要摸摸牠，就會翻身露出肚子。如果搓揉牠的毛，牠就會依偎在俊一郎身上，又驀地站起來，舔自己的毛。即使一直這樣跟牠互動，也完全不會玩膩。

不過只要俊一郎開始看書，小俊就會靜靜地蜷縮在他大腿上睡覺，偶爾將目光從書本上挪過去時，會發現小俊一直抬頭望著自己。

喵嗚。

這種時候，小俊會做出喵喵叫的動作但不會出聲，所以俊一郎也只是向牠微笑，就又埋首書中。

問題是晚上。白天都已經一整天膩在一起了，至少睡覺時想要有一個人的空間，小俊卻不肯。牠比以往更堅持要進入寢室，一副理所當然地鑽進被窩。

「我說你，到底是有多喜歡我呀。」

俊一郎心底其實很高興，嘴上卻要傲嬌一下。

喵嗚。

小俊果斷給予肯定回覆，讓他徹底不好意思起來。要是曲矢跟亞弓在旁邊，他多半會害羞到昏死過去吧。

結果，一直到去港邊旅館的前一晚為止，俊一郎都跟小俊一起入睡。每次一想到就快要與黑術師正面對決，俊一郎內心就十分不安，但可能是小俊喉嚨發出的呼嚕呼嚕聲發揮了安眠曲的功效，出乎意料地都還睡得挺熟的。

出發當天早晨，亞弓就像平常一樣過來事務所，俊一郎將這裡的備用鑰匙交給她，託她照顧小俊。

「只需要幫牠準備食物跟水就好。」

「沒問題，包在我身上。」

亞弓一如往常地開朗答應。

「如果沒辦法每天——」

「不會，沒問題。在讀書空檔跟小俊喵一起玩，剛好也能讓我喘口氣，這樣正好是雙贏。」

她說完展露笑靨，隨即又神情認真地說：

「我雖然不清楚詳細的情況，但哥哥就拜託你了。」

亞弓恭謹地一鞠躬，俊一郎頓時不知所措。

「應該會是他照顧我比較多。」

「總之，我跟小俊喵會一直等你們平安回來。」

喵。

「請你轉告哥哥，小俊喵也在等他回來喔。」

俊一郎點頭。

「那我出門了。」

跟亞弓說完後——

「小俊，你要乖喔。我出門囉。」

再轉向小俊叮嚀，便離開了偵探事務所。

就這樣，此刻七人正搭著遊艇前往濤島。船上氣氛看似因俊一郎跟外婆的搞笑發言而稍微放鬆了些，實際上則否。所有人可說都早已進入備戰狀態。

這時，一位船員打開門，朝他們喊：

「前面已經能看到濤島了。」

七 黑術師的島

方才頭上還是晴朗的藍天，前方天空卻烏雲密布。特別是濤島的正上方，那團雲根本不像普通的烏雲，黑壓壓地一大片，簡直像是黑洞。

「不愧是黑術師的島。」

俊一郎喃喃吐出這句感想，沒有人回應。多半是因為他這句話實在形容得太精準了。

沒多久，遊艇就在島上的棧橋靠岸，七人依序下船。表面上，六天後船隻會回來接他們，不過實際上，黑搜課搜查員已乘船在近海監視情況，一旦發現島上出現異狀，就會立刻趕來。

話雖如此，俊一郎很懷疑，真的出事時，黑搜課的救援真有辦法及時趕到嗎？他猜想，說不定整座島早已設下結界，未經黑術師允許根本就進不去。

「……唔。」

簡直像是要證實他的擔憂似地，外婆才踏上棧橋走了幾步，就發出呻吟，身子頓時一晃。

「怎麼了？」

外公比俊一郎更快，立刻靠近扶住她。他剛才明明離外婆很遠，居然動作這麼快，那自然又流暢的行動令俊一郎大吃一驚。

「暈船嗎？」

新恒警部憂心忡忡，唯木迅速走到外婆沒人扶的另一側，動作溫柔地和外公一起支撐她。

「真不像愛染老師耶。」

曲矢的話雖然不中聽，但能聽出他也在擔心。

只有城崎一個人目光放在其他地方。要說他在看哪裡，似乎是在觀察整座島。而那雙眼睛出乎意料地銳利無比，流露出挑釁的神采。

他該不會是倒戈了吧……？

俊一郎一面擔心外婆的身體狀況，一面悄悄觀察城崎的模樣。

「請各位到房間休息。」

一道聲音傳來。

眾人轉過頭，一位看起來四十五歲左右，西裝打扮的男性站在棧橋的底端。那句話像是在關切自己一行人，語氣裡卻不帶一絲情感，聽起來簡直像個彆腳演員在照著劇本念台詞。

「不好意思，請問你是？」

新恒戒備地詢問。

「我還沒自我介紹，我是管家，名叫枝村，過來接各位。」

「那就麻煩你多關照了。」

警部看似還有問題想問，但想必是顧及到要趕緊讓外婆休息。

「可以直接帶我們過去嗎？」

「沒問題。」

枝村頭也不回地向一直站在他身後，身穿旅館制服的三十歲左右大塊頭男性下指令，再向眾人說：

「這位是熊井，會幫各位把行李搬進房間。」

但熊井本人也沒開口自我介紹，甚至連招呼都不打，就是傻呼呼地杵在那裡。

「那麼，請往這邊走。」

枝村走在最前面，依序是新恒、外婆跟分別從兩側扶住她的外公和唯木、俊一郎、曲矢、城崎，最後是熊井，一行人浩浩蕩蕩地朝著從前方樹林探出頭的那棟別墅走去。

原本想說七人份的行李不曉得熊井是否搬得了，結果他還真的有辦法靠一雙手就拿起所有行李。

眾人正要離開棧橋時，外婆朝枝村跟熊井投去銳利的一眼。儘管身體不舒服，但她不愧是名滿天下的愛染老師，絕不會忘記要觀察對方。新恒肯定也在暗中打量他們。

慢慢靠近的那棟建築物與其說是私人別墅，更像一間渡假飯店。後方有一座貌似設有欄杆的巨大平台，突兀地探出頭來。那可能就是當地居民見到的那座「塔」，但怎麼看都長得不像一座塔。

再走近別墅，就看不見那個奇異的平台了，此刻惹眼的是建築外觀荒廢的程度。不，從棧橋一路走過來時，步道兩側的草坪，和建築物本該優美的前院，早就讓俊一郎等人看清此地的一片荒蕪了。

我們要住在這種地方？

俊一郎內心浮現了一抹不安，顯而易見，待會兒讓外婆休息的房間也幾乎不值得期待。也是啦，黑術師原本就不可能真的熱忱款待我們。

他正要自嘲苦笑時，建築物的玄關驀地傳來一道尖細聲音，打破此刻凝重的氣氛。

「歡迎光臨——歡迎你們大駕光臨。」

下意識看過去，一個穿著女僕服飾，頂著一頭金髮，年紀約只有十幾歲的小朋友，正滿臉笑意地望著這裡。

「這是什麼情況？」

曲矢嘟囔，像是無法理解眼前看見的畫面。

「從年齡來看，可能是黑術師的信徒。」

但一聽到俊一郎的推測，他態度丕變。

「是想用稚嫩的外表來放鬆我們的戒心嗎？」

一瞬間加強警戒，不過走到那小朋友面前後，兩人皆是困惑無比。

那一頭亮麗的金髮看起來是假髮，清澈的藍眼睛自然是隱形眼鏡的傑作。與纖瘦身材不成比例的豐滿胸部，多半是假的。換句話說，她這一身打扮幾乎就跟角色扮演沒兩樣。

看起來不太像黑術師的手下……

就連俊一郎跟曲矢都不得不懷疑。

「哎呀，老奶奶，妳沒事吧？」

而且她關心外婆時，語氣雖然輕佻，聽起來卻像是真心在關懷，情感比枝村要真切幾十倍。

「……誰是老奶奶？」

不過被關心的外婆立刻出言教訓。

重點是那個嗎？

俊一郎正想吐嘈時，那位女僕裝束的小朋友已經先行動了。

「不好意思，是愛染老師對吧？」

她背脊筆直地一鞠躬，改口道。

「叫我小愛就可以了。」

外婆半開玩笑地回應，跟她平常一個樣，但臉色依然微微發白。

「我是女僕真由美。」

真由美甜甜一笑。

「請跟我來。」

她穿過大廳，將所有人帶至階梯，一邊介紹：

「各位的房間全都在二樓，我先帶愛染老師跟弦矢老師去蜜月套房，再帶其他人去房間。」

為什麼外公跟外婆的房間是蜜月套房啦。

俊一郎將這句話吞回肚子裡。

肯定是黑術師的黑色幽默吧。

他決定這樣理解就好。

到了蜜月套房，讓外婆躺上豪華到令人害羞的大床後，新恒便催促曲矢跟城崎離開，再加上真由美，四人先出了房間。留下唯木，是要她保護弦矢一家吧。

幸好室內的清潔工作倒是做得挺徹底的，住上幾天不至於太難熬。

「外婆，身體如何？」

俊一郎看向床上。

「我下船後才走沒幾步，就忽然有一股力量壓上我全身。」

外婆語氣沉著地回答。

「那是……」

還不等俊一郎說完。

「因為闖進了黑術師的領域裡吧。」

「我們都沒事，外婆，只對妳有影響嗎？」

「廢話，這群人裡我能力最強不是嗎？」

外婆擺出要意氣風發地豪爽大笑的姿勢。

「實話先擺到一旁——」

「剛才那不是開玩笑喔。」

「現在就說除我以外的人都沒受到任何影響，可能還太早了。」

「不過只有妳明顯受影響這一點，還是讓人有點擔心。」

又要誇耀自己強大的力量了嗎？俊一郎做好心理準備。

「那是因為我跟他都是操縱咒術的異能人士……」

沒想到這次外婆居然認真回答。

「或者——」

下句話才說了一半便打住，她闔上雙眼。

「外婆？」

俊一郎叫她，卻遭到外公制止。

她原本要說什麼？

儘管心裡好奇得要命，俊一郎還是跟唯木一起離開蜜月套房，只留外公陪著外婆。唯木原本說要留下來，但外公表示希望大家都離開，讓外婆可以好好休息。

二樓走廊正中央有個休息廳，曲矢獨自坐在那裡。

「新恒警部跟城崎呢？」

俊一郎問他。

「新恒在跟枝村管家談話，城崎說要去看看別墅裡的情況。」

「放城崎一個人行動好嗎？」

「但也不可能一直跟在他屁股後面吧。」

要是這麼明目張膽，他立刻就會有所警覺。

「說的也是，那曲矢刑警，你呢？」

「我跟平常一樣，負責當你的保母。」

「這是彼此彼此吧。」

「你說啥？」

差點又要開始鬥嘴時。

「曲矢主任。」

唯木的一句話，讓曲矢頓時洩了氣。

「拜託妳行行好，我講過幾百次了吧，不要叫我主任。」

「不好意思。」

她規規矩矩地行禮。

「新恒警部去向枝村管家打探情況了，那我負責找真由美談談如何？或者是不是該去找其他服務人員問話才好？」

「警部去找枝村聊，是因為那傢伙是管家。他多半會趁機確定服務人員的數目跟身分，等知道那些資訊後再個別問話就行了。」

「是，我明白了。」

「妳這傢伙真的老是很死板耶。」

「抱歉。」

「曲矢刑警，那你就真的老是旁若無人耶。」

「你這個混帳。」

兩人開始拌嘴，唯木則是神情古怪地在一旁聽著。要是此刻在這裡的人是城崎，肯定會擺出一副不屑的態度。

兩人唱雙簧般你一言我一語吵個沒完。

「曲矢主任。」

唯木突然插嘴。

「幹嘛？就叫妳不要叫我主任——」

「新恒警部回來了。」

兩人一看到新恒從大廳那側的二樓走廊過來，立刻閉上嘴。

「愛染老師的情況怎麼樣？」

新恒先開口問了，俊一郎回答：

「正在睡覺。她說一到島上，就感覺有一股力量壓住全身。」

「我們擔心的事果然發生了。」

新恒瞥了唯木一眼。

「妳沒守在旁邊沒關係嗎？」

「有外公在，沒問題的。」

俊一郎代為回答。

「枝村管家說了什麼？」

「他說自己原本是飯店的副經理，遭到裁員，在網路上搜尋同類型的工作機會時，發現有人在找私人飯店的管家。寄出履歷後，立刻就被錄取了。」

「也就是說，都只有在網路上聯絡就是了？」

「沒錯。所以他說，他事先也沒有見過其他人。」

「連那個叫作真由美的少女也是？」

「我還沒有問他這一點，不過八成是。枝村管家說，其他還有廚師跟外場服務人員，招呼客人的女僕跟清潔人員，跟主要負責勞力活的雜務人員，這裡的員工全都是透過那則私人飯店徵人啟事而應聘的。」

「雜務人員，就是剛才幫我們所有人搬行李的熊井吧？」

聽見曲矢的問題，新恒先點頭回應，再往下說。

「廚師姓呂見山，是男性；外場服務人員則姓樹海，女性；兩位的年紀都落在五十幾歲上下。至於女僕，我們已經在玄關見過了。」

正是身穿女僕服、個性開朗的真由美。

「清潔人員則是一位年長女性，姓津久井。」

「除了管家跟女僕之外，你還有跟誰講到話嗎？」

「沒有，都還沒。」

「不過——」

俊一郎吐露心中的疑惑。

「只是招待七位客人，就雇用了六名服務人員。就算說每個人各司其職，但六個人不會太多了嗎？」

「看來你終於開始了解這個社會的常識啦。」

曲矢立刻出言揶揄，但新恒不理睬他。

「要維持這等規模的別墅順利運作，也許就需要這麼多人。」

「是這樣嗎？」

「不過黑術師當然不是真心想經營飯店，才招集這些員工的。是為了招待我們。考量到這一點，的確顯得有點多餘。」

俊一郎陷入沉思。

「譬如說，他們各自肩負了某種任務之類的……」

「該不會是要每位員工分別監視我們每一個人吧？」

「曲矢刑警，你難得說出這麼敏銳的意見，真叫我驚訝呢。」

「你是在稱讚我，還是在損我——」

「不過客人有七個，六名服務人員不夠吧？你會算數嗎？」

「你這個混帳。」

「關於雇主一事——」

俊一郎立刻將臉從曲矢轉向新恒。

「管家完全不曉得他的個人資訊嗎？」

「枝村管家說，只知道對方叫作『黑島』，黑白的『黑』，這座濤島的『島』。」

「這個……」

「不過他也不曉得應該要念作『KUROSHIMA』，還是變成濁音的『KUROJIMA』，或者是『KOKUTOU』、『KOKUSHIMA』或『KOKUJIMA』。」

「不管哪一個，反正都是暗指黑術師的島吧？」

「對枝村管家而言，應該就是個普通的名字。」

「不過，在連雇主是誰都不清楚的情況下——」

「聽說才一錄取，對方就立刻預付了一半酬勞到戶頭裡，因此他才決定接下這份工作。」

「這樣不是更可疑嗎……」

「目前還只跟他談過，不過如果其他人也都正好因為找不到工作而傷腦筋，那就很難說了。」

「……都會搶著應徵吧？」

「工作內容很明確，就是照料來島七人的生活起居。據說黑島先表示自己會晚一點到，叫他先負責迎接七位客人。」

「問題是——」

俊一郎神情凝重地看向新恒。

「這些員工裡有沒有潛伏著黑術師的手下，警部，你怎麼想？」

「實際來島上前，我認為不可能沒有。不過枝村管家這個人，我自己是沒感受到這種可能性。」

曲矢接著說：

「那個叫熊井的傢伙，冷淡又惹人厭，他應該滿可疑的吧？」

他說出充滿偏見的看法。

簡直跟曲矢刑警一個樣。

俊一郎差點就要這麼吐嘈了，好不容易才忍住這股衝動。

「你們在這裡啊。」

這時，城崎出現在與新恒相反方向的走廊上。

「我大致繞過別墅一圈了。」

按照他的說法，別墅一樓是大廳，隔壁則是休息廳、餐廳、廚房、儲藏室、娛樂間、廁所跟幾間員工的房間，而二樓寢室則有單人房三間，雙床房兩間跟蜜月套房一間，三樓是男女分開的大浴場跟廁所。

「你有遇見誰嗎？」

新恒詢問。

「廚房裡有兩個人在準備晚餐，看起來像一對夫妻。我想說警部之後會去找他們問話，就只有簡單打個招呼。」

他是在刻意避免魯莽行事嗎？俊一郎暗忖。城崎的一舉一動都令他掛心。

「那兩位應該就是廚師呂見山跟外場服務人員樹海了，只是他們兩位應該不是夫妻。」

新恒搖頭。

「如果是夫妻，枝村管家一定會提起。」

「咦？不是嗎？兩人的互動很有老夫老妻的感覺。」

城崎似乎顯得很意外，新恒則一臉深思的神情。

「但這些名字也不見得都是本名。」

「不如你們派人查一下？」

俊一郎詢問。

「手機沒有訊號。」

新恒似乎早就採取了行動，說出結果。

「如果是那裡——」

城崎聽了，想起一件事。

「我們剛才過來時，在路上不是有看到別墅後面有一座奇特的東西嗎？我在別墅裡查看時順便留意了一下，那裡有一座小山丘，上面是觀景台。」

看來果然不出俊一郎所料。

「如果爬上去那裡，說不定有訊號。」

「趁天色還亮著，去試一下吧。」

新恒雖然這麼說，看起來似乎並不抱期待。

畢竟這裡可是黑術師的島……

俊一郎在心中暗道。

「你繞了一圈別墅，有發現什麼特別的地方嗎？」

「如果要說哪裡奇怪，倒是沒有，不過……」

面對新恒的問題，城崎難得地遲疑了。

「有什麼嗎？」

「我檢查儲藏室時，發現食材的分量有點少。我們有七個人，還有枝村管家、搬行李的熊井、女僕真由美、廚師跟外場服務人員——」

「呂見山先生跟樹海女士。再加上清潔人員津久井女士，總共是六名員工。也就是說，這裡總共有十三個人。」

這個數字實在不太吉利。

「……有十三個人的話，那點食材根本不夠吃。雖然廚房的冰箱裡一定也有放冷凍食品什麼的——」

「黑術師預告的天數是六天，城崎搜查官，照你看來，那些食材絕對不可能供應十三個人吃六天？」

「以這個人數來看，頂多三、四天……」

休息廳的氣氛頓時凝重了起來，所有人都靜默不語。那個凝滯的氣氛來自於，他們全都領悟到了食材分量偏少所代表的含意，卻刻意不說出口。

「換句話說，黑術師——」

打破沉默的人，是俊一郎。

「認為就算按照人數準備充足的食材，也只是徒增浪費。因為過了六天後，來島上的客人全都不在世上了……」

八　那些服務人員

「……弦矢。」

城崎神情認真地叫了聲俊一郎。

「什麼事？」

「是不是應該先觀看一下我們所有人身上有沒有出現死相？」

俊一郎不知該怎麼回答，不假思索地望向新恒警部。

「說的也是。」

警部給予肯定回應，俊一郎便開始思考地點和順序的問題。

「能麻煩你先看一下，六位服務人員身上有沒有出現死相嗎？」

聽見新恒出乎意料的請求，他吃了一驚。

「先看他們……嗎？」

「儘管雇主是黑術師，但他們都是一般人。就算裡頭潛伏著黑術師的手下，這一點仍舊不會改變。」

城崎一臉不服氣。

「我們早就都做好心理準備了吧。」

曲矢的語氣不帶威嚇，只是理所當然地這麼說，城崎便安靜下來。

「我來拜託枝村管家，讓我分別跟他們每個人談談。弦矢，你就坐我旁邊，假裝在做紀錄，然後找機會用死視觀看。」

「我知道了。」

「連續觀看沒問題嗎？」

曲矢會擔心，是因為過去俊一郎曾在用死視一口氣觀看許多人時昏倒了。

「中間會夾雜警部問話的段落，一定沒問題。」

「不要太勉強。」

曲矢的語氣雖然冷淡，但俊一郎明白他是在擔心自己。

「嗯，我會小心。」

他坦率答應。

「我跟弦矢會待在一樓大廳的休息區，跟服務人員談話，同時進行死視。」

接著，新恒一一給出指令。

「曲矢主任，請你在島上繞繞，掌握整體的情況。唯木搜查官，請妳去別墅後方那座觀景台，確定一下手機收不收得到訊號，如果還是收不到，去找一下其他有可能收到訊號的地方。城崎搜查官，請你觀察除了正在談話的服務人員以外，其他人的動向。記得，談過話的人，你也要仔細留意他們的行動。完畢。有什麼問題嗎？」

曲矢舉起手。發言前居然還會先舉手，真是禮貌的不像他。

「你的意思是——在調查島上的情況時，也要一面尋找黑術師的藏身處嗎？」

「不，不需要管這件事。」

新恒對面露不滿神色的曲矢繼續說：

「就算黑術師真的藏身這座島上，我們不是愛染老師，多半是找不到他的。」

「這倒是真的……」

「如果不是愛染老師找到他的藏身處，就是黑術師自己現身在我們面前，應該只有這兩種可能。」

「我也這麼認為。」

俊一郎也贊同，曲矢沒輒，只好乖乖聽話。

「我外公跟外婆，要怎麼辦？」

「就讓愛染老師休息到晚餐時間，至於駿作老師，一樣請他先在房間裡陪著愛染老師——」

這時，新恒向唯木下了一道新指令。

「找手機訊號應該不需要太久，結束後妳就去守著愛染老師。」

「是，我明白了。」

唯木俐落有力的敬禮像是宣告行動開始的哨音，在場所有人全都動了起來。

俊一郎跟新恒下到一樓，發現枝村管家已站在大廳放空，似乎正在等待兩人。

「不好意思，要再跟你聊一下。」

新恒請枝村到休息區，讓他坐定後。

「我們其實是警察。」

新恒開門見山地表明一行人的身分——不過並沒有提及黑搜課的事——再突襲問他是否知道黑術師。

「……不，不知道。」

枝村的回答聽起來並不像在說謊。

「黑術師是——」

新恒開始說明那傢伙的各種行徑，但枝村毫無反應。不過看到枝村的神態，俊一郎留意到一件事。

就算他真的沒聽過黑術師好了，可是怎麼會一點興趣都沒有……

一般人如果聽見像黑術師這樣詭譎的危險人物，一定會自然流露出恐懼、厭惡或憤怒這類情感才對吧？但枝村身上卻看不見一絲絲的情緒，難道是因為他身為一位管家，早已太習慣隱藏個人的情感嗎？

俊一郎不曉得該從何判斷起。

「換句話說，雇用各位服務人員的雇主黑島，極有可能就是那位黑術師。」

新恒單刀直入地點破關鍵訊息。對了，看來他決定就直接用「KUROSHIMA」來稱呼了。

「即使您這麼說……」

枝村仍舊維持一板一眼的態度回答。

「我們這些服務人員都沒有見到黑島先生，只是透過網路接下工作，要在這棟別墅裡接待七位客人，照料你們的生活起居六天。至於客人的相關資訊，我們也只知道名字，至於黑島先生為什麼要招待你們，跟諸位客人又是什麼關係，或者幾位客人是否彼此認識——這些我們半點都不知情。」

這段說明看起來也並非謊言，只是，俊一郎總覺得有哪兒不太對勁。

到底是哪裡不對勁呢？

這時新恒瞥了他一眼。

啊，忘記要死視了。

他太專心在觀察枝村的反應，不小心將最初的目的拋諸腦後。

俊一郎暗自反省，同時把死視的能力從「不看」切換至「觀看」。小時候他隨時隨地都生活在「觀看」的狀態下，經常發生悽慘的遭遇。後來在外婆的指導下不斷練習，終於能隨心所欲地在日常生活中保持「不看」的狀態。如果當初沒有學會切換的方法，他肯定早就發瘋了。

因此直到今天，偶爾在將死視切換至「觀看」時，心裡還是會不由自主地緊張。但那股恐懼也不是每次都會無預警地造訪。

幸好在面對枝村時，什麼感應都沒有，死視的結果也如出一轍。

俊一郎輕輕搖頭，告知新恒死視的結果。

「我想依序請每位服務人員過來這裡聊聊，方便嗎？」

新恒微微點頭，向枝村提出請求。

「要先告訴他們，各位是警察嗎？」

「告訴他們也可以，不過可以麻煩你先別提黑術師的事嗎？」

「好，我明白了。」

管家走回裡面，負責雜務的大塊頭熊井很快就來了。他面無表情地逕自坐下，完全沒有開口的打算。

「請問你有聽過黑術師嗎？」

「沒有。」

對於新恒提出的問題，他也只是冷淡地簡短答覆。

「在接下這次的工作前，請問你是做哪一行的？」

「卡車。」

「卡車司機嗎？」

「對。」

「跑長距離的嗎？」

「不，送貨。」

他每一句回話都只講一個單詞，根本聊不起來。至於最要緊的雇用事宜，問出來的答案也跟枝村一模一樣。兩人對於黑術師的反應也極為相似，就是，漠不關心。

死視結果也跟枝村相同，身上完全沒有出現死相。

第三位是廚師，身材微胖的呂見山。他原本在商店街上的中華料理店當受雇的店長，可惜店倒閉後，失去工作。在網路上搜尋同類型職位時，發現這次的機會，剩下就都跟枝村等人一樣。只不過，他雖然一開始表示自己不知道黑術師，但聽了新恒的說明後，反應相當大。

「我才不想跟這種傢伙扯上關係。」

他堅定表態。

「不過我已經接下這份工作了，所以還是會用心為遠道而來的你們做飯，畢竟這是我的職責所在。就是按照原本約定好的內容，做好我份內的工作，領到剩下的一半費用而已。」

呂見山的發言像是原本一直壓抑在內心的情感，終於爆發出來似的。

這些人果然很奇怪……

可是到底是哪裡怪，還是說不出個所以然……

俊一郎在用死視觀看呂見山時，內心再次浮現與剛才相同的感想。不過平常他為了集中精神在死視上，根本沒辦法想其他事情。

第四位是外場服務人員，身材較為嬌小的樹海。她原本跟老公一起開了家小餐館，受到經濟不景氣的影響，經營越來越困難，在網路上找工作機會時，正好看到這個訊息就應徵了。

「妳老公沒有一起應徵嗎？」

聽了新恒的問題，樹海先停頓片刻，才結結巴巴地說：

「他在其他地方找到廚師的工作……」

「妳在網路上發現這個機會之前，他就已經先找到其他工作了嗎？還是因為呂見山先生已經先錄取了，所以他只好放棄這個機會，去找下一份工作呢？」

新恒繼續追問，俊一郎不明白他為什麼要緊咬著這件事不放。

「那個……是因為已經錄取呂見山先生了，只剩下外場的空缺，所以我才一個人……」

不過聽了她的回答，俊一郎敏銳地捕捉到了什麼。

……她在說謊？

雖無十成把握，但做了一年多的死相學偵探，他稍微懂得該如何分辨一個人是否在說實話。

可是，為什麼？

她看起來應該是真的沒聽過黑術師，那為什麼會需要說謊呢？而且說謊的內容還只牽涉到個人情況，怎麼想都跟黑術師無關。

新恒再度暗示，俊一郎便用死視觀看樹海。她身上也完全沒出現死相。

等到樹海一離開休息廳，俊一郎就開口問：

「你剛才一直追問她老公的就職情況，為什麼？」

「她描述餐館倒閉時講的內容，跟呂見山先生提及自家店收起來時的細節感覺有一點雷同。」

警部提出具體的相似之處，全都是俊一郎沒注意到的小地方。他不禁佩服新恒的細心，也深感慚愧。

「你的意思是……那兩人其實是夫妻？」

「如果真是這樣，就會產生一個新的問題，不曉得他們為什麼要隱瞞這件事。」

「感覺跟黑術師……沒什麼關係吧？」

「嗯，不太可能。」

新恒露出回想兩人談話內容的神情。

「而且樹海女士可能有想要隱瞞呂見山先生是自己的老公，但呂見山先生卻看不出來有這層顧慮。」

「……好奇怪。」

一道開朗又充滿朝氣的聲音不合時宜地響起。

「下一個是我。」

兩人望過去，只見女僕裝扮的真由美滿面笑容地走過來。

「歡迎問我各種問題。」

她一臉「我什麼都願意說」的表情，攏起輕飄飄的裙襬，在沙發上坐下。

這孩子可能不好應付……

新恒貌似也在傷腦筋，俊一郎不免擔心起來，結果根本只是杞人憂天。問出她姓花崎後，真由美就神態自若地乾脆承認自己還是國中生。

「咦？妳不是高中生嗎？」

俊一郎大吃一驚。

「現在這個時代，哪裡找得到這麼可愛又充滿少女氣息的高中生。」

「哎呀，我是想過妳看起來比實際年齡還小──原來一開始我就搞錯了。如果是國中生，還不能在暑假打工吧？」

「你們會把我抓起來嗎？」

儘管嘴上這麼說，她卻沒有絲毫戒備，反倒一副樂在其中的模樣。

「先別管這個，弦矢先生才是咧，你真的是警察嗎？」

還拋來尖銳的問題，逼得俊一郎頓時說不出話。

他看起來年紀比唯木和城崎都小，氣質又跟兩人天差地遠。一言以蔽之，就是沒有半點警察樣。

「不管我怎麼看，都覺得不太像耶。」

她充滿懷疑的目光直直射向俊一郎。

「啊，我這樣跟客人講話，不太禮貌對吧。」

前一句話才剛傳進耳裡，她又馬上道歉，看起來是個性率直，卻也像是工於心計，令俊一郎頭腦有些混亂。

「他是警方的顧問。」

不過新恒開口幫他解圍。

「咦？好酷！」

真由美的態度立刻一百八十度大轉變。

「原來是協助警方辦案的年輕犯罪學者啊！」

新恒明明只有說是顧問，她卻擅自斷定俊一郎的身分，一個人在那邊自嗨。

「好了，我們回到正題，請問妳是在哪裡得知這份工作的訊息。」

「網路上。」

新恒若無其事地詢問，真由美也泰然回答。

「應徵的動機是什麼？」

「我有很多東西想買。」

「哦，像是什麼？」

「首先是《圖解占星術辭典》。現在只找得到二手書了，如果想買保存狀況良好的，價格自然也不便宜。」

「妳喜歡星座運勢？」

「最近很迷。不過不是星座運勢，是占星術。」

「妳的意思是想要認真學？」

「對，我已經有老師了。」

但她似乎也不是打算成為占星術師，就是單純熱愛各種神祕領域的事物吧。

在網路上應徵和錄取的流程，包括預先收到一半酬勞的情況，都和枝村他們如出一轍。只不過真由美是出生在網路世代的年輕人，曾先在網路上搜尋過不少黑島跟濤島的資料。

「有什麼收穫嗎？」

「我搜尋黑島先生，卻沒有找到任何東西，所以有點懷疑這可能是假名。」

「懷疑是假名，那妳怎麼還會想來？」

「已經收到一半的打工錢啦。」

從這件小事即可看出，真由美是個性認真的人。

「濤島則相反，跑出一大堆鬼故事，我想……這實在是不太妙。」

「但妳還是來了，也是因為錢嗎？」

「當然也有這個原因，再來就是，這麼有趣的打工可不是天天都有的。」

這答案似乎連新恒聽了都頗為傻眼，只是沒有表現在臉上。

「妳知道黑術師嗎？」

跟詢問其他服務人員時相同，新恒無預警地提起黑術師的問題。

「在網路上的某個電子布告欄，去年的什麼時候開始的呀……忽然就開始爆紅，好像是咒術殺人的幕後主使之類的，對吧？」

儘管真由美的回答在預料之中，但真正聽到對方清楚說出來，仍是讓俊一郎心中一凜。

「時間差不多是……六蠱獵奇連續殺人案那篇聲明文貼在網路上後吧？」

「妳知道那件案子？」

「犯罪學者，你沒問題吧？」

俊一郎忍不住探出身子，真由美則神情訝異地表示。

「那件案子當時鬧得那麼大，不知道才奇怪吧。」

「……妳這麼說也是啦。」

「當時布告欄上早就在傳有幕後黑手的事，不過是一直到今年春天那陣子，黑術師這幾個字才真正出現在網路上……」

「難道妳也聽過闇黑神祕巴士之旅嗎？」

「對，我在那個布告欄上有看過。」

「妳沒想過要參加嗎？」

按照真由美這種性格，很有可能因為「好像很有趣的樣子」，沒想太多就搭上巴士了。

「因為……」

沒想到真由美卻難得地欲言又止起來。

「怎樣？」

「……又不會發打工費。」

「居然是因為這種理由。」

俊一郎傻眼，真由美卻一臉稀鬆平常。

「關於黑術師——」

新恒接連提出不少問題，才發現真由美對黑術師的了解，不亞於偽裝成星影的松本行雅，令俊一郎大為驚訝。

「妳從哪裡知道這些事的？」

「這些在網路上都有啊。犯罪學者，你明明這麼年輕，是不是有點落伍啊？」

「我不是犯罪學者。」

「那就是偵探囉？」

她一說完，臉上忽然流露興奮的神采大喊。

「啊啊啊，你該不會是死相學偵探吧！一定是吧！」

妳為什麼會——這個問題，俊一郎硬生生吞回肚子裡。

「不用你問，我自己先說了，網路上有陣子大家都在討論，黑術師有個對手專門妨礙他，好像是叫作這個名稱的偵探。」

什麼妨礙，是阻止他吧——俊一郎雖然不滿，嘴上當然是沒有說話。

「所以我才會這樣猜，但聽說那位偵探是個帥哥，我又想肯定不是。」

真由美又繼續說出惹怒俊一郎的話，但他並不為所動。

「弦矢不是長得很帥嗎？」

反倒是新恒主動幫他說話，令俊一郎莫名尷尬。

「那位黑術師呀，好像有很多人崇拜他，布告欄上大家都尊稱他是『黑術師大人』。」

俊一郎望著這麼說的真由美，腦中不禁浮現一個念頭。

這孩子原本也有可能會變成「黑衣少女」。

他又接著想起黑衣少年，心情頓時十分複雜。

當時成為黑術師手下的，也有可能是這孩子……

兩人的命運出現此等分歧，原因可說是出在真由美看重金錢的特質上。如果真是如此，那她才讀國中就如此現實，也算是一種幸運。

「幹嘛啦，不要盯著人家做出奇怪的表情。」

忽然遭到抱怨，俊一郎苦笑。

「對了，妳聽過黑衣少年嗎？」

接著也同樣突然問起黑衣少年的事。

「咦……？」

真由美愣了一會兒，才開口：

「網路上有一群人在傳……黑術師會派遣黑衣女子作為使者，去找心懷深重邪念的人，教導他用咒術殺人的神祕儀式——你剛說的黑衣少年，就是像黑衣女子那樣的人物嗎？」

「黑衣女子已經落網了。」

新恒開口補充。

「日本警察果然很優秀。」

真由美看起來十分讚賞。

「這些人可不是普通的警察，而是為了對抗黑術師特別組織起來的特殊團隊。」

這次換俊一郎補充。

「請問，雖然現在問有點遲了……」

「什麼事？」

「招待這種特殊的警方團隊跟好像是犯罪學者或死相學偵探的小哥來島上，是不是意味著我們的雇主黑島先生，其實就是黑術師，而且住在這裡？」

俊一郎跟新恒同時點頭。

「……在哪裡？」

真由美果然掩不住好奇，立刻追問。

「我們還沒找到，妳有什麼想法嗎？」

新恒的問題，令真由美短暫陷入沉思之中。

「……這只是我的感覺啦，我一直覺得有個地方怪怪的。」

「哪裡？」

「這棟建築物後面的觀景台。」

她的回答令俊一郎頓時大失所望。

「那裡是不是其實跟這棟屋子連在一起，只是從旁邊看不出來而已？」

「那只是一座普通的觀景台，只能從階梯爬上去。」

「有什麼可以躲藏的地方嗎？」

「你找一百遍都找不出來吧。」

俊一郎嘆口氣。

「那妳為什麼會覺得奇怪呢？」

新恒溫和地追問。

「就是一種感覺。」

「原來如此，謝謝妳提供的資訊。」

再詢問她對其他同事的印象如何後，真由美的偵訊就結束了。結束前，俊一郎用死視觀看過了，沒有死相。

最後是清潔人員津久井，她是服務人員中最年長的女性。

她長年都在愛情賓館打掃，在連鎖集團麾下的旅館調來調去，不過前陣子經營者在其他產業面臨嚴重虧損，只好拋售所有旅館，服務人員也全體遭到汰換。

就在津久井想找下一份工作，卻一直沒有眉目時，剛好以前的同事告訴她「有人在網路上徵人喔」。

「雖說是同事，其實是個年紀跟我孫子差不多的女孩子。」

她說這句話時，笑臉純真的一如小女孩。

「我不會用電腦，手續什麼的都是那孩子幫我弄好。她真是個好孩子，幫了我大忙。」

「那個女生應該不是女僕真由美小姐吧？」

新恒謹慎地確認。

「嗯，不是。不過她跟真由美很像，開朗、個性好又討人喜歡。」

津久井表示，因為應徵事宜全權交給前同事處理，除了工作內容以外，她什麼都不曉得。

當然也同樣是第一次聽到黑術師的名字，而且她身上也完全沒有死相。

所有服務人員都問過一輪了。

「弦矢，你還好嗎？」

新恒先關切俊一郎的身體。

「沒事，沒受到什麼影響。累人的反倒是跟真由美講話吧。」

「她真的是開朗又活力十足。」

「相反地，其他人全都沒什麼朝氣。不過跟她比起來，幾乎所有人都算不上有精神吧。只是

──」

「你想說的，我很明白。」

新恒似乎在回想向所有人問話的經過。

「其他五個人只對自己負責的工作感興趣，這一點應該錯不了。雖然每個人遭遇的情況各有不同，但聽起來五人都是失業，正愁沒有工作時，在網路上偶然發現到這個工作機會。雖然有點可疑，不過薪水非常高，還會預先支付一半費用，所以才會過來，也絲毫不想跟工作以外的事扯上關係。這些就是這五個人的相同之處吧。」

「我剛想要說的也正是這幾點。」

「這五個人的想法，或者說他們面對這份工作的心態，也不是不能理解。只是，在得知需要招待的客人是警察，雇主還可能是黑術師這種詭異人物後……那五個人卻都還是執意不多管閒事這一點，就令人匪夷所思了。」

「這樣反而令人懷疑，那是因為這五人其實都是黑術師的手下……可以這樣推測嗎？」

「你說的沒錯，不過──」

新恒露出思索的神情，話講一半就打住。

「有哪裡不對嗎……？」

「如果這五人真是黑術師的手下，不應該再表現得高明些嗎？」

「……這倒是。」

「這樣看來，五人的反應實在是很怪。」

「結果完全看不出來他們究竟是敵是友……」

「如果黑術師真正的目的就是這個，那真的只能說他成功了。」

新恒的話讓俊一郎背脊竄過一陣寒意。

我方一行人對於照料自身生活起居的服務人員疑神疑鬼的心理狀態，令他略微不寒而慄。

然而下一個瞬間，一個疑問躍入腦海，令他愕然。

「怎麼了？」

第一時間就發現俊一郎的變化，不愧是新恒。

「我是覺得應該不太可能……」

「什麼事？」

「但說不定，黑術師就藏在那五人之中……」

新恒倒抽一口氣。

「我倒是疏忽了。」

「你的意思是……有這個可能？」

「為了隱藏自己的真面目，刻意延攬一群除了工作對任何事都漠不關心的員工，再藏身其中，這的確是有可能。」

「如果真是這樣，那他一定有變裝吧？」

「如果只是普通的變裝一定會被我們看破手腳，多半是在自己身上施了類似『黑簑』的隱身咒術吧？」

黑簑指的是在DARK MATTER研究院那起案子中，黑術師特別傳授給凶手的一種變裝用咒術。

「如果他用了那一招，事情就棘手了。」

新恒先點頭，又開口說：

「不過弦矢，你的想法或許有個地方不太對。」

「咦？哪裡？」

「認為嫌疑犯只有五個人這一點。」

俊一郎頓時說不出話。

「應該把真由美也算進去，是六個人吧？」

九　晚餐的十三人

新恒警部跟後一郎走到二樓走廊的休息廳後，曲矢、唯木和城崎都已等在那裡。

第一個報告的人是曲矢。

整座濤島的形狀酷似一個迴力鏢，位在迴力鏢最下方的是南邊的棧橋；折角下面的那條直線上半部是那棟別墅，折角處則是觀景台；而折角上面那條直線，下半部是森林，上半部則是岩壁。

森林並不大，直接穿過森林就能到達岩壁，不過這兩區都空無一物。前者只有茂盛的樹木，後者則是整片殺風景的裸露岩石。

換句話說，島上有開發的地區，就只有迴力鏢折角下方那一區而已。

「黑術師不太可能躲在森林或岩壁那一帶。」

曲矢下了這個結論。

「觀景台有五層。」

接著換唯木報告。

「走上短短五級階梯，就是五坪左右大小的一樓。水泥裸露，階梯以外的地方，四邊都有鐵欄杆圍著。」

「只是一樓也有欄杆？」

曲矢出聲確認，唯木先回了聲「對」，才接著說：

「正中間有一座螺旋樓梯，樓梯周圍有一圈長得像石筍的物體，高度大約到我的胸口，看起來有點詭異。」

「那是什麼？」

「我原本以為是一種裝置藝術，靠近仔細一看，發現每根石筍上面都畫了類似臉的圖案。」

「人物像嗎？」

聽見新恒的問題，唯木絞盡腦袋思索。

「感覺像是在一塊竹筍狀的巨石上，雕刻平面的臉。」

「原來如此，還有什麼奇怪之處嗎？」

「有刻臉的總共有十根，而且每張臉都長得不一樣。只有第十一根刻的不是臉，而是類似五重塔的東西。」

「聽起來有什麼特殊含意呢。」

「我也是覺得很可疑，就東摸摸西摸摸，沒想到有一根突然稍微沉了下去。」

「喂喂，沒怎樣吧？」

此時她仍完好無缺地站在眼前，因此大家心裡都清楚並沒有發生什麼大事，不過她的行為實在過於魯莽，可以理解曲矢為何會出言吐嘈。

「妳平常很謹慎，就是偶爾會有驚人之舉。」

「不好意思。」

唯木規矩地彎腰行禮，新恒興味盎然地問：

「後來怎樣了呢？」

「我把那一根右邊的石筍用力往下壓，它也一樣下沉了。」

「喂喂……」

「我發現這樣不太妥當，但又不曉得要怎麼樣恢復原狀。」

「廢話。」

「所以我就想，不如別再按畫臉的，去按一下刻了五重塔的那一根？」

「不對吧，怎麼會是這種結論？」

不只曲矢，每個人都為她的判斷捏一把冷汗。

「我還在猶豫該不該動手時，喀地一聲，那兩根石像就升起來，自行恢復原狀了。」

「哦。」

新恒的語氣似乎透著佩服。

「看來只要沒有在一定時間內連續按，就會自行恢復原狀。」

「不覺得很詭異嗎？」

俊一郎的發言，新恒點頭回應，開口道：

「依照正確的順序按那些石像，最後再押五重塔那根，通往觀景台地底下的暗門就會開啟，而黑術師就躲在裡頭。可以想像這種情節。」

「要怎麼知道那個順序是什麼？」

曲矢發問，俊一郎搖頭。

「現階段還沒有任何線索。」

「如果隨便按幾根……」

「這裡可是黑術師的地盤，萬一搞錯，很可能會觸動某種機關，害我們的人受傷。」

「這件事待會再討論好了。」

在新恒的催促下，唯木繼續往下說。

「我爬上螺旋階梯到二樓後，水泥地板跟四周的鐵欄杆都跟一樓完全相同，三樓、四樓和五樓也全都一個樣，只是，居然連一個奇怪的地方都相同……」

「什麼地方？」

「我上一樓時，是走了五級的階梯上去的，也就只有那裡沒有鐵欄杆。當然，就那一塊是空的。」

「該不會其他樓層也是？」

「對，就在同一個位置，只有那裡沒有鐵欄杆。」

「太危險了吧。」

「從一樓到五樓——」

新恒用手比了比。

「看起來有可能在那個位置架一座梯子連接五層樓嗎？」

「啊，原來如此。」

曲矢恍然大悟。

「……在我看來，不太可能。不好意思，我應該再更徹底地檢查。」

「不，沒問題。那手機可以用嗎？」

「沒辦法，每層樓我都試過了，完全沒訊號。」

這時，唯木忽然有些欲言又止。不光是俊一郎，新恒似乎也注意到她神態上的變化，

「怎麼了？」

「警部，你之前在會議上說過，我方船隻會在島的北側待命。」

「沒錯。」

「可是我找了好久，都沒有看到船……」

「唯木，那是因為他們隱藏得好啦。」

曲矢自豪地說。

「船上並沒有特別用迷彩做保護色。」

新恒乾脆地否認這項猜測。

「他們就只是待在從這棟建築物看不到的北側待命而已。」

「那唯木沒看到，不就代表……」

面對俊一郎憂心忡忡的發言——

「多半是黑術師在那裡設下了障礙吧。」

新恒說出了預料中的回答。

「我也跟曲矢主任一樣，繞去森林和岩壁，到處測試手機，不過全都沒訊號，島上的南邊也一樣。」

第三位是城崎，他的報告十分簡短。

「你們在一樓休息廳問話時，剩下的人全都靜靜地待在餐廳裡。我說靜靜地，這不是比喻，而是真的完全沒有人開口講話。」

「連真由美也是？」

新恒似乎相當驚訝，俊一郎也是一樣。

「我一開始想說，那女生跟其他人年紀相差太遠，不講話也是情有可原，可是……」

「連一句話都沒講？」

「對。她當時的樣子很奇特，看起來並不是因為大家話題搭不上，覺得嫌棄，或者毫不關心，才不開口。」

「她看起來是什麼樣子呢？」

「……我沒辦法很貼切地形容，但有點像是……覺得只有自己不一樣……的感覺。」

「原來如此。」

「不過，負責打掃的津久井偶爾會看向真由美，露出微笑。枝村管家、雜務熊井、廚師呂見山、外場服務人員樹海都給人一種虛無飄渺的感覺，但看起來會關心真由美的津久井，給人的感覺跟其他人有點不同。」

「那真由美的反應是？」

「她也會報以笑容，所以看起來就像一對真正的祖孫。」

俊一郎看向新恒的臉。

「我們之前猜測的——在六位服務人員中，潛伏著黑術師的手下，不過津久井跟真由美應該可以排除了吧？」

新恒沒有回應他的話。

「其他還有什麼嗎？」

「後來真由美一看到我，就興致勃勃地找我講話。」

「你們聊了些什麼？」

「她連珠炮似地問了一大堆問題。像是對抗黑術師的警察一定曾遇上一些危險關頭吧？你有沒有遇過？來這裡的路上，有沒有出什麼事呢？」

「很像她會問的問題。」

對於新恒的感想，俊一郎點頭。

「所以咧？問話的結果呢？」

曲矢似乎耐不住性子了，開口催促。

「除了真由美，其他人身上都感覺不出自己獨特的性格，不過這反而成了一種強烈的特性。服務人員全都長這樣，相處起來沒什麼困難，但相反地，也令人不知該如何應付才好，滿棘手的。」

接著，新恒詳細說明問話經過。

「被黑術師操縱了吧？」

警部一說完，曲矢就立刻發表感想，俊一郎聽了下意識就要轉頭看向城崎，好不容易才克制住自己。

「呂見山聽起來像是吐露了真心話，這或許能證明黑術師的控制並非完美。」

「你這個見解倒滿合理的。」

新恒表示贊同，因此曲矢一臉得意。

「但那樣的話，為了避免引起我們的懷疑，應該會演得再更像一點吧？如果是在那樣的情況下露出馬腳，我還能理解。可是打從一開始就擺出那副態度，就說不通了。」

「我也是這麼想。」

結果卻慘遭新恒否決，俊一郎還跟著補上一刀，曲矢面露不悅。

「……你們這樣說，也是有道理。」

接著他卻意外地收回自己的意見。

「另外，為什麼只有真由美是例外，這又是一個問題。」

城崎的情況，可以推測黑術師是想在黑搜課放一個間諜，但這群人裡只有真由美不一樣這件事，卻找不到一個好解釋。

「如果再把津久井也考慮進去，就更令人費解了。」

俊一郎這句話的語氣像是在埋怨情況很棘手。

「至於黑術師——」

新恒的目光掃過在場所有人，才接著說——

「現在應該也要防範他藏身在這六人之中。」

「不管哪個人都不太像啊。」

曲矢立刻回以真實的想法，唯木跟城崎則默然不語。

「各位——」

一道聲音傳來，眾人轉向走廊的方向，枝村管家站在那裡。

「晚餐已經準備好了，請過來餐廳用餐。」

「知道了，我們立刻過去。」

新恒回應後，俊一郎對他說：

「我晚點跟外公外婆一起過去。」

接著，黑搜課四人往一樓移動，俊一郎則朝二樓的蜜月套房走去。

「外婆還好嗎？」

他一敲門就走進房，立刻詢問外公。

「嗯。」

但外公只應了一聲，就繼續埋首看書。這是外公沉迷於閱讀時典型的反應。

俊一郎沒轍，動作放輕走近床頭，注視著外婆的睡臉。

「肚子餓了。」

沒想到她突然說話，雙眼霍地睜開，坐起身，嚇得俊一郎渾身一震。

「……妳不要嚇我啦。」

「你那是對薄命紅顏說的話嗎？」

「妳早就活超過薄命的五倍了吧。」

「這跟實際年齡沒有關係。」

「不是這樣吧，妳知道薄命的意思是什麼嗎？」

「那個先不管，你這是認同我是紅顏了？」

「這種無稽之談根本不需要我特意否認。」

「你居然對才剛昏倒、身體虛弱的外婆說這種無情的話……」

外婆嗚嗚假哭起來。

「要吃晚飯了。」

俊一郎一說出這句話，外婆立刻興沖沖地從床上起身。

「我剛才有見到廚師呂見山先生。」

「為什麼？」

「他來關心我的身體狀況，特地問我有沒有特別想吃什麼。」

他居然這麼細心，令俊一郎頗感意外。從新恒的話中，聽不出他有這一面。

「外公，一起去餐廳吧。」

「嗯。」

不過三人真正走出房間，已經是外婆仔細上完全妝，還要等外公看書到一個段落之後了。

「不好意思，我們遲到了。」

俊一郎邊道歉邊走進餐廳，新恒隨即擔憂地問：

「愛染老師，現在感覺怎麼樣？」

「警部，俗話說紅顏薄命——」

望著有禮應對的新恒，俊一郎在心中向他道歉。

「哎呀，不過這孩子還真是長大了。」

外婆忽然深有感慨地嘆了口氣，讓現場所有人都一頭霧水。

「老師在說弦矢嗎？」

率先反應過來的人，是新恒。

「我們剛才走進餐廳時，這孩子講的話，警部你也聽見了吧？」

「對。他說『不好意思，我們遲到了』。」

「從他去東京前的樣子來看，我根本不敢想像有一天他也能像這樣得體地向大家打招呼。」

「啊，原來是這樣啊。」

「這也是託了各位的福，我真的很感謝大家。」

「不用客氣，我們沒特別做——」

新恒極盡謙虛地回應。

「我為了教育他，可真是煞費苦心啊。」

不用說也知道，曲矢則是極盡誇耀之能事。

好好的一頓晚餐怎麼會變這樣……

俊一郎在心裡發牢騷，但原因絕不是出在餐桌上的談話，而是整間餐廳都飄盪著一股異樣的氣氛。

長方形大餐桌旁，靠門那一側的長邊，坐的是黑搜課四位成員，對面的長邊則是弦矢家三人。俊一郎等人的背後就是廚房，廚師呂見山應該就在裡頭。而雙手端著菜盤來回廚房跟餐廳之間的，就是外場服務人員樹海。

如果只是這樣，並沒有什麼問題。即使樹海不會親切說明餐點內容，只是沉默地端著碗盤，神態十分冷漠，但眾人其實也不在意。最重要的食物本身，居然粗糙到令人懷疑「該不會是冷凍食品吧」，老實說這讓人有點受打擊。當然打從一開始就沒人期待晚餐要是多厲害的菜色，不，反倒該擔心裡面該不會下了毒吧。

因此第一道湯端上來時，新恒沉默地舉起一隻手，阻止大家進食，自己先試了一下毒。

這個情況本身就已經夠詭異了，沒想到餐廳裡還有另一項同樣詭異的狀況。枝村管家、雜務熊井、女僕真由美和清潔人員津久井面向餐桌，分別站在四個角落。他們並沒有幫忙樹海端菜，也不是看著七位客人，就是站在那裡發呆。那副模樣實在看得人心裡發毛。

搞得俊一郎根本沒辦法安心喝湯，不只是他，唯木跟城崎似乎也好不到哪裡去。

不過其餘四人倒是一副泰然自若的樣子。新恒多半是演技高明，曲矢則大概是太遲鈍了。外公外婆應該是拜年紀所賜了。不管怎樣，這四位絲毫不在意四個角落站的服務人員，令人感到十分可靠——或許該去掉曲矢才對——安撫了俊一郎無措的心情。

接著，前菜端上來了。

「各位要不要也一起來吃？」

外婆忽然開口向枝村提出邀請，俊一郎大吃一驚。

「外、外婆，妳在——」

「這裡還空了這麼多座位，雖然對呂見山先生跟樹海女士有點不好意思，但其他人現在沒有工作要做吧。好啦，一起吃晚餐沒關係啦。要是真正的飯店，當然不允許這麼做，但現在是私人別墅，沒什麼大問題啦。」

「不用了，我們沒關係。」

枝村有禮地拒絕，熊井沒有反應，津久井的神情則露出一絲猶豫。

「真的可以嗎？我想一起吃。」

真由美輕率的回應則令俊一郎等人大感詫異。

「小姑娘，妳過來。」

外婆招手，真由美興高采烈地在椅子坐下。原以為枝村會大聲喝斥，沒想到管家卻默許了。

……這樣好嗎？

出乎意料的發展令俊一郎感到困惑，不過既然外婆主動開口邀請，真由美本人也有意願，而枝村也沒有特別責罵她，應該就表示沒問題。

更何況，真由美的餐點立刻就送上來了，簡直像是早就準備好似的，這速度快到有些詭異。

……總覺得，不對勁。

俊一郎再度感到疑惑。

「看來不用再擔心我們會被毒死囉。」

外婆若無其事說出這句話，震撼了在場所有人。

難道外婆是基於這個考量才……

邀請真由美一起吃晚餐的。真要如此，那倒是相當奸詐。不過現階段還不確定真由美是不是黑術師的人，就算真的是，黑術師或許也會在緊要關頭捨棄她這顆棋子。

猜不透外婆的用意。不過，新恒似乎也是一樣，他望著外婆的臉上難得流露出了困惑的神情。

「既然都踏進對方的地盤了，講那些拐彎抹角的話也沒有用。」

她朝新恒一笑，這麼說。

「……老師說的對。」

新恒似乎也下定決心了。

「我們是接受了這六天的邀請，但真不曉得黑術師究竟打算怎麼歡迎我們呢？」

他說出好像故意要講給黑術師聽的內容。

「還真的半點都猜不到。」

外婆立刻附和。

「不過要是以為第一晚能平安無事度過，似乎也是太天真了。」

「只好先發制人了。」

曲矢突然烙狠話，外婆轉而問他：

「主任，你的想法是？」

「請叫我『曲矢』就好。」

「怎麼可以，你這麼照顧我們家俊一郎——」

「沒關係啦，外婆。」

「你閉嘴。」

「他哪裡有照顧我。」

「你這混帳，誰說的。」

「我是事務所老闆，他就是警方的窗口而已。」

「不知道是誰讓我妹當免費勞工。」

「我可是有付打工的薪水。」

「少的可憐吧。」

「她還把我的事務所當成圖書館自修室咧。」

「幹嘛這麼小氣。」

「不曉得是哪位一直大搖大擺地用我們事務所的經費，享用Erika的咖啡喔？」

「只要有買咖啡的收據，可以向警方報帳。」

新恒插嘴後，兩人的唇槍舌劍才終於告終，不過外婆忽然笑出來。

「這可能是我第一次聽到這孩子跟別人講這麼多話，沒想到他居然變這麼多……曲矢主任，真的很感謝你。」

外婆說完還一鞠躬，頭一直垂著沒抬起來。

「這、這個，太不敢當……」

平時囂張的曲矢此刻也頓時手足無措。

「外婆，夠了——」

頭抬起來啦。俊一郎正要這麼說時，卻忽然倒抽一口氣。

因為外婆捏著手帕輕按眼角的畫面，映入他的眼簾。

平常霸道強勢的外婆居然……

他胸口驀地揪緊，一股難以言喻的情感湧上心頭，整個人慌了手腳。

「所以，你是付了多少打工錢？」

「呃……」

方才差點要感動得一塌糊塗的自己實在太傻了，俊一郎深切反省。

沒多久，主菜端上桌，而外公早已因啤酒跟葡萄酒喝得雙頰通紅。外婆喝的量應該不比他少，臉色卻與平常無異，俊一郎、新恒跟唯木都只喝了一杯，城崎似乎完全不能喝。曲矢就不用說了，當然是喝得比外公外婆還多。

用完甜點之後，又端上了幸運餅乾，俊一郎心中警鈴大作。

「這是什麼玩意兒？」

曲矢好像沒見過，一臉不可思議。

「把餅乾弄破，裡面會有一張紙籤。」

新恒開口說明後，眾人紛紛伸手去拿餅乾。

俊一郎也捏破餅乾，取出裡頭的紙片。攤開的紙片上，以優美的筆跡寫著一些文字。

看過內容後，「果然不出我所料……」，他內心怒火中燒。

「在這座島上發生的神祕案件，你能破解嗎？」

他念出紙片上寫的文字。

「光憑你身為最高負責人這一點，就罪該萬死。」

「你的警察人生因為進到這個部門就結束了。」

新恒跟唯木同樣讀了出來。

「你們兩個的內容都有憑有據，我這是怎麼回事？」

曲矢抱怨。

「有憑有據……你這說法也太怪了吧？」

俊一郎回完話，就做手勢催他快點念。

「請把我針對弦矢俊一郎引發的咒術殺人案都列出來。」

給曲矢的內容，確實跟新恒和唯木都不同。

「把殺人案列出來？莫名其妙。」

「而且還不是寫給我，是寫給曲矢刑警這一點也……」

俊一郎點出自然會有的疑問，相對地……

「至少也該寫個——你都從轄區調到警視廳了，卻編進奇怪的部門真是遺憾——之類的吧。」

曲矢還在發牢騷。

「外公和外婆呢？」

俊一郎決定不管他，詢問外公外婆。

「你的小說半點價值都沒有。」

外公先用毫無感情的平板語調念完。

「根本沒有讀者看怪奇小說是為了尋求價值。」

接著，他毫不猶豫地反駁。

「害可愛孫子的人生道路滿是荊棘，責任全在妳身上。」

外婆先念出紙條。

「還需要你來說，的確就是這樣啊。」

但她倒是乾脆承認了。不是這樣的——俊一郎正想出聲駁斥。

「……這是什麼意思？」

城崎把那張紙片丟到餐桌上，霍然站起身。

「只有我的最奇怪吧……」

他還顧在場所有人。

「嘔嘔！」

之後卻忽然發出呻吟，雙手摀住胸口，直挺挺地倒在地板上。

「城崎！」

新恒衝過來，想要扶起他。

「……他死了。」

十 第一起殺人？

城崎從椅子上站起來，倒地，斷氣，這一連串過程讓俊一郎有種似曾相似的感覺。

這是……

但那股感覺究竟是什麼，他又毫無頭緒。

「……中毒嗎？」

新恒檢查城崎遺體的嘴巴，低聲道。

「對不起。」

警部雙手合十，朝遺體垂下頭。

「等事情結束後，再好好祭拜你。」

「麻煩妳了。」

外婆表達自身意願後，新恒先一鞠躬，才站起身，拿起城崎剛才丟到餐桌上的幸運餅乾紙片。

「這相當奇特呢。」

警部低頭看向那張紙片，讀出上頭的內容。

「你數錯了。」

不過，俊一郎等人即使聽了那幾個文字，仍舊是一頭霧水。

「只有城崎這張的內容跟文字風格都不同。」

「其他人拿到的紙片，內容都很明顯就是針對該人所寫。」

聽了俊一郎的想法，新恒點頭附和。

「沒這回事，我的也不一樣吧。」

曲矢立刻抗議。

「你的確實不一樣，但曲矢主任，至今弦矢解決的每一件跟黑術師有關的咒術殺人案，你都有參與其中。因此，那段文字的確是要給你的。」

新恒先如此說明。

「可是城崎搜查官拿到的內容卻明顯不同。寫給曲矢主任的話已經很奇怪了，但『你數錯了』，更是讓人完全摸不著頭緒。不過我們應該要先確定，這張紙片真的是給他的。」

警部轉向廚房，先叫了聲待在那裡的樹海。

「這些餅乾，有指定哪一個要給誰嗎？」

「有。托盤上鋪著一張寫有各位姓名的紙，餅乾就放在上面。」

「妳進到廚房時，一切就都擺好了嗎？」

「對。」

接下來，新恒看向枝村管家。

「你們來這座島時，是所有人一起過來的嗎？」

「我們六個先在港口會合，再一起來的。」

「第一個進到廚房的人是誰？」

「是我。」

廚師呂見山從廚房探出一張臉來。

「但我進來時，那個托盤就已經擺好了。」

在新恒跟呂見山交談時，外婆在遺體旁蹲了下來。

「有發現什麼嗎？」

俊一郎滿心期待地問。

「黑術師造成的影響已經消失得一乾二淨了。」

但外婆只回了這句話，還反問他一句。

「你看見城崎倒下時，不是有察覺到什麼嗎？」

不愧是外婆，俊一郎還以為自己的神色變化僅有短短一瞬間，沒想到她還是敏銳地發現了。

「我覺得……好像之前也看過。」

「是去東京之前，還是之後？」

「……之後吧。」

外婆注視著遺體一會兒。

「警部，如果方便的話，遺體要不要先找個地方安置？」

「說的也是，謝謝妳的細心。」

曲矢從頭部，唯木從雙腳抬起遺體，搬到城崎的房間。外公外婆也跟著一起過去了。

新恒請服務人員都過來餐桌旁坐下，直接開始問話。俊一郎在取得同意後，也留在現場。

但問遍了管家枝村、雜務熊井、女僕真由美、廚師呂見山、外場服務人員樹海跟清掃人員津久井，都沒能獲得有用的資訊。等於只是再確認了一次，六人都是在網路上應徵這份工作，錄取後一起來到島上，所有人都是初次碰面，並且對於自己份內工作以外的一切都毫不知情。對於黑術師也同樣不了解，只有真由美一個人知道一些從網路上看來的知識。

兩人毫無斬獲，走出餐廳。

「看起來似乎跟服務人員無關，但不覺得還是很可疑嗎？」

俊一郎爬上通往二樓的階梯。

「他們好像在隱瞞什麼……不對，不應該這樣說。」

新恒試圖描述自己感受到的疑點，卻又沒辦法準確地說出來，有點焦躁。

「說的也是呢，與其說在隱瞞什麼，在我看來更像是想不起來的樣子。」

「記憶被消除了？」

「這個可能性很高吧。只有關於工作的部分被刻意保留下來，所以他們對於先前的工作都能侃侃而談。因為如果不留著這方面的記憶，也會影響到在這裡的工作。」

新恒下了一個合情合理的解釋。

「只是……」

他忽然陷入沉默。

「怎麼了？」

即使俊一郎追問，他也遲遲不開口。

「警部，不太像你的作風呢。」

「沒事，不好意思。」

新恒苦笑。

「我在跟那些人講話時，有時候也會突然有一種沒辦法說明的奇異感覺。」

「……果然。」

「只是，任憑我想破頭，仍舊不明白那是什麼。」

「真由美呢？」

「只有她，給人的印象就是個時下普通的小女生。」

兩人談著談著，已走到城崎的房間。

「我們來晚了。」

新恒先打聲招呼，兩人才踏進房。遺體的臉上蓋著白布，平放在床上，一旁外婆正在誦經。

枕邊白煙嬝嬝的焚香，多半是外婆帶來的，肯定是用來代替線香。

外公、曲矢跟唯木在遺體雙腳那一側的床邊合掌致意，新恒和俊一郎便排在他們後面。

「謝謝。」

外婆誦經結束，新恒深深一鞠躬道謝。曲矢跟唯木也同樣行禮。

「問話的情況如何？」

一刻也不稍等就馬上發問，實在很像曲矢的作風。

「沒有收穫。」

新恒搖頭，接著提及自己猜測那些服務人員可能失去記憶了。

「要找線索，或許可以翻一下城崎搜查官的私人物品。」

新恒動手翻查城崎的旅行包，唯木檢查收進衣櫥和抽屜的衣物，曲矢則開始搜索整間房內。

沒多久，新恒就從一本大本的黑色皮革記事本裡，找出一個細長型的茶色信封。就是那種隨處可見，售價便宜，一包有好幾十個的普通信封。

「信封上寫了城崎搜查官的名字。」

新恒翻過信封，看寄出人是誰。

「這、這是……」

他驚愕到說不出話來，接著舉起茶色信封，讓所有人都看得到信封背面。

上面畫著好幾條粗黑短線。

「……啊！」

俊一郎忍不住大叫。

「十三之咒……」

喃喃吐出這幾個字，再轉頭看向外婆。

「你當時那股奇怪的感覺，就是這個吧？」

「……嗯。在『十三之咒』那件案子裡，我曾親眼看過入谷家的被害人在過世時，都跟城崎一樣突然倒下來，才會有那種似曾相似的感覺。」

「喂喂，等一下。」

曲矢神色慌張。

「你的意思是，黑術師對城崎施了十三之咒？」

「那個信封就是最好的證據。」

不過俊一郎的回答似乎完全沒有傳進他的耳裡。

「這種大事他怎麼會瞞著我跟警部。」

曲矢朝遺體射去憤怒的目光。

「城崎搜查官多半是有自信能靠自己破解咒術吧？」

「那傢伙真是的……」

「曲矢主任，如果是你遇上同樣的情況，難道不會做出一樣的選擇嗎？」

「……呃，這個，大概。」

曲矢不太情願地半同意了新恒的看法。

「可是，這不是很奇怪嗎？應付十三之咒的方法，黑搜課的資料裡就有寫，他不可能搞錯。」

「來看一下信封裡有什麼。」

警部取出一張大小接近B4的粗糙草紙。

「……我就知道。」

這東西俊一郎也曾見過。

「草紙上有畫紅色的粗線嗎？」

新恒攤開草紙。

結果正如俊一郎所預料的，上面有數條暗紅色的粗線。

「這百分之百是十三之咒。」

「那這個顏色是……」

「恐怕是血跡。」

「這樣一來，就會有曲矢主任剛才說的那個問題。」

「該不會他其實不曉得吧？」

「不曉得自己被下了十三之咒嗎？」

俊一郎的語氣充滿了不可置信。

「這樣就能說明城崎為什麼會出現不尋常的舉止了，不是嗎？他一直在注意身邊有沒有出現十三之咒的徵兆。」

「那他為什麼沒有防範？那傢伙對自己太有自信了，但經驗卻不足，了解的也還不夠多。」

「或許是那樣，不過……你應該很清楚十三之咒是一個怎麼樣的咒術吧？」

「……嗯，也是啦。」

「城崎搜查官在這件事的處理上確實有一點問題——」

新恒目光沉痛地望向床上。

「不過他作為黑搜課的搜查員，使命感比誰都強。」

「比不上警部。」

曲矢插嘴，新恒瞥了他一眼，又繼續說：

「所以，黑術師咒術殺人案的相關資料，他一定全都仔細研讀過。我認為他不太可能搞錯應對十三之咒的方式。」

「啊……」

這時，俊一郎忽然想到一個討厭的可能性。

「怎麼了？」

「這一點放在黑術師身上也說得通吧？」

新恒露出詫異的神情，一瞬間又立刻隱去。

「陷阱嗎？」

外婆似乎也發現了，直接問道。

「怎樣啦？你快解釋。」

「我的意思是——不管對象是黑搜課的誰，黑術師真的會以為寄來一封明顯是十三之咒的信後，咒術還能成功發揮作用嗎？」

曲矢張大嘴巴，俊一郎的視線從他身上轉向新恒。

「可以借我看一下嗎？」

俊一郎接過信封跟草紙，專心數兩樣物品上的粗線。

「粗線有十四條，不是十三。」

「什、什麼？」

曲矢震驚，新恒不回應他，冷靜地說：

「所以幸運餅乾的紙片上才會寫『你數錯了』。」

「曲矢之前跟我說，城崎是從七月十九號左右開始出現可疑的舉動。」

「對，沒錯。」

「算起來，昨天就是第十三天。」

「所以他誤以為自己成功避開了十三之咒……所以他那些奇怪的行徑到昨天就沒了……」

眾人在港口附近的飯店先住了一晚，才搭遊艇過來，當時，城崎看起來確實已經恢復平常的模樣了。

「不過黑術師施的其實是偽裝成十三之咒的其他咒術。」

「真有這麼方便的咒術存在嗎？」

即使心中憤慨，曲矢似乎還沒能從震驚中回神。

「怎麼樣？」

俊一郎跟著問，外婆露出思索的表情。

「要靠這種方法，引發平常那種咒術連續殺人案，應該是辦不到，但如果只針對城崎警官一個人，只需要發揮一次效力，就有可能了。」

「他用偽裝成十三之咒，單次限定的咒術——先叫它『十四之咒』，殺了城崎警官。」

「大家都沒有異狀吧？」

新恒的目光掃過在場所有人，發問。

「我是沒什麼特別的……」

「我也是，目前一切正常。」

聽了曲矢跟唯木的回答，俊一郎搖頭。

「從那些紙片上的文字來推測，預先被施咒的應該只有城崎警官一個人。」

「你說的沒錯，我疏忽了。」

新恒對自己的一時不察，忽然流露出近似慚愧的神情。

「別這麼說，警部當然會擔心大家的安危。」

「為什麼只有城崎事先被下咒？」

聽到曲矢的疑問，新恒立刻回答。

「黑術師應該是預料到——城崎搜查官不會向我們報告此事，而會打算靠自己解決吧。」

「他從這一點下手啊。」

「城崎搜查官應該是打算，在十三之咒生效前就漂亮地擋住它，再向我們報告這份功勞。」

「你是說……在這座島上嗎？」

「從日期來推算也剛好吻合。再說，要宣布自己將了黑術師一軍，也沒有地方比這裡更適合了吧。」

「意思是，這一切都是黑術師設下的圈套。」

俊一郎下了結論。

「混帳……」

曲矢朝遺體低吼，臉上卻沒有一絲責難。

「弦矢的幸運餅乾裡寫的『在這座島上發生的神祕案件，你能破解嗎？』是否就在指城崎搜查官的死……」

「咦？不是嗎？」

聽了新恒自言自語般的發言，俊一郎不假思索地反問。

「他會死在島上，八成是黑術師設計好的。但施咒的時間點早在十四天以前，就『在這座島上發生的神祕案件』這幾個字來看，語意似乎有衝突。」

警部的神色變得凝重。

「而且牽扯到黑術師的『案件』，差不多就等於連續殺人案了吧。」

「你是說……他要在濤島上引發連續殺人案，被害人則是我們嗎？」

「這麼一來，城崎搜查官就會是第一位被害人——」

「可是這樣會有一個問題，這樣還是跟『在這座島上發生的神祕案件』的語意不合。」

「警部，你聰明反被聰明誤。」

曲矢插嘴打斷兩人的討論。

「才連這種小地方都考慮太多。」

「跟曲矢刑警正好相反呢。」

平常這種時候兩人就會開始鬥嘴，但此時——

「我現在沒空陪小朋友玩。」

曲矢卻主動喊停。

「我是看不透幸運餅乾那些話的意思，也無從判斷城崎是不是第一位被害人，但下一個受害的對象是在場的誰，這我倒是很清楚。」

「確實，你說的對。」

「今天晚上，黑搜課的三人輪流在屋子裡巡邏好了。」

新恒立刻表示贊同。

「還有我。」

俊一郎舉起右手。

「我不同意。這是我們的工作。」

新恒卻果斷拒絕。

「可是現在我們人數有限。外公外婆半夜巡邏是太勉強了，但我沒問題。」

不過在俊一郎的堅持之下，最終排定了以下的輪班表。

俊一郎負責半夜十二點之前的時段。

新恒負責半夜十二點到凌晨兩點的時段。
曲矢負責凌晨兩點到四點的時段。
唯木負責凌晨四點到六點的時段。

枝村管家有說過，因為七點半開始吃早餐，工作人員都六點半就會起床。
「我巡邏到早餐時間為止。」
「就算只有三十分鐘，早餐前妳也該去躺一下。」
唯木提議要拉長自己的巡邏時間，但新恒委婉地阻止她。
「可是——」
「不行。」
「六點到早餐這段時間，就由我這個早起的怪奇小說家來負責好了。」
外公一句話解決了這個問題。新恒八成也是認為這時段危險性不高，更何況他可是新恒警部，肯定是打算在唯木的巡邏時間結束前就先起床。
保持在隨時有兩人看守的情況下，所有人輪流洗好澡。外公外婆回蜜月套房，餘下四人在討論完巡邏路線後，獨留俊一郎一個人守在二樓的休息廳。
需要留意的主要是二樓大家寢室外面的這條走廊，不過新恒決定一樓服務人員的房間也該去查看。儘管黑術師對他們下手的機率不高，但只要身在這座島上就有危險，他們又是普通人，不能置之不理。除了確保他們的安危，另一方面也是要監視那些服務人員。

俊一郎決定巡邏的比例二樓要占七成，一樓占三成。這當然是為了保護外公外婆跟黑搜課的成員，不過其實還有其他原因。

因為一樓服務人員的房間那一區，總讓人感到莫名詭異。

他有這種感覺，最關鍵的理由就在於，完全聽不到半點聲音吧。

服務人員共有四間房，枝村管家和廚師呂見山兩位男性一間，外場服務人員跟清潔人員津久井兩位女性一間，負責雜務的熊井和真由美則睡單人房。應該是枝村考量過年齡與個性後分配的。

照理說，雙人房應該會傳出交談聲，但實際上，一樓卻安靜到連根針掉到地上都能聽見的程度，甚至連個咳嗽聲都沒有。傳進耳裡的，只有外頭淅瀝淅瀝的靜謐雨聲。

俊一郎心下起疑，附耳貼上四間房的門板，結果有間房內傳來了微弱的音樂聲。

這間多半是真由美的房間。

但其他三間房都完全沒有任何聲響，大家全都睡了嗎？就算是睡著了，一點動靜都沒有也不太正常了吧？

要不要開門檢查一下房內的情況……他不禁冒出這個念頭，但並沒有付諸行動。再怎麼說，這樣是侵害他人隱私。

終於熬到半夜十二點交棒給新恒時，俊一郎發現自己大大鬆了一口氣，內心不禁深感羞愧。

至今又不是沒有獨自一人深夜在委託人家裡遇上危險過，這次居然守個夜就嚇壞了，實在太丟臉。他暗自反省。

不過他一鑽進被窩就立刻睡著了，可見今天果然相當疲憊。

隔天早上，在外公來叫他起床前，他都睡得很熟。

「俊一郎，快過來。」

他跟在外公後面踏上走廊，曲矢跟唯木也正從房間出來。

「新恒警部呢？」

「他先下去了。」

對於曲矢的問題，外公簡短回答，同時領著三人朝服務人員房間那一區走去。

到一樓走廊後，只看到新恒一個人。

「駿作老師早上巡邏時，枝村管家告訴他熊井先生沒有起來。」

「大概六點四十分左右。」

外公補充說明時間，新恒點頭道。

「敲門多次也沒人回應，門又鎖著打不開。老師得知這個情況後，就立刻來通知我。」

「其他服務人員現在在哪裡？」

「餐廳裡。」

聽見俊一郎的問題，新恒先回答他。

「我昨晚有先拿到這棟屋子的備用鑰匙。」

然後輕描淡寫地拋出這句話，令俊一郎十分詫異。新恒做事果然周全。

「我要開門了，以防萬一，曲矢主任跟唯木搜查官，你們做好應戰準備。駿作老師跟弦矢，請你們先退後好嗎？」

新恒說完。

「熊井先生，我要開門囉。」

他又朝房內喊話，才拿備用鑰匙開門。

「熊井先生？」

警部叫他的聲音忽然走調，是因為門後，熊井的身影看起來明顯怪異。

他端正跪坐在床上，頭垂向房間一角，頸上纏著好幾圈繩子，看來已經斷氣了。

十一　第二次殺人？

新恒警部回頭。

「唯木搜查官，請妳守在駿作老師跟弦矢旁邊。」

下了這道指令後，便叫曲矢一同進入房裡。

「勒斃的嗎？」

相對於曲矢冷淡的口吻，新恒則是先檢查一遍遺體全身。

「他過世了。」

然後斷言熊井的死亡。

「目標居然不是我們嗎？」

在場所有人內心的震驚，由曲矢說出口了。

「這傢伙身上沒出現死相，對吧？」

「……嗯，沒有。」

俊一郎無力地回答。

「那件事晚點再來想。」

新恒這句話像是想安慰俊一郎，曲矢則把注意力放在遺體上。

「你怎麼看？」

「從背後把大塊頭熊井勒死。」

「就算從背後出手，但以熊井先生這種體格，能直接把他勒死嗎？這點有待商榷。」

「而且這個怪異的姿勢又是怎樣？」

「看起來像在懺悔……」

「說不定被害者——」

俊一郎探頭觀察房內。

「是某種宗教的信徒，習慣在睡前祈禱。他跪坐在床上，面朝房間角落祈禱時，從背後遭到襲擊，來不及還手，才會以這種不自然的姿勢斷氣。」

「也有道理。」

新恒先認可俊一郎的推理，才一邊檢視遺體一邊說：

「不過如果是這樣，被害人一定會拚命抵抗，激烈扭動。」

「沒錯。」

曲矢立刻附和。

「這樣一來，根本不可能在他脖子整整齊齊纏上這麼多圈繩子。沒有綁得七零八落，實在很奇怪。」

「但按照你們的說法，反而更佐證了他是宗教信徒的假設吧？」

「原來如此。」

聽了俊一郎的意見，新恒回應。

「因為全神貫注在祈禱上，儘管凶手從背後接近，甚至輕輕在脖子上繞了好幾圈繩子，熊井先生都沒發現。」

「喂喂，這也太扯——」

「這絕非不可能的事吧？只要對信仰夠虔誠，就有可能發生。」

「可是，警部——」

曲矢露出不滿的神色。

「說起來，那個精神狀態倒是跟城崎搜查官一心認定自己應付得了黑術師施下的咒術很類似吧。」

他聽到新恒後面的說明，就又一臉不甘願地閉嘴了。

「新恒警部，我有件事要報告。」

唯木的聲音響起，她似乎剛才一直在找機會開口。

「什麼事？」

「我早上巡邏經過這間房門時，有聽到裡面傳來『砰』的沉重聲響。」

「幾點的時候？」

「五點五十六分。」

曲矢聽了便用興奮的語氣說：

「難道是凶手勒住熊井的脖子，害他頭撞到牆角的瞬間嗎？」

他先生動描繪犯案現場的細節，再向唯木拋去疑問。

「怎麼樣？妳現在應該曉得是不是那種聲音吧？」

「……我不敢百分之百肯定，但滿接近的。」

「真不爽快。」

「曲矢主任，不能誘導回答。」

新恒警告他。

「而且唯木搜查官聽見的，極有可能不是犯案當時發出的聲響吧？」

「為什麼？」

「你仔細觀察一下遺體。」

「我從剛才就一直……」

曲矢話還沒說完，就露出了「糟糕」的神情。

「屍僵嗎？」

「遺體全身都出現了。」

「咦……？」

俊一郎跟唯木幾乎同時驚呼出聲。

「換句話說，熊井先生遇害，是在距今六小時到八小時以前。」

「警部檢查遺體是在快六點五十分時的事，所以——」

俊一郎往回推算。

「熊井遭到殺害的時間，會落在昨晚十點五十分到今天凌晨十二點五十分之間。」

「那我在五點五十六分聽見的聲音是？」

唯木提出的疑問，沒有人能回答。

「我目前能想到的是……」

但俊一郎還是主動打破沉默——

「可能是凶手發出的聲音。」

「在殺完人好幾個小時之後嗎？」

曲矢立刻回應。

「如果不是被害人，就只會是凶手。」

「不過凶手留在房裡又沒事做？」

「如果是——在把這間房布置成密室呢？」

「你說什麼？」

曲矢低吼，新恒指著跟床不同側的小茶几桌面。

「這間房間確實是呈現密室的狀態。」

桌上擺著一副鑰匙。曲矢試了一下，確定這把真的是熊井房間的鑰匙。

「備用鑰匙只有一副，在我手上。」

「一般情況下，這時應該要懷疑新恒警部，但這當然不可能。」

俊一郎的話，就連平常最愛吐嘈他的曲矢，此時都沉默聆聽。

「凶手離開時，還將原來那把鑰匙留在房間裡。」

「你是說，他在犯案好幾個小時後才離開嗎？」

曲矢似乎無法接受這個猜想。

「如果要玩這種花樣，怎麼想也是在剛犯案完的時候吧。」

「可是，他有沒辦法這麼做的理由，因此凶手只好選擇在幾小時之後回來。反正這段時間內，他也不用擔心有人會來找熊井。」

「邏輯上是合理的。」

新恒出聲贊同。

「那他要怎麼把房間弄成密室？」

但面對曲矢的質問，俊一郎卻回答不出來。

「……沒意義吧。」

這時外公淡淡說了一句。

「咦？什麼沒意義？」

俊一郎驚訝問道。

「把殺人現場的這個房間布置成密室，沒有意義。」

「你是說這個啊。」

「更何況特地在犯案過了好幾個小時後跑回來弄成密室，有什麼意義嗎？」

「……好像，沒有。」

俊一郎宛如墜入五里霧中，新恒和曲矢在徹底調查過熊井的房間後，就走出去，鎖上門。

「既然有一般民眾遭到殺害，就必須報警了。」

得知新恒不打算讓警方介入城崎的死亡，俊一郎的心境很複雜。

「現在手機不能用，該怎麼報警？」

但他說出口的卻是這個問題。

「沒問題。」

新恒語氣堅定道：

「曲矢主任跟唯木搜查官，請你們去後面的觀景台發射照明彈。」

「要用這招通知在島外監視的船隻出事啦。」

新恒果然有準備出意外時的對策。

「唯木，妳去——」

「絕對不能單獨行動。」

曲矢擅作主張的指令，遭到新恒制止。

「可是，警部，不過是發射一枚照明彈——」

「一定要兩個人一起去。」

新恒的語調並不激動，神情也不帶一絲怒氣，但連俊一郎都看出來，曲矢心驚了一下。

「……了解。」

眼見曲矢不情願的模樣，平常俊一郎肯定會毫不留情地嘲笑他，但此刻走廊上飄盪著不容玩笑的氣氛。

「我可以一起去嗎？」

「去觀景台？」

俊一郎點頭。

「當然，三個人去，更讓人放心。」

「那警部你呢？」

曲矢問。

「我去找服務人員問話。」

新恒一回答。

「不行啦，不能放警部一個人。」

俊一郎乍聽之下還以為曲矢在報復剛才的事，但從他的神情能看出，他是真心在擔憂新恒的安危。

「不，我——」

「警部，你是指揮官。他沒有第一個對你下手才奇怪吧。」

接著，曲矢在遲疑片刻後，看向唯木。

「妳去輔佐警部。」

「我知道了。」

曲矢方才肯定是在猶豫要留下自己還是唯木。

「那麼就請曲矢主任跟弦矢去觀景台，我跟唯木搜查官去餐廳。」

新恒下了新的指令。

「駿作老師，有什麼打算？」

「我要去叫那個起床，告訴她這件事。」

外公口中的「那個」，指的就是外婆。順帶一提，外婆在跟俊一郎講話時，也都是用「那個人」來稱呼外公。但兩人絕非將對方當成外人，俊一郎反倒認為「那個」和「那個人」聽起來十分親密。

等待新恒去房間拿照明彈來給曲矢後，俊一郎便從一樓北側的後門出去。

天空依舊烏雲密布，不過昨夜那場雨，早上似乎就停了。只是灰濛濛的烏雲仍然籠罩住濤島的上空，只有這座島的上空。一出這座島，雲朵就是潔白的，雲層縫隙中還斜斜射出早晨的陽光，看起來分明是個大晴天。如果將這個畫面繪成一幅畫，看到的人肯定會說「不可能有這種事」。然而，此刻他眼前的景象真的就是如此不可思議。

後門那條路一開始必須先穿過草坪，路況很快變差，簡直像左右都讓雜草覆蓋的山路，蜿蜒曲折地通往小山丘。

「你剛才為什麼選我？」

俊一郎朝走在前頭的曲矢背影發問。

「唯木經驗還不夠，跟菜鳥偵探組成一隊，是要我擔心死嗎？」

「從這一點來說，新恒警部倒是跟誰都沒問題吧？」

「什麼意思？」

「跟資深好手新恒警部一組，對唯木來說是求之不得的學習機會。而對個性惡劣的邊緣人曲矢刑警而言，和身為精英的優秀警部一組，也會獲得求之不得的寶貴經驗。」

「我看把這顆照明彈射你身上好了。」

「你不要浪費，照明彈很珍貴。」

「沒關係，反正有兩發。」

「那應該把第二發留給你自己。」

「為何？」

「萬一有一天唯木先升官，成為你的上司，你可能會對現實徹底絕望，想要射自己一發。」

「你想像得這麼真實幹嘛。」

「喂喂，真有這個可能嗎？」

「畢竟那傢伙的確很優秀啊。」

「那倒是毫無疑問，不過……你呀，也該反駁一下吧。」

兩人像平常一樣拌嘴個沒完沒了，爬上山丘。

「真的都沒看到黑搜課的船耶。」

俊一郎繞著觀景台走了一圈，不光島嶼北側，連東側和西側都看過了，卻完全沒見著可能是黑搜課的船隻。

「這情況不管怎麼想都不對勁。」

對於俊一郎略微不安的發言，曲矢的口氣透著一絲不耐煩。

「哪裡不對？」

「別說黑搜課的船了，根本連一艘船都沒看到，你不覺得這太奇怪了嗎？」

「……一艘都沒有嗎？」

「嗯。雖然我不曉得這座島附近到底有沒有航線經過，但這裡又不是位在太平洋正中央的孤島。」

「你的意思是——從這邊看過去我們看不到船，他們從船上則是看不到這座島嗎？」

「或者是……可以看到島本身，但完全看不見島上發生的情況。」

「照你的意思，那就算發射照明彈——」

「可能……也看不見。」

「從這裡發射嗎？」

曲矢回頭看向觀景台，神情帶著猶豫。

「還是上去射？」

「照明彈不就是設計成即使從低處發射，對方也能清楚看見嗎？我們都已經在山丘上了，從這裡射就可以了吧？」

「你說的也對。」

這種時候的曲矢出人意料地好溝通。

「我要射囉。」

他說完，便朝北方射出一發照明彈。

「如果黑搜課的船看見了，接下來會發生什麼事？」

「他們應該會立刻從島的北邊繞到南邊，直接從棧橋上岸。」

「要去等等看嗎？」

俊一郎的提議獲得支持，兩人走下山丘。

走回後門時，他們判斷直接穿過前院，會比從屋裡走還快。出了別墅後，一口氣走到棧橋。

然而，不管他們左等右等，連船的影子都沒看到。

「該不會是遭到黑術師的毒手了吧？」

「這也是值得擔心，不過從一艘船都沒看見的情況來推想，應該還是黑搜課的船看不到照明彈的可能性更高。」

「繼續等只是浪費時間，回去吧。」

兩人走回別墅，新恒在一樓休息廳的問話正好結束。

「也太快了。」

曲矢訝異地說，新恒便開口解釋。

「昨晚十點過後，所有人都已經回到房間，一直到早上都沒有人離開。從十點五十分到今天的午夜零點五十分之間，沒有人聽到聲響。今天早上的五點五十六分也一樣。每個人回答的內容都如出一轍，所以一下就結束了。」

「串供過……嗎？」

「我是完全沒有這種感覺。」

「警部這麼說，那就錯不了。」

「只是……」

新恒難得露出困惑的神情。

「我總覺得哪裡不太對勁。」

「妳覺得呢？」

曲矢詢問後，唯木也難得欲言又止一陣。

「……這樣說對警部有點不好意思，但我的感覺是他們全都在說謊。」

「串供的可能性呢？」

「我認為有。」

曲矢的表情滿是疑惑，轉向俊一郎。

「以身為警察的能力來說，當然是警部經驗老道，可是唯木也絕不遜色，只要多累積經驗，假以時日肯定能趕上警部。現在兩個人意見相反，這有點棘手。」

新恒聽了苦笑道：

「你這些話在本人面前說妥當嗎？」

另一方面，唯木的反應則是——

「謝謝肯定。」

不曉得是否因為被平時嘴巴壞的曲矢稱讚，臉上有了一絲笑意。

「關於凶器的那條繩子呢？」

俊一郎發問後，新恒回答。

「已經知道是被害人的物品，用來綁行李的。」

「凶手用被害人的物品下手，倒是考慮得很周全。」

「所以他才會沒把繩子拿走，直接保留原樣吧。」

「真是出大事了呢。」

這時，外婆跟在外公後面走下來。

「妳睡到現在嗎？」

俊一郎不假思索問道。因為外婆平日習慣早起，根本不可能睡這麼晚。

「自從來到這座島上，我的狀況就不太對。」

然而，她卻說出了俊一郎最害怕聽見的回答，他一顆心直往下沉。

新恒先描述熊井遇害現場的情形，再由曲矢報告發射照明彈後，照理說在島北側待命的船隻卻沒有出現在棧橋，最後是俊一郎表明自己懷疑濤島已形同孤島的擔憂。

接著，新恒詢問外婆。

「那些服務人員果然被黑術師操縱了嗎？」

「如果新恒警部跟唯木警官，兩位相互矛盾的意見都是對的，那就只有這種可能了吧？」

「外婆，妳什麼都沒感覺到嗎？」

「畢竟我才剛昏倒過。」

「昨天在餐廳呢？」

「不小心喝太多了，根本顧不到別的事。」

「我說妳呀……」

可不可以有一點緊張感——俊一郎正要這麼說時，忽然察覺到一件事。

「妳昨天晚上卯起來喝酒，是為了自保嗎？」

「你看出來啦。要是我稍微露出一點想要探查的意圖，黑術師肯定會出手阻礙，所以我才乾脆裝出一個酒鬼樣。」

「什麼裝啊？妳真的喝了不少吧。」

「欺敵之前，要先騙過自己人——你沒聽過這句話嗎？」

雖然感覺外婆在敷衍自己，但俊一郎闔上雙眼問：

「所以咧？裝成喝醉的樣子，檢查服務人員的情況了嗎？」

「結果也是很奇特。」

外婆神情認真。

「除了真由美，其他人身上都有一種跟之前的城崎警官類似的感覺……」

「沒辦法搞清楚那是什麼嗎？」

外婆點頭。

「城崎警官身上的咒術看似十三之咒，實則不然，只是要擾亂我們。但那些服務人員，就令人搞不懂了，身上肯定有什麼玄機，卻看不明白。」

「愛染老師的狀況不好，跟你的死視預測錯誤，應該有什麼關聯吧？」

「這樣說起來，那趟闇黑神祕巴士之旅時，我的死視能力也完全派不上用場……」

聽見俊一郎的嘟噥後，外婆回：

「那個情況不一樣。這次應該是，我們疏忽了什麼關鍵。」

「對了——」

外公突然朝新恒發問。

「被害人說不定是宗教信徒這件事，結果如何？」

「這種事牽扯到個人隱私，似乎沒人知道。只有真由美表示——熊井看起來實在不像有虔誠信仰的人。我追問其他人後，大家的意見也幾乎都跟她差不多。」

「這樣一來，被害者奇特的姿勢，或許就是凶手特地讓他擺的了。」

「這是代表……」

俊一郎還沒講，外公就先說出口了：

「毫無意義的行為，又增加了一項。」

十二 三個無意義的行為

「毫無意義的行為？你指什麼？」

外婆發問後，俊一郎說明：

「城崎警官過世後，我們自然會認為黑術師的目標是我們，但下一個被殺的人卻是服務人員熊井。」

「你這孩子，是熊井先生，你要記得加上敬稱。」

「是。」

「這孩子真是說不聽，就連面對委託人時都老是直呼人家姓名。你終於學會社交我是很開心啦，可是——」

「那個，外婆，這種事以後再說。」

俊一郎連忙打斷她。

「換句話說，我們完全猜不出來殺害熊井先生的動機是什麼，所以外公才會說那是毫無意義的殺人。」

「原來如此。」

「第二個是，現場是一間密室。」

房間鑰匙就擺在房裡的桌上，而備用鑰匙昨晚起就由新恒警部保管。俊一郎先如此說明。

「在這種情況下，凶手是怎麼把房間布置成密室的呢？——這一點也是問題，不過同時還有另一個謎——他為什麼要把房間布置成密室呢？」

「你是指，有必要布置成密室嗎？」

「哦，外婆，妳很清楚嘛。」

「我好歹也是跟這個人相處幾十年了。」

外婆微笑看向外公。這畫面出乎意料的溫馨可愛，俊一郎有些意外。不過外公臉別向他處，像是在思量著什麼事似的。

「不過外公是怪奇幻想作家吧？」

「在成為作家前，他也算是一個偵探小說迷。」

「所以才會跑去什麼密室講座——」

「嗯，他最喜歡分類了——」

難怪外公會著手撰寫《死相學》的原稿。俊一郎又更明白其中原因了。

《死相學》是為了分析他靠死視看見的那些死相型態——形狀、色彩或濃淡等——與實際的死因之間是否存在著某種關聯，並希望在逐條分類後能建立起一套規則，可預見會是一本分量十足的著作。之前外公表示，「寫這本書是希望能對你做為死相學偵探的發展有所幫助」，但現在看起來，背後應該還有其他理由。

俊一郎跟外婆無視本人就站在旁邊，興高采烈地聊著外公的分類癖好。

「喂，話題偏掉了。」

曲矢小聲抱怨。看來就連他也不敢對外婆不敬。

「所以外公才會說，特地把現場布置成密室，是一個毫無意義的舉動。」

「原來如此。」

「第三個是熊井先生奇特的姿勢。」

俊一郎先具體表現出被害者被發現時的模樣後，接著說：

「我當時的推理——他可能是某種宗教的信徒，在祈禱時遭到凶手攻擊，才會呈現特殊的姿勢——應該不正確。」

新恒從旁補充一句，是因為詢問其他服務人員後，沒人認為他有信仰。

「我倒是認為這個詮釋滿聰明的。」

「嗯，被害者奇特的姿勢跟遭到殺害的方式都能獲得解釋。」

「不過，如果實情並非如此的話……」

「那就是凶手殺了他以後，再故意擺成那副模樣的。」

「那個姿勢到底有什麼意義呢？」

「外公就說沒有意義。」

「聽了你的話，我覺得──」

外婆說到一半，露出思索的神情。

「城崎警官跟熊井先生，好像是不同的兩件案子。」

「……難道是不連續殺人？」

倘若真是如此，那兩起命案的凶手就不是同一人了。

「就像至今的那些咒術殺人案，在剩下的那些服務人員裡，藏有黑術師選中的凶手，在黑術師殺害城崎警官後，引發了另外一起案件……」

「如果這個說法正確，凶手就是有意識地在這種狀況下引發連續殺人案。」

「這怎麼想都不太可能……」

「也不用想那麼複雜，把兩件都當作黑術師做的還是比較自然吧？」

「嗯。」

「不過這兩起命案看起來截然不同，又是為什麼呢？」

「其實在服務人員之外還有一位真正的凶手，從外面潛進來……」

「考慮到這座島的情況，這不太可能吧。」

休息廳陷入一片寂靜，這時，新恒強而有力的聲音響起。

「駿作老師，我有件事想拜託你。可以麻煩你跟弦矢一起破解密室之謎嗎？」

外公看起來心中仍在思忖著什麼，但仍肯定點頭答應。

「唯木搜查官，請妳協助他們兩位。」

「是。」

意思就是，負責保護俊一郎等人的安全。

「那我呢？」

「曲矢主任，請你再次對服務人員進行偵訊。」

「那個警部不是已經——」

「所以這次換個人再做一次，我會在旁邊協助。」

第一次由新恒跟唯木搭配，第二次改成曲矢和新恒，而且由曲矢來進行偵訊，看能不能問出新的情報。新恒腦中的盤算約莫是如此。

「愛染老師，妳是要回去休息嗎？」

「……不好意思，我希望能回房躺一下。」

俊一郎原本還以為外婆肯定會興致勃勃地喊「密室到底是怎麼做的？」陪外公進行調查，因此心底微微感到驚訝，不過立刻就擔心起外婆的身體狀況。

新恒似乎也想到同一件事。

「那就請唯木搜查官去房間好了。」

「不用，沒那麼嚴重，唯木警官就照剛剛說的，負責搜查的——」

「不行，就算妳只是在房間裡休息，現在落單就不安全。」

「對呀，外婆。我加外公就兩個人了，妳就讓唯木警官過去房間。」

俊一郎也說話了，甚至連唯木都跟著開口。

「我不會打擾老師的，請讓我過去。」

並且低頭行禮，外婆才終於鬆口。

「真是不好意思，還要妳來陪我這種老人家——」

「不用客氣，而且我跟我外婆感情也很好——」

兩人一同走向二樓，俊一郎目送她們的背影遠去。看似連新恒跟曲矢都很訝異，唯木居然會提起自己的事。

「那個跟唯木警官好像很合得來。」

只有目光沒看向兩人的外公，輕飄飄地拋出這句話。

「咦？是這樣嗎？」

「真是個好女孩。」

「謝謝。」

新恒道謝，外公先深深看了警部一眼。

「那個還問過她，要不要當我們家的孫媳婦？」

——接著說出了爆炸性發言。

「你、你在說什麼？而且唯木警官比我大耶。」

「那個大概是認為，找個姊姊當老婆比較適合你。」

「你這混帳，那我妹妹要怎麼辦？」

「什麼？」

這時曲矢又插嘴說了莫名其妙的話，搞得俊一郎都快要瘋了。

「好了，玩笑話先放一邊——」

「……外公！原來你是在開玩笑。」

俊一郎鬆了一口氣，但他才沒高興多久。

「只是那個真的有問過唯木警官就是了。」

「什、什麼？」

「我借一下備用鑰匙。」

外公從新恒手中接過熊井房間的備用鑰匙。

「俊一郎，走了。」

然後就立刻朝裡頭走去。

「麻煩兩位了。」

新恒朝外公低頭行禮後，便叫曲矢一同前往餐廳。服務人員似乎都在裡頭待命。

外公打開熊井的房門，兩人正要進房時，一股強烈的腐敗惡臭逼得他們連連退後。

遺體躺在床上，全身都用毛毯包裹著，看不見模樣，只是散發出薰天臭氣。他們嘗試改用嘴巴呼吸，但雙眼不斷流出眼淚。

「這樣實在沒辦法。」

兩人立刻離開，重新鎖好門。

跟新恒討論過後，決定拿真由美的房間代替。因為新恒跟曲矢已確認過，這兩人的房間結構——特別是門跟窗戶的構造——完全一致。當然，有先獲得真由美本人的同意，請她先把行李全部拿出來。

「外公，怎麼辦？」

才踏進真由美的房間，俊一郎就立刻舉白旗投降了。

「雖然新恒警部那麼鄭重地拜託我們，但是外公，你根本沒寫過純正的推理小說吧？就算你是偵探小說的狂熱愛好者，就能解開密室之謎嗎？我話先說在前頭，我可沒遇過密室殺人案。」

入谷家命案跟月光莊那件案子——又名「四隅之魔」的案件裡，是曾遇過有人憑空消失的情況；在六蟲之軀那起案子裡，問題則是看不見的凶手。那些或許都算是超乎常理的犯罪手法，不過像熊井遇害這樣明顯是密室殺人的情況，真的還是頭一遭碰到。

「要進出房間——」

不過，外公已經開始思考密室的成因了，似乎根本沒聽見俊一郎的牢騷。

「不是走門，就是從窗戶，只有這兩種可能。」

外公先走去門前面。

「這道門，從走廊那一側鎖門時，要用這把鑰匙，從房裡上鎖的話，要轉旋鈕。」

沒上鎖時，旋鈕上的橫槓會呈現「｜」的垂直方向，把它轉九十度到「一」後，門就鎖上了。

「接著是窗戶——」

外公朝房間深處走去。

「是月牙鎖。而且鎖好後，還能再加上一道安全鎖。」

月牙鎖上頭有一個「□」形狀的安全鎖，本體鎖上之後，把那個小方塊往上一扳，就能把月牙鎖本身固定住。要開窗時，就必須先把「□」往下扳，再轉開月牙鎖。

「凶手選擇的方式是這三種中的哪一種呢？」

外公說著，同時用左右手分別指向門和窗戶。

「第一種是兩邊都上鎖，並把鑰匙擺在桌上，在這樣的狀態下離開犯案現場的房間。第二種是只鎖上窗戶，從門走出去後拿鑰匙上鎖，再從房間外面想辦法把鑰匙放回房裡的桌上。第三種是從門或窗戶出去後，再從外面上鎖。」

「這說不通吧，外公，要從第一種狀態離開是絕對辦不到的吧。」

俊一郎反射性地吐嘈外公。

「推理就是——把各種可能性，甚至連那些一開始就再明顯不過的事實，都先包含進來考慮，用邏輯推演一一檢視。」

外公語氣冷靜地反駁他。

「你明明就是怪奇幻想作家，也會用這種邏輯來想事情嗎？」

「不管是哪種小說，都一定有經過作者縝密的計算。」

「咦……是這樣嗎？」

「不過作家本人可能有自覺，也可能沒自覺就是了。」

俊一郎還想繼續問，但現在得先做正事，遂決定把精神集中在解開密室之謎。

「所以咧？從房內鎖上門窗的狀態下，凶手是怎麼出去的？」

「辦不到吧。」

「……啊？」

「不是說了，這種事辦不到。」

如果是別人，俊一郎肯定會火大，但面對外公時可不能這樣。

「除了門窗，這間房沒有其他地方可以讓人出去，因此第一個可能性可以先刪掉了。」

「真是有道理。」

俊一郎的話當然帶有幾分諷刺的意味，不過這種小伎倆外公根本不會看在眼裡。

「第二個可能性的問題不在於凶手的進出，而在於要怎麼把鑰匙弄回房裡，這個就覺得還有可能吧？」

「說的也是。只是窗戶附近看起來也沒有那種縫隙。」

外公把窗戶那面牆徹底檢查過一遍。

「俊一郎，你看一下門的上面跟下面。」

他搬椅子過來，站上去檢查門的上面，再趴在地上檢視門的下方。

「有縫隙是有縫隙，可是……」

「沒有大到可以讓鑰匙通過嗎？」

俊一郎從外公手上接過那把鑰匙，試了一下。

「我還以為鑰匙平平的應該很好穿過去，但果然沒辦法。」

「這樣一來，第二個可能性也破滅了。」

外公果斷表示。

「第三種可能性，又可以再分成兩種。」

「凶手是從門出來，還是爬窗戶嗎？」

俊一郎搶先說明。

「我也看了不少推理小說，單以門跟窗戶來說，跟門有關的密室詭計不會太多了嗎？」

「房門外頭，多半都還在屋裡，可是窗戶幾乎都面向屋外，氣密性會很好。另外如果案發現場的房間位於高樓層，又要再加上高度的問題。也就是說，對凶手而言會很麻煩。」

「這扇窗看起來也是滿麻煩的。」

俊一郎手上不停開開關關月牙鎖跟安全鎖這兩道鎖。

「如果兩道都要鎖起來，需要往上拉的力量。」

「把繩子前端綁一個圈，套在月牙鎖跟安全鎖上，然後把另一端丟出去，自己再從窗口脫身，關上窗戶，接著只要拉繩子，兩道鎖就都鎖上了。」

「可是窗戶氣密性良好，就算是繩子也穿不過去吧？」

「你說得對。某位日本作家的密室詭計就是在窗戶玻璃上開了一個小洞，但要是有洞，肯定看得出來才對。」

俊一郎聽了，慌忙把窗戶玻璃徹頭徹尾檢查了一番，可是仍舊沒發現異常之處。

「再說——」

外公打開窗，探出頭去。

「昨天夜裡有下雨，一直下到今天早上才停的，所以要是凶手站在窗戶下面，應該會有足跡留下來。」

俊一郎又探頭去看窗戶外頭。

「熊井的房間是……」

「右邊隔壁。」

那扇窗下的泥巴地面，確實沒有任何足跡。不光如此，靠建築物附近的泥巴地上都看不到任何痕跡。

「這樣的話，果然還是門囉？」

兩人離開窗邊，朝門口走去。

「我剛才檢查門的時候，雖然鑰匙是過不去，但門上下都有縫隙，看起來或許勉強能容繩子穿過去……」

「這真是好消息。」

「可是，外公——」

俊一郎伸手轉開門上旋鈕，又關起來，不斷重複這個動作。

「要鎖門不是往上拉就好，要能橫向轉動吧。這不是比窗戶更難嗎？」

「這種情況，只要設一個支點就好了。」

「……啊，我好像有點明白了。」

但俊一郎旋即又露出疑惑的神情。

「不過要怎麼轉旋鈕呢……？」

「學校的理化課一定都有教。」

外公給他提示後，看俊一郎仍是滿臉不解，遂舉起右手比出「剪刀」的形狀，兩根手指不斷開合。

「……鑷子嗎？」

俊一郎用自己的右手比出剪刀，放在沒上鎖時橫槓呈現「|」的旋鈕上頭。

「像這樣，用鑷子夾住旋鈕，而鑷子的屁股事先就綁好繩子。但如果單純把這條繩子從門下面伸出去，要轉動旋鈕還是很困難，因此要在旋鈕旁邊幾公分的位置，刺一根大頭針當作支點，而那根大頭針的圓頭，當然也要事先綁上繩子。人到走廊後，關上門，要先拉動旋鈕上的那條線，這樣一來，繩子就會以大頭針為支點開始滑動，帶動旋鈕往旁邊轉。最後再拉這兩條線，把鑷子跟大頭針收回來。」

「哦，挺厲害的嘛。」

得到外公的讚賞，俊一郎不禁有點得意。

「不過從現在的眼光來看，是極為古典的密室詭計就是了。」

外公的下一句說明，立刻讓他稍受打擊。

「這個詭計的困難之處在於，會在門上留下大頭針的釘痕。」

但外公接下來的發言，立刻將他的失落吹到九霄雲外。

「只要找到大頭針留下的小洞，就能證明有使用這項詭計吧。」

「會成為一個佐證。」

外公說話很慎重，不過幾乎傳不進已一心一意在檢查門板的俊一郎耳裡。

「……唔？沒有耶。」

可是無論他多努力找，都沒有發現大頭針的釘痕。

「果然沒有呀。」

「咦？怎麼回事？」

俊一郎從門板上抬起頭，看向外公。

「外公，你是為了解開這個房間的密室之謎——」

「對，所以才會跟你一起過來研究。」

「可是，你剛剛說——果然沒有？」

「就算用鑷子的那番推理是正確的，另一個關鍵問題依然存在，凶手為什麼要把房間布置成密室呢？」

「是這樣沒錯，可是……」

「反倒更突顯了，布置成密室是沒意義的多此一舉吧？」

「你的意思是？」

俊一郎頭腦都要打結了，外公斷然表示。

「意思就是，試圖解開密室之謎這個行為，本身就沒有任何意義。」

十三　觀景台

午餐後，俊一郎等人再次於二樓的休息廳集合。這是因為新恒警部認為，在餐廳談話不太適合。

「老師，結果怎麼樣？」

新恒開口問外公，俊一郎代為說明有可能的密室詭計細節，但結果並沒有找到那種設計會留下的痕跡，還表示試圖解開密室之謎這個舉動本身就沒有意義。

「結果什麼都沒有搞清楚。」

俊一郎最後如此做結，警部的看法卻不同。

「不，老師點出的沒意義的三件事更加突顯出來了，這或許就能稱上是收穫了。」

「這是什麼意思？」

俊一郎滿腹疑惑。

「很可惜，我也還不知道。」

聽見新恒其實也和他一樣毫無頭緒，老實說，俊一郎很失望。

「我們也完全沒有收穫。」

曲矢如此評價偵訊的結果。他的說法是「我們也」，可見他的看法和新恒不同，他多半認為外公跟俊一郎去研究熊井遇害的密室之謎這項任務，是徹底失敗了。

「如果黑術師就躲在服務人員裡，那會是誰？——這次我們是抱持這個前提，一一向所有人問話。」

新恒補充。

「但完全看不出是誰。」

「你的意思是，連可疑的人選都沒有嗎？」

俊一郎問出口的同時，自然也發現了，自己也猜不出來那個人會是誰。

「枝村管家、廚師呂見山跟外場服務人員樹海，這三人還是有氣無力的，實在不像黑術師。而女僕真由美在這種情況下，又顯得開朗過頭了，這種過嗨的反應，反倒不太可能是黑術師——這頂多是我個人的看法。剩下來的就是清潔人員津久井，她在這群人當中，看起來是最正常的。不過，這也只是跟濤島上的其他服務人員相比而已。但不曉得為什麼，她的注意力常常放在真由美一個人身上。」

「就像城崎警官之前說的，宛如看著孫女的慈祥外婆嗎？會不會是她在心裡把真由美當成那位幫忙她應徵這份工作，簡直像孫女一樣的前同事。」

「也許是。我針對命案向她提出各種問題時，津久井女士問了好幾次，『只有真由美一個人也好，能不能幫她逃離這座島呢？』」

「真由美本人的想法呢？」

「又來，我說過多少次了，要加上敬稱。」

外婆出聲提醒，但不知為何新恒代俊一郎微微點頭致意後說：

「真由美小姐興奮地表示，孤島上的破舊別墅發生殺人案，簡直就像置身在推理小說中一樣。」

「自己也有可能遇害……她的想像力沒提醒她這件事嗎？」

俊一郎不禁傻眼。

「她好像認為，因為第一位被害人是城崎搜查官，第二位是服務人員熊井先生，所以跟自己沒什麼關係。」

「這根本不構成可以排除她的理由吧……」

卻沒想到接下來又聽見真由美更誇張的發言。

「其他人也都沒想過……自己或許會被殺嗎？」

「他們似乎都認為，自己只是在網路上應徵工作，才會受雇來到這裡，除此之外沒有任何瓜葛。」

「如果不曉得黑術師的事，一般人根本不會想到，自己可能會被捲進無差別連續殺人案。」

俊一郎接完這句話，內心仍隱隱感到不對勁。

「只是所有人都給我一種，背後還藏有什麼隱情的感覺。」

而新恒這句話，清楚道出了他心中的疑惑。

「要監視每一個人嗎？」

俊一郎提議，警部搖頭。

「除了真由美，其餘四人幾乎都待在餐廳。只有津久井因為要打掃，會去屋內各處走動，但工作以外的時間，她都跟大家一起待在餐廳裡。換句話說，就算派人監視也沒什麼意義。」

「這樣看來，黑術師果然還是藏在島上某處，不在那些服務人員之中吧？」

曲矢的意見合情合理，但俊一郎故意跟他唱反調。

「也可能是……有氣無力的那三人，其中有兩人是被黑術師操控了，而剩下的一個就是黑術師本人。」

「你是說他們在演戲嗎？」

「至於相較其他人正常多了的津久井——」

俊一郎發現外婆瞪向自己，趕緊再補上兩個字。

「女士，跟活力充沛到有點過頭的真由美小姐，也可以看做是為了避免我們這樣猜才受雇的。」

「這樣猜來猜去是要猜到什麼時候。不如把那些服務人員一個一個抓過來嚴刑拷問，再徹底調查島上的每一個角落。總之先行動再說。」

「在你展開那些行動前，要先想清楚——」

「啊──煩死了。」

「你果然是單細胞動物。」

「你說什麼，你這個混帳。」

「新恒警部，你怎麼想？」

外婆一開口問，兩人頓時安靜下來。

「方才我請曲矢主任負責偵訊，仍舊沒有收穫。」

「不對，警部，我剛才還沒對他們嚴刑拷──」

「威脅不會有用的，曲矢主任，你剛才跟他們實際講過話後，難道還沒清楚感受到這一點嗎？」

「……那個，嗯，有是有啦。」

曲矢不甘願地回答。

「這樣說的話，島上也是大致搜索過一遍了，那這兩方面，第二次都要徹底執行才行。」

「關於搜索島上這一點──」

俊一郎插嘴。

「再通盤檢查一次也是有必要，不過我認為那座觀景台，最需要仔細檢查一遍。」

新恒稍微思考片刻。

「駿作老師跟愛染老師，那些服務人員可以麻煩兩位負責嗎？」

然而，他提出了令人意外的請求，在場所有人都吃了一驚。

「當然我不是要兩位去偵訊，就是隨意閒聊，順便試探一下服務人員的情況而已。」

「可以嗎？」

外婆先徵求外公的同意，看他肯定點頭後，才答覆。

「好，我們試試看。」

「謝謝。不過也請兩位千萬不要太勉強。」

新恒客氣地低頭致意。

「曲矢主任跟唯木搜查官，請你們從島的南側開始，再次走遍全島。目的有兩個，一是留意能否看到船隻，不只我們在外面待命的船，也要多注意有沒有其他船隻經過。如果有發現船，就發射照明彈。第二個是，進一步仔細調查島上有沒有奇怪的地方，或是從島外闖進來的人。完畢。」

「警部跟這傢伙呢？」

曲矢口中的「這傢伙」，當然就是俊一郎了。

「我們要去調查觀景台。」

「那個奇怪的石頭嗎？」

「不只那個，要整個徹底檢視一遍。」

新恒重新將目光投向所有人。

「總之，請各位千萬不要落單。萬一發生什麼怪事，也不能一個人留在現場，另一個奔走告知，一定要成對行動。」

接著，外公外婆朝餐廳走去，曲矢跟唯木穿過正面玄關前往棧橋，新恒和俊一郎則從後門走向觀景台。

「愛染老師的身體狀況沒問題吧？」

一剩下兩個人，新恒就開口關心外婆的情況。他主動拜託外婆去應付服務人員，內心想必感到很歉疚。

「如果是平常，外婆應該能立刻看出那些服務人員身上究竟發生了什麼事。既然她看不出來，那表示她確實是狀況不好。」

「她現在身體都不舒服了，結果我還——」

「不，我認為警部你的判斷很正確。你的策略是——與其讓警察進行偵訊，還不如請外公外婆和服務人員閒聊，說不定能從中套出什麼新情報，對吧？」

「也就是一心要靠別人，真慚愧。」

「千萬別這麼說。這個策略很聰明。而且就算她沒有處於最佳狀況，她畢竟是愛染老師，說不定在和服務人員聊天時，真的會忽然察覺到什麼蛛絲馬跡。」

「其實我也滿期待這一點。我只是擔心，愛染老師雖然平常很健談，但現在畢竟身體不舒服，這件事會不會對她負擔太大……」

「啊，這你不用擔心。」

俊一郎回應的語調很輕鬆，新恒露出訝異的神情。

「為什麼？」

「萬一她負擔太大，外公就會代替她聊天。」

「駿作老師？」

「外公平常除了自己有興趣的話題，幾乎不說話。但只要他判斷此刻有必要交談，別看他那樣，他也是很能講的。」

「聽你這樣說，我就放心了。」

「外公主動搭話，使對方開口回應，外婆則裝作漫不經心地坐在一旁，實際上卻在仔細觀察對方。那兩人就算不事先講好，也能一瞬間分配好各自的角色。」

「真厲害。」

新恒似乎打從心底感到佩服。

「只是這次大概連他們也沒轍。」

「因為愛染老師不在最佳狀況嗎？」

「是讓她狀況不好的理由——也就是我們置身於黑術師的島上——這點實在是個大問題。」

「既然如此，我們就要設法找出突破瓶頸的線索。」

無論身處何種情況都保持正向的新恒，讓俊一郎彷彿看見了一線曙光。

「這棟建築物，根本就沒用又多餘。」

警部剛爬上山丘，抬頭看向觀景台，就毫不客氣地說出他的觀感。

「我實在不懂為什麼要特地在山丘上蓋這種東西。」

「太奇怪了，對吧？」

俊一郎出聲附和，跟在新恒後面走上階梯，踏進觀景台的一樓。

上次跟曲矢過來時，一心想著要發射照明彈，沒能徹底檢視內部情況。這次他跟新恒分頭調查，審視的目光掃過每個角落。

「……什麼都沒有耶。」

「四面沒有牆壁，完全開放。」

警部如實地描述看到的畫面。

「不管是四個角落的大柱子，還是階梯那一段之外的四面欄杆，或者正中央的螺旋樓梯，全都是鐵製的，但沒看到特別奇怪的地方。地板是混凝土，也沒有問題。唯一不尋常的地方，就是這一排環繞螺旋樓梯的石筍了。」

「在樓梯前面是有留下空位，要說擋路——」

「就是擋路了吧。」

「警部，你認為這是某種機關嗎？」

新恒在螺旋樓梯周圍繞來繞去，仔細觀察一番。

「如果真的是，就像上次我也說過的，機關啟動後，地下堡壘的大門會在這附近的某處打開之類的——這樣想也很自然吧。」

「是呀。」

「只是，混凝土地面上都沒看到類似的痕跡，讓我稍持懷疑態度。」

「如果是鋪了磚頭或磁磚，地板上縱橫交錯的，要掩飾就很容易，不過……」

「在沒有任何接縫的混凝土上面，沒辦法玩這種花招。」

「如果說機關啟動後，變化其實是發生在二樓以上——」

「有可能。」

儘管嘴巴這麼回，新恒的神情透露出他認為希望渺茫。

「那在研究這些石筍前，先上去看一下吧。」

但他還是走在前頭，沿著螺旋樓梯往上爬。

「我剛才雖然那樣猜，但現在看起來——」

上二樓走了一圈後，俊一郎忍不住說喪氣話。

「實在是不太可能。」

二樓除了沒有石筍，其餘的部分都跟一樓極為相似，幾乎等同於空無一物。小心起見，兩人還是沿著鐵欄杆繞了一圈，依舊是毫無斬獲。

「不過，那裡很怪耶。」

新恒指的是，一樓因為有階梯所以沒有做欄杆的部分，二樓也一樣沒裝欄杆，看起來實在很怪異。

「按照唯木的說法，上面幾層樓也都一樣。」

「上去看看吧。」

三樓、四樓和五樓，都跟二樓長得一模一樣。只是由於五樓是最高的一層了，沒有再往上的螺旋樓梯，四個角落的大柱子，高度也跟欄杆一樣。

烏雲好近。

如果硬要說五樓有什麼特徵，大概就是俊一郎有種天空沉沉壓向身上的感覺了。還有就是，從沒裝欄杆的地方探頭往下瞧時，所在樓層越高就越恐怖。要是從這裡掉下去，從二樓摔落是「會受傷」的程度，從三樓跌落就是「可能會死」，從四樓或五樓就是百分之百「一定會死」了。

「如果這裡藏有什麼祕密，看起來應該還是在一樓。」

在新恒的催促下，俊一郎步下螺旋樓梯。

「這些石筍——」

他一根根檢查。

「就如同唯木先前報告的，每一根上面都刻了不同的臉。」

「只有線條，刻得很簡略。」

「線條的刻痕，深淺差異很明顯，但要說靠這個來描繪出臉部表情……」

「看起來又不太像。」

兩人一一看過十張臉，疑惑地對看。

「我先拍起來。」

俊一郎舉起智慧型手機對準那些石筍，新恒怕擋到他而稍微退開。

「仔細一瞧，你不覺得這些臉不光是表情不同，每張臉都各自有其特徵嗎？」

拍完十張臉後，俊一郎把所有照片同時排在螢幕上，跟警部一起對照著看。

「這張臉的額頭有皺紋，這張臉的眉毛連在一起，這張臉的雙眼是『八』的模樣不是圓的，這張臉看起來雙眼是閉上的，還有這張，嘴巴就只畫了兩條直線，變化很豐富。」

「幾乎每張臉都沒有輪廓，只有這兩張有畫圓和四方形把五官圈起來。這些細節究竟蘊含著什麼意義呢……弦矢，你有想法嗎？」

俊一郎的目光反覆掃過那十張臉。

「……沒有。」

「那我們就先按看看好了。」

話都還沒說完，新恒的手就已擺上貌似隨意挑選的一根石筍，使勁按下去了。

說時遲那時快，石筍驀地下沉，警部立刻放開手，俊一郎嚇了一跳。

「沒事吧？」

「……沒事。」

新恒這麼回，臉上神情卻極為複雜。

「怎麼了？」

「石筍沉下去的瞬間，忽然傳來一股令人不寒而慄又很討厭的感覺……」

「唯木之前沒有特別提到這一點對吧？」

「看來她可能膽子比我大。」

新恒苦笑，這時喀地一聲，石筍又回到原位。

「不管怎麼想，這些應該有順序——」

俊一郎說到一半，警部突然抓住他的手腕。

「有人來了，過來。」

把他整個人拉往階梯的反方向。

「誰？」

「看起來是服務人員，我們先躲一下。」

兩人越過欄杆，慌忙躲進附近的草叢，眼睛牢牢盯著觀景台。

沒多久，出現了廚師呂見山的身影。他從階梯走到觀景台的一樓，先一邊左右張望一邊繞了一圈後，才朝螺旋樓梯走去。

「是來跟誰碰頭嗎？」

「看起來也像在確定對方有沒有先到了。這裡雖然沒有牆壁，但還是有一些死角，譬如螺旋樓梯的陰影之類的。」

俊一郎和新恒壓低聲音討論時，呂見山的身影已出現在二樓。不過兩人是從下面往上看，只有在他經過北側欄杆那一段時，才能看見他。等他爬上三樓，真的就只看到人影一晃而過，到四樓五樓之後，根本就看不見了。

「外公外婆正在跟服務人員閒聊，只有他開溜了嗎？」

「如果他是來等人的，就表示還會有另一個人開溜。」

「這樣很顯眼耶。」

「什麼事這麼重要呢──」

新恒說完這句。

「也有可能，因為他在等的那個人，就是潛伏在這座觀景台的黑術師。」

又接著往下講：

「到底是什──」

「這跟之前說的不一樣吧──」

觀景台上突然傳來呂見山激動的叫聲。

「對方已經來了。」

「怎麼可能──」

兩人才剛從五樓下來，很肯定上面一個人也沒有。

接著，觀景台上忽然一片安靜——

下一刻，一個像是呂見山的人影從上方掉下來，發出一陣轟然巨響。

十四 第三次殺人？

新恒警部飛快奔出草叢。

「弦矢，呂見山就拜託你了。」

他說出這句話前，似乎有一瞬間的猶豫。想必他心中其實認為自己該去察看呂見山的情況，但又同時判斷，此刻最要緊的是逮住觀景台上面的「凶手」。

俊一郎也了解這一點。

「好。你一定要小心。」

立刻體貼地叮囑警部。

兩人各自迅速展開行動，新恒俐落地翻過北側的欄杆，俊一郎則繞過觀景台。

很快，呂見山倒在山丘地面、頭部流了一點血的身影，就映入俊一郎的眼底。他反射性別開眼，這時，新恒正好從西裝裡拔出手槍，就要踩上螺旋樓梯。

說不定——

俊一郎腦中閃過一個念頭，猛然抬頭往觀景台樓上看去。只可惜，沒見到凶手從上面往下看的臉。

然後他把目光轉回呂見山，不禁渾身一震。

這是……

廚師的脖子上，居然纏著繩子。

勒死？

就跟熊井的遺體一樣，整整齊齊地纏了好幾圈，而且看起來像一模一樣的繩子。

不對，此刻最該做的……

是先確定他是生是死。雖然怎麼看他都是已斷氣了，但也不能連檢查都不檢查就妄下斷語。

俊一郎戰戰兢兢地伸出手指，搭上呂見山的手腕，謹慎起見，也摸了一下他的脖子。都感覺不出脈搏。

……他死了。

先是熊井，第二個是他……不對，如果連城崎也算進去，就是第三個人了。

被害人已經有黑搜課成員一位，服務人員兩位。

下一個會是誰？

這時，俊一郎的後頸忽然泛起寒毛直豎的感覺，他以為有小蟲在爬，便伸手去撥開，又突然想到一件事，趕緊抬頭看向上方——

一張黑漆漆的臉龐，正從五樓低頭盯著他。

「唔哇！」

他忍不住大叫，差點拔腿就跑，趕緊用力踩住地面。

凶手還在五樓！

新恒警部出事了嗎？

他正要趕去支援時，上面霍然響起一道聲音。

「每層樓都沒人。」

咦？

俊一郎再次抬頭，才發現剛才以為是凶手的那張臉，其實是新恒。

「弦矢，你沒事吧？」

大概是因為俊一郎都沒說話，只是一直望著上方，警部的臉色立刻蒙上一層陰影。

「……啊，沒事！」

他慌忙回答，趕緊報告呂見山的情況。

「不行，他過世了。」

「我馬上下去，你就待在那裡看著。」

跑下螺旋劉樓梯的腳步聲響起，才幾十秒，新恒就已來到俊一郎眼前。

「嗯……是勒死的嗎？」

警部果然也先注意到這一點。

「頭部出血不多，是因為在摔下來之前就已經遇害了嗎？」

「看起來有這個可能。」

新恒親自確認過呂見山的死亡。

「只不過，不管是熊井還呂見山，不解剖就沒辦法釐清真正的死因。」

「可是，警部，你一定有大致的猜想——」

「有是有，但兩人死去的情況都太匪夷所思了，正常的驗屍結果不曉得有不有用……」

俊一郎聽了，背脊竄上一陣寒意。

「熊井遇害時也是，呂見山遇害時也是，確實處處透著不尋常。」

「這種狀況在推理小說裡叫作什麼？」

「我想想，應該是『開放的密室』吧。」

「哦，這名稱挺傳神的。」

新恒真心感嘆。

「我們過來觀景台後，一路從一樓看到五樓，確定沒有任何人在。然後在一樓研究那些石筍時，忽然有人過來，就是呂見山。警部立刻察覺到這件事，就拉著我去觀景台北側的草叢躲起來。」

俊一郎確認似地看向新恒，後者點頭，他便繼續往下說：

「假設凶手有機會跑到觀景台上層，那就會是我們跑去草叢的那段時間，也就是我們背對樓梯的時候。」

「如果是這樣，弦矢，應該是在我跟你過來之前，凶手就已經在觀景台了。他看到我們兩個靠近，立刻跑到北側草叢以外的地方躲起來。接著，我們發現呂見山來了，同樣找地方躲，他看了就趕緊跑出來衝上螺旋樓梯。」

「這樣子，呂見山遇害的事，就有一半解釋得通了。」

「但問題是另外一半。」

「呂見山來觀景台以前，我們一直守在這裡。他突然摔下來後，警部你立刻就衝上螺旋樓梯，我則跑過去檢視被害人的情況。」

「我從一樓跑過二樓、三樓、四樓到五樓，每一層都空無一人，也沒有發現異狀。」

「應該也沒有看到繩子綁在欄杆上之類的吧？」

「沒有。凶手如果是靠繩子下觀景台，就算他再神通廣大，我們也一定會發現。兩個人都沒注意到，實在是不太可能。」

新恒又接著說：

「另外，凶手既然先勒斃了呂見山，為什麼又要把遺體推下來？」

「為了吸引我們的注意力，然後趁隙逃跑——一般會這樣推理，但當時我們兵分兩路，這一招就不管用了。」

「呂見山為什麼會被殺？怎麼讓犯案現場變成開放性密室的？為什麼要把已經勒死的遺體推下來？」

警部點出三個關鍵的疑問。

「駿作老師上次說的，三個沒意義的要點，這一次看來也一樣。」

「對了，只要問一下外公外婆——」

俊一郎想到一個重點，但新恒似乎早已考慮過同一件事。

「誰比呂見山更早離開餐廳？跟呂見山一樣，消失了一陣子的人是誰？只要得到這兩個問題的答案，或許就能輕鬆揪出嫌疑犯。」

他這幾句話，同時也是俊一郎的想法，但他的語氣卻不太肯定。

「你認為……事情不會那麼簡單？」

「對。結果大概會是，要不是所有服務人員都有不在場證明，就是全部都沒有。」

「警部，這麼悲觀的推測，不太像你會說的話……」

俊一郎略感疑惑，新恒則面露難色。

「這次的案件，跟黑術師至今藏身幕後，教唆一連串咒術殺人的案子明顯不同。不對，肯定跟咒術有關，這點多半錯不了。可是，我有一種很強烈的感覺，還有一些其他的……更基本的地方，打從一開始就不一樣。」

「這是你身為黑搜課搜查官的直覺嗎？」

「你要這麼說也可以。」

這時，曲矢跟唯木從那棟別墅前院走過來的身影，映入俊一郎的眼簾。新恒好像也注意到了。

曲矢似乎是發現兩人神色不尋常，馬上改用跑的，唯木緊跟在後，轉眼間就奔上山丘。

「混帳，被擺了一道。」

曲矢看到呂見山的遺體，不禁咒罵。旁邊唯木的神情也極為凝重。

「而且又出現三個沒意義的狀況。」

俊一郎說明情況時，兩人的表情越來越緊繃。

「你觀看這傢伙時，也沒看到死相嗎……？」

「嗯，沒有，所有服務人員都沒有。」

「但先是熊井遇害，接著輪到呂見山。」

「他們前面，還有城崎。」

「什麼意思？」

曲矢沒有得到回覆，此時俊一郎已陷入自己的思緒，正專心回想一個之前明明有人道破，自己卻忘記的，非常基本的某項行為。

「喂，你幹嘛？」

「沒，我忘了一件事……」

「什麼事？」

「晚點說，等我們和外公外婆先會合——」

新恒決定把遺體搬到熊井的房間。他的考量似乎是，既然沒辦法在命案現場驗屍，那擺在這裡也不是辦法。此刻能做的，就只是用智慧型手機盡量從各種角度拍照而已。

曲矢搬頭，新恒抬腳，走在最前面的是俊一郎，唯木則殿後。說不定凶手仍潛伏在觀景台附近，會伺機從後面偷襲，這可能性並非零，因此她殿後守著。

一走回後門，俊一郎就從新恒手中接過熊井房間的鑰匙，獨自加快腳步先去開門。服務人員的房間靠近後門，幸好沒有人發現他們。接著，一直到遺體搬進房間為止，他都跟房間保持著一段距離，但還是有聞到那股令人作嘔的強烈腐臭味。新恒跟曲矢似乎也吃不消，兩人從房間出來時臉色都很難看。

四人走到餐廳時，外公外婆正在和真由美談笑。

「……出事了嗎？」

外婆一看到俊一郎等人，便開口問。

「對，呂見山先生被殺了。」

「這樣啊……」

「現場的狀況——」

新恒說了幾個字，才意識到真由美就在旁邊，結果他還是往下講了。想來是因為他已徹底體認到，對服務人員進行偵訊是一件沒意義的事了吧。他肯定是認為，就算現在請真由美離開餐廳，也幾乎沒有意義。

儘管如此，俊一郎注意到警部在描述呂見山遇害的過程時，依然眼神銳利地觀察真由美的反應。

新恒講完觀景台那起命案。

「我想先確定一下每個人中午過後的行蹤。」

調查結果整理如左，但時間只抓了個大概。

〈所有人〉

下午一點至一點四十分　搜查方人員在二樓的休息廳開會，服務人員待在一樓餐廳裡。

下午一點四十分　外公外婆朝餐廳移動，曲矢跟唯木穿過正面玄關前往棧橋，新恒跟俊一郎從後門要去觀景台。

〈外公外婆〉

下午一點四十分至兩點二十分　兩人跟所有服務人員待在餐廳。枝村管家，只要找他說話，他就會回應，但廚師呂見山跟外場服務人員樹海則多半沒有反應。清潔人員津久井還算聊得起來，真由美則跟平常一樣，但今天倒是更多在聽外公外婆和津久井談話。

下午兩點二十分　呂見山要準備晚餐的食材，就去儲藏室了。

下午兩點半　津久井開始打掃屋內，樹海也跟去幫忙了。真由美原本也要去，是津久井阻止她。

下午兩點四十分　呂見山遲遲沒有回來，枝村去儲藏室看情況。

〈新恒與俊一郎〉

下午一點四十五分至兩點二十分　兩人搜查觀景台。沒看到其他人，也沒有發現異狀。

下午兩點二十分　呂見山過來觀景台，兩人藏身於附近草叢裡。

下午兩點二十五分　呂見山的聲音從觀景台五樓附近傳來，然後他就摔下來了。

下午兩點二十五分至兩點四十分　新恒去察看觀景台樓上，卻沒看到人影。同時間，俊一郎則待在遺體旁。

下午兩點四十分　曲矢跟唯木過來觀景台。

〈曲矢與唯木〉

下午一點四十五至兩點十五分　兩人在棧橋尋找經過近海的船隻。原本如果有發現船隻，就要發射照明彈。

下午兩點十五分至兩點三十五分　分頭從別墅東側及西側尋找船隻。

下午兩點四十分　到觀景台。

剛整理出這張時間表，枝村管家、外場服務人員樹海和清潔人員津久井正好就一起回到餐廳。

「呂見山先生剛才從觀景台摔下來，已經過世了。不過死因可能是勒死。」

三人一踏進餐廳，新恒就無預警地宣告死訊。

「咦……？」

只有樹海一個人立刻就有反應，但也僅是短短一瞬間，看起來就隨即又失去了興趣。

「這下越來越沒辦法好好服務客人了。」

而枝村管家憂心忡忡的話語，多半出自身為管家的責任感。但他真心這麼想嗎？不知道。

「已有兩位服務人員遇害，你這個反應不會太過冷靜了嗎？」

新恒難得說話這麼直接。

「我的工作是，監督這些員工照料客人的生活起居。現在短少了兩位服務人員，身為管家，我深感羞愧。」

「你好敬業。」

俊一郎原以為新恒是在故意講反話，但這或許是他的真心話。

「真由美，妳剛才有一直待在這裡吧？」

津久井神色擔憂地詢問，看見本人點頭，才鬆了一口氣。

「我已經問過好多次了，但還是要請問各位，對於這座島上發生的命案，有沒有想到任何線索？」

新恒的目光一一掃過服務人員後發問。

「多小的事都沒關係。」

不過，警部問雖問了，卻明顯可看出他完全不抱任何希望

實際上等了一會兒後，也沒有人開口回答。

那段時間內，俊一郎因為在觀景台驀然想起的「先前忘記的那件事」，而悄悄採取了另一項行動。

「我們先去二樓的休息廳吧。」

新恒確定他的問題不會有任何收穫後，便果斷離開餐廳。

他先走到大廳，才剛踩上階梯。

「外婆，妳身體又不舒服了嗎？」

俊一郎發現外婆步履沉重，主動關切。

「剛才我在餐廳時，明明都沒事……」

「妳講太多話了吧？」

「我有可能因為講話就虛弱嗎？」

確實，外婆不可能光因為講話就累壞了，那麼，突然不舒服的理由究竟是什麼？

「或許是黑術師做的。」

「什麼意思？」

「黑術師可能希望我跟服務人員聊天，所以我剛才在餐廳時，身體就突然恢復了。仔細一想，第三次吃飯時的情況也一樣。」

「聊天？為什麼？」

「這個嘛……」

外婆只講了幾個字就打住，一直到抵達二樓休息廳為止，都一直沉默。

「……哎呀，不曉得啊。」

而且，最後也只拋出這種不成答案的回答。

但俊一郎一看見外婆難受坐上椅子的模樣，心思早就不在這件事上了。

「妳去睡一下比較好吧？」

「愛染老師，請妳不要勉強自己。」

新恒也開始擔心了。

「我在這邊靜靜聽你們討論。」

既然外婆不肯起身，警部似乎也認為該尊重她的意願。

「那麼我們直接開始討論觀景台那起命案。」

曲矢立刻開口。

「有不在場證明的，只有真由美啊。」

「但情況很明顯，其他三個人不可能先跑去觀景台，也沒有追在呂見山後面過去。」

俊一郎回應他。

「熊井先生跟呂見山先生，有沒有可能是自殺呢？」

唯木出乎意料地發表了意見。

「我說妳呀……」

曲矢傻眼地開口，但新恒立刻追問：

「那是什麼意思？」

「我在想的是，有沒有可能那些服務人員，其實還是被黑術師所操縱，也就是說，『是黑術師讓他們自殺的』。」

「原來如此。」

「這麼一來，不管是密室殺人或開放的密室，這兩個謎團就都解開了。」

曲矢馬上提出質疑。

「那妳要怎麼解釋，熊井為何在床上擺出那種詭異的姿勢？呂見山又怎麼會特地從觀景台摔下來。」

「剛好。」

「妳說什麼？」

「熊井先生坐在床上，用繩子勒住自己的脖子。正常情況下，他應該會因為太痛苦而中途停手，但由於受到黑術師操控，他一直勒到自己斷氣，向前倒下去，剛好就變成了那種姿勢。」

「而呂見山也是受操控自殺後就直接倒下去，那裡剛好沒有欄杆，所以他就摔下來了。是這樣嗎？」

「對。」

「這麼做的理由是什麼？」

「是在挑釁我們。不，更準確來說，應該是在挑釁弦矢俊一郎先生。所以他的幸運餅乾上面才會寫『在這座島上發生的神祕案件，你能破解嗎？』」

「妳的意思是，黑術師展開連續殺人案，就只是為了向這傢伙下挑戰書嗎？」

「對。從這個邏輯去推想的話，動機的問題也解決了。」

「殺人的順序是怎麼決定呢？」

「既然動機是挑釁，那順序或許沒有意義。」

唯木在回話的同時，似乎也一邊在觀察自己的想法是否被接受。

「嗯，這推理聽起來還不差。」

曲矢難得的稱讚，令她的臉龐微微一亮。

「愛染老師，妳現在可以講話嗎？」

新恒小心翼翼地喚了聲外婆。因為她不知道為什麼閉著雙眼，整個人都靠在椅子上。

「……可以。」

「唯木搜查官剛才的推理，妳認為如何呢？」

「黑術師是為了向俊一郎下挑戰書才引發命案這一點，八成沒錯。」

「謝謝。」

唯木有禮地道謝，外婆報以虛弱的微笑，接著說：

「至於熊井先生跟呂見山先生，就算拚命尋找殺害他們的動機，現在也都找不到吧。」

「所以我已經說過了，那是沒有意義的。」

外公插嘴後，外婆點頭道：

「只不過，要說黑術師強迫他們自殺，這不太可能。」

「即使是在被操縱的情況下嗎？」

「就算對方是他的忠實信徒，要施咒讓人自絕性命，可是難如登天。畢竟只要是人，自我保護的機制會自己啟動。就算是黑術師，也很難做到這一點吧。」

「……說的也是。」

唯木的神色略顯懊惱，但似乎坦率接受了外婆的意見。

「我還以為受操縱自殺就賓果了咧。」

沒想到曲矢不懂得見好就收。

「唯木的猜想幾乎讓所有問題都獲得解釋。」

「我認為唯木警官的推測，應該很接近真相了。不過，只有強迫他人自殺這一點，應該就連黑術師也辦不到。」

但外婆再次強調之後，他也只好閉嘴。

「既然愛染老師都這麼說了……」

他悻悻然地轉向俊一郎。

「喂，你從剛才就不講話，偵探小鬼，你的推理是什麼？」

但俊一郎此刻無暇分身，他正在進行關鍵的「某項行為」。

用死視觀看搜查方的所有人。

儘管之前城崎提議過，他卻刻意沒有觀看。一方面也是因為他死後，遇害的全都是服務人員，這件事也就擱下了。此刻，俊一郎終於付諸行動了。

結果相當具衝擊性。

新恒警部、曲矢主任、唯木搜查官，還有外公外婆身上，全都出現了清晰的死相，而且闇黑的程度遠超過至今的死相。他們每個人身上都覆蓋著幽暗漆黑的不祥死亡陰影。

俊一郎沒辦法觀看自己，但其他人都中了，自己肯定也是一樣。

所有人都會死……嗎？

十五　相反的死相

「你從剛才開始一直發什麼呆啊。」

曲矢繼續吐嘈他，但俊一郎現在一心不知該如何是好。

自己該把死視的結果告訴大家嗎……？

平常就連面對委託人，即使他們來事務所原本就是想要確定自己身上是否有死相，以及死相的種類，俊一郎都要再次確認本人的意願，才會告訴對方死視的結果。

現在的對象可是自己人。黑搜課那三人當然是跟自己沒有血緣關係，但毫無疑問是親近的人。儘管五人都會理解身上的死相從何而來，可真的要親耳聽見現實，又是另外一個問題吧。或許反倒正因為很了解，更會深受打擊。

……到底該怎麼做才好？

俊一郎仍舊拿不定主意，此時，外婆開口叫他的名字。

「怎樣？」

「你觀看到什麼，直接講出來吧。」

看來外婆察覺到他方才在用死視觀看了。

「你在餐廳時也沒看呀。」

外公接著說。俊一郎才知道兩人早已看透一切。

「嗯？在說什麼？」

曲矢一臉訝異。

「弦矢剛才用死視觀看了嗎？」

不愧是新恒警部，一下子就明白了。

「咦……對我們嗎？」

曲矢震驚問道。俊一郎對他點頭道：

「剛才我在餐廳，對那些服務人員進行了第二次的死視。」

「結果呢？」

「枝村管家、外場服務人員樹海、清潔人員津久井跟之前一樣沒有死相，但真由美身上出現了微妙的陰影。」

「……喂，不要直呼人家名字。」

外婆念他。一聽到那極為虛弱的語調，俊一郎心下一驚。

「妳沒事吧——」

但外婆只是擺手催促他往下說。

「她身上的陰影明顯是死相，可是很淡，有點奇怪。」

「第一次死視時，真由美小姐身上也沒有出現死相，對吧？」

新恒詢問，俊一郎回他「對」。

「而第二次時，雖然很淡，卻只有她身上出現了死相。」

「嗯。我這邊有幾個案例或許可以當作參考。」

外公露出搜索記憶的神情。

「過去曾有一位委託人，在俊一郎用死視觀看時，身上出現了清晰的死相。我得知死相出現的部位、形狀跟顏色後，告訴俊一郎過往的紀錄顯示他可能是有內臟方面的疾病。但在俊一郎找出死相的成因之前，委託人就再次造訪事務所，要求再進行一次死視。做完後，發現死相的濃度只剩上次的一半。一問之下，委託人表示自己接受了詳細的健康檢查。後來檢查報告出爐，發現了某種內臟疾病，在接受治療後，委託人的死相就消失了。」

「也就是說，由於接受了詳細檢查，發現死相成因內臟疾病的機率提高，因此死相就按比例變淡了，沒錯吧？」

新恒簡單作結。

「但真由美小姐的情況應該相反。第一次沒出現死相，第二次卻浮現了。」

「為何？」

曲矢的語氣好似透著怒意。

「第一次和第二次有什麼不同？」

「我想想……」

俊一郎將閃過腦海的事實說出口。

「第一次是在命案發生前，第二次則在發生後。」

「是這樣，沒錯啦……」

曲矢流露出困惑的神情，俊一郎看著他，頭腦反倒清楚了。

「假設清晰的死相是十，她身上的大概就是二或三。這座島上原本有十三個人，現在有三個人被殺了，差不多是四分之一。」

「所以咧？你是要說被害人越多，真由美身上的死相就會越濃嗎？」

「如果只算服務人員，六人中已有兩人遇害，也就是三分之一了。不管從哪方面來看，這數字都跟死相的濃淡相符。」

「但理由是什麼？」

「……不曉得。不過，如果這個對死相的解釋是正確的，那麼越早解決連續殺人案，她獲救的機率就越大。」

「嗯……」

曲矢沉吟不語，新恒代替他開口。

「這跟服務人員裡，只有真由美小姐明顯與其他人都不同，或許也有關係。」

「原本這種情況下，通常會猜……她可能是黑術師，但要真是如此，她身上出現死相這點就說不通了。果然是很奇怪。」

「如果能解開連續殺人案的謎團，事情或許就能有所進展。現階段也只能把希望賭在這上頭了。」

新恒道出結論。

「那我們身上的死相長什麼模樣呢？」

以死相清晰可見為前提，單刀直入地詢問俊一郎。

「……一片黑。」

在場所有人聽見他的回答，都沉默不語。

「看起來簡直像是死神攤開黑色斗篷，從頭頂往下罩住全身那樣。而且每個人身上的死相，都一模一樣。」

「想必是……黑術師的傑作吧。」

外公的喃喃低語，沒有人接話。但大家心中百分之百都這麼認為。

「不過——」

新恒露出思索的表情。

「先不論城崎搜查官，我們身上都出現死相了，但目前相繼遇害的，卻是完全沒有死相的服務人員，究竟是為什麼呢？」

「會不會在這座島上，弦矢偵探的死視會呈現出相反的結果？」

聽見唯木的猜想，俊一郎也是很想同意。但他總感覺真相並非如此。

「我剛也有過跟妳一樣的想法，但我用死視觀看大家時，那個死相很強烈，我就確定不可能有反轉的問題。」

這句話意味著，五人——加上俊一郎就是六個人——身上出現的死相，是貨真價實的，連一絲質疑的空間都沒有。

大家都明白他的話中含意，現場瀰漫起一股沉重的氣氛。

「看來在最後，《死相學》可以增加一個了不起的案例了。」

「之前沒有過這麼嚴重的情況嗎？」

俊一郎詢問。

「要等你透露更多細節，我才能確定。不過單從你剛才的講法來推測，或許的確是空前絕後了。」

「你認為為什麼我們身上的死相，會比那些遭黑術師咒術攻擊的委託人還要嚴重呢？」

「之前的咒術殺人案，在黑術師跟委託人之間還多了一個凶手，但我們這次是直接遭黑術師本人下咒吧。說不定從抵達濤島的那瞬間開始，我們的命運就已經決定了。不過也沒有不能解開的咒術，命運是可以改變的。」

「真的嗎？」

「一開始就先放棄，什麼都不做，那可不行。只要站起來面對問題，靠自己的頭腦思考，肯定能找到一條路。」

俊一郎暗忖，外公難得講這麼多話，想必是在代替身體不適的外婆發言。

「……呼。」

坐在椅子上半睡半醒的外婆，微微嘆了一口氣。

「怎麼了？很難過嗎？」

俊一郎擔心地問。

「還沒到晚餐時間嗎？」

「啊？」

「我肚子餓了。」

這一句話，徹底扭轉了休息廳的氣氛，就像是一陣風，吹跑了原本凝滯濁重的氛圍。

儘管如此，那也只是表面上的變化。

這裡可是黑術師的島嶼，城崎早就知道自己被盯上了，來島上後立刻遇害，接著又發生離奇的連續殺人案，現在大家又都曉得自己身上出現了強烈的死相……在這種情況下，根本不可能輕易秉持樂觀的態度。

可是……

俊一郎也明白，黑搜課的三位成員跟外公外婆在精神層面都很強悍。但他們三個在聽到死視的結果時，還是受到了相當程度的打擊，所以外公才要開口緩和氣氛，連外婆也出手幫忙。

因此三人就算只是做做表面功夫，至少也都擺出振作起來的態度。正因為俊一郎察覺到這一點，心裡暗自慚愧。

結果最受影響的，搞不好是我。

不過這也是情有可原。親眼在黑搜課三人和外公外婆身上看見堪稱絕望的死相的人，是自己。相較於此，光聽別人說「你身上出現了死相」，不知道要輕鬆上幾百倍。

還要一段時間才會吃晚餐，大家決定趁機休息一下。特別是黑搜課的三位成員，晚上還要巡邏，此時需要補個眠。不過獨自入睡太危險了，最後決定三人加俊一郎這四人，分為兩間雙床房休息。這樣一來就有一個問題，唯木要跟誰同一間？

「跟我一起睡吧？」

外婆主動開口邀請，但這麼一來，唯木一定會擔心打擾到外婆，沒辦法安心熟睡。新恒肯定是考慮到這一點。

「那就讓曲矢主任跟——」

「喂喂，別開玩笑了。我才不要。抱歉啦。」

曲矢似乎是不好意思跟女性同房，又為了掩飾這一點，刻意強硬又冷淡地拒絕。然而——

「我沒關係。」

唯木的反應倒是令人意外，沒有絲毫抗拒的態度。

「妳最好多考慮一下。跟那個男的同一間房，怎麼可能睡得著。」

俊一郎試著勸阻她。

「你這個混帳，講什麼——」

曲矢發火了。

「那就由我負起責任，跟唯木搜查官同一間房。」

新恒立刻果斷做了決定。

「警部，麻煩了。」

唯木看起來也完全沒有異議。

「這樣一來，曲矢主任跟弦矢——」

「開、開什麼玩笑。」

「跟你在一起，我哪能好好睡。」

曲矢抱怨得比剛才還大聲，但新恒依舊充耳不聞，新的房間分配就這麼定案了。

一踏進房間，曲矢就大聲埋怨。

「那是我的台詞吧。」

「囉嗦，快點睡啦。你要是打呼或磨牙，我就會把你踹醒。」

結果放這句狠話的曲矢本人，在鑽進被窩沒多久就開始打呼，而且看起來還睡得很香甜。

真是受不了……

俊一郎放棄睡覺，開始思索案情。但也只是反覆檢視了至今發現到的那些疑點而已。

城崎會成為目標，當然是因為他是黑搜課的一員。而黑術師會選擇在我們剛上島就動手殺他，也肯定是為了給我們來個下馬威。

那麼，為什麼下一個遇害的人卻是熊井呢？而且房間還是密室，遺體的姿勢又很奇怪。呂見山遇害的情況也可說是差不多。

外公點出的那三件沒有意義的事背後，究竟藏著什麼意涵？

話說回來，那些服務人員總是讓人覺得不對勁，到底是為什麼？那些人之中，又為什麼只有真由美一個人看起來不同於其他人？津久井也算一個？但理由是什麼？

那些身上沒出現死相的服務人員，為什麼會死呢？

為什麼只有真由美身上出現了淡淡的死相？在這些服務人員裡，果然只有她一個人不一樣嗎？

黑搜課的三人和外公外婆身上出現死相，是在暗示下一位被害人是這五人中的其中一個嗎？當然，我也包含在內？

——腦中不斷轉著這些問題時，可能是白天的疲勞慢慢浮現，他不知不覺中沉沉進入夢鄉。

「喂，你是要睡到幾時。」

他會醒來，是因為曲矢粗魯地叫醒他。

「我跟你這個混帳不同，纖細又敏感，根本沒什麼睡，結果你倒好，睡得舒舒服服的，還一直發出均勻的呼吸聲——」

「大聲打呼還睡得很死的，不曉得是哪一位啊。」

「不就是你。」

「在我睡著之前——不對，我才剛躺上床沒多久，你就開始打呼了，還睡得香甜無比不是嗎？」

「哪有這種事，我可沒這種印象。」

俊一郎不想再白費唇舌，便放棄繼續爭辯，快步走出房間。在走廊上與新恒和唯木會合，四人一起去找外公外婆。

外婆說樹海剛才來過房間，問了和生前的呂見山相同的問題——有沒有想吃什麼？兩人果然很像一對夫妻。

俊一郎在心中暗道，新恒看起來也有同樣的想法。

六人到餐廳後，站在餐桌旁的枝村管家跟女僕真由美鄭重其事地上前迎接。看起來，現在是外場服務人員樹海跟清潔人員津久井在廚房煮飯。

俊一郎等人入座後——

「小姑娘，妳一起來吃。」

外婆立刻邀請真由美。

「哇，謝謝。」

「管家，你們要不要也一起用餐？」

外婆也主動詢問枝村。

「我們就不用了……」

他頑固地搖頭拒絕。

不過真由美也沒有立刻坐下，她先往返於廚房跟餐廳之間幫忙送菜。枝村也一樣，等津久井不需幫忙烹調後，也加入了兩人的行列。

昨天晚上還是吃套餐，但今天的晚餐則近似一般的家庭料理。也就是說，一口氣把所有料理都送上桌就好。因此包含真由美的份，總共七人份的餐點沒花多少時間，就全部擺上餐桌了。

「津久井女士，妳要不要也一起來吃？」

外婆理所當然般地開口邀請，俊一郎注意到津久井悄悄瞥了真由美一眼。

「也叫樹海女士一起來——」

外婆說完後，新恒也接著開口。

「管家，請你也一起吃。」

兩人會希望服務人員同桌吃飯，肯定不光是因為親切。在這種特殊狀況下發生了連續殺人案，從相關人士口中又完全問不出有用的情報，他們是在設法打破目前的僵局。

但枝村仍舊拒絕，津久井態度不明，樹海則遲遲不從廚房出來。

「我去叫她。」

真由美活力充沛地從位置上站起來，一溜煙就跑進廚房。

如果是她開口問——

津久井肯定會願意坐下來吧。看到真由美和津久井都坐下來吃了，樹海說不定也會加入。這樣一來，枝村搞不好也不得不妥協了

俊一郎在心中如此揣測。

「……啊。」

一道低沉卻尖細的叫聲從廚房傳來。

「怎麼了？」

率先採取行動的人是新恒，曲矢和唯木緊跟在後，俊一郎也慌慌張張地追上去。不過他的座位靠近廚房，因此他自然搶在警部後面，成為第二快的人。

所以當兩人衝到廚房裡時，他從新恒的肩膀上方清楚看見了現場的模樣。

廚房裡裝設有大型流理台，好幾個瓦斯爐，右手邊是餐具櫃，左側則是大型冷凍庫，而靠餐廳那一側的正中央是寬敞的出菜檯，但就是沒有樹海的身影。不過廚房有個後門，一般來說，應該會認為她從那裡出去了吧。

若真是如此，真由美為什麼會杵在出菜檯旁邊，一直盯著裡面看呢？

順帶一提，那種出菜檯下面有裝抽屜，裡頭有空間可以存放物品。因此從餐廳這一側是完全看不到出菜檯另一邊的。

「真由美小姐？」

新恒叫她，同時輕手輕腳地走近。

「這……」

他沿著真由美的視線看過去，驀地打住所有動作。

難道是……

俊一郎暗笑不可能，仍是從新恒肩上看過去，

怎、怎麼會……

他頓時一句話也說不出來。

出菜檯的另一側，樹海倒在地上，胸口正中央和左右側腹各插了一把菜刀，死了。可能是因為菜刀沒有拔出來，出血量看起來不多。

只是，明明看起來是被刺死的，這畫面卻十分奇異。被害人左右手各抓著一把菜刀，簡直像要用這兩把刀，和襲擊自己的凶手打起來似的……

但現場卻完全沒有打鬥過的痕跡。

話說回來，如果廚房發生這麼大的事，待在餐廳裡的俊一郎等人根本不可能沒有發現才對。

那麼，遺體雙手拿著菜刀的詭異模樣，究竟蘊藏了什麼含意呢？

十六 第四次殺人？

「她過世了。」

新恒警部繞到出菜檯另一側，確定樹海已死。

「這情況很簡單……」

曲矢才說了這幾個字，就令人意外地克制住自己沒再講下去，肯定是因為真由美也在現場的緣故。

——嫌疑犯超明顯的吧？

他下面那句話，八成是長這樣。

俊一郎等人進到餐廳時，在廚房裡的人只有被害人樹海跟清潔人員津久井。但開始上菜後，女僕真由美、枝村管家也都去幫忙端菜。這段期間內，樹海一直待在廚房，其他三人則進進出出的，這種狀態持續了一陣子。

換句話說，就是枝村、津久井跟真由美這三人中的某個人，殺了樹海。

新恒確認後門有從內側上鎖。

「我們先回去吧。」

他便請所有人離開廚房，回到餐廳。

「發生什麼事了？」

外婆多半是早料到實情還故意發問的吧？

「樹海女士——」

新恒描述完命案現場的情況。

「接下來有些問題必須要詢問各位，請坐。」

他的目光依序掃過枝村、津久井跟真由美三人後，真由美率先在餐桌旁坐下，接著津久井也坐下來，但枝村依然站著。

「津久井女士，我請問妳，妳剛才在廚房幫忙樹海女士煮菜時，她當然還活著吧？」

「對。」

面對這個極為理所當然的疑問，津久井仍是認真作答。

「兩位在煮菜時，枝村先生跟真由美小姐在做什麼呢？」

「最先來出菜檯端菜的是真由美，接著管家也來了，後來烹煮工作都結束了，所以我也開始送菜。」

「樹海女士呢？」

「她開始在收拾廚房。」

「我們到此刻為止的行動是？」

新恒發問的對象，是俊一郎等人。在曲矢的指示下，唯木代表作答。

「我們進入餐廳時，枝村管家和真由美小姐已經在裡面了，而樹海女士跟津久井女士則在廚房裡。當時我有瞄了一眼廚房，我確定樹海女士那時候還活著。」

俊一郎聽見唯木當時還特地觀察了這種小地方，內心不禁佩服。

「確實如此。」

新恒也理所當然般地附和，俊一郎頓時為自己疏忽了這種小細節深感慚愧。不過曲矢應該也和他一樣沒注意到，看起來卻絲毫沒有要反省的意思，這實在很像他的個性。

「愛染老師邀請各位服務人員坐下來一起吃，真由美小姐同意後，就先跑進廚房。接著枝村管家也過去了，同時間津久井女士正好端著料理走出來，後面則跟著真由美小姐，但她比津久井女士更早又跑回廚房。」

「妳觀察得很仔細。」

新恒表示讚許，但他自己肯定也是一直在觀察服務人員的動靜。

「接下來，我要再問一次——」

警部看向三人。

「各位進到廚房時，樹海女士正在做什麼？廚房裡除了她還有誰？請按順序回答，真由美小姐，麻煩妳先開始。」

「樹海女士在流理台前面收拾，津久井女士在出菜檯。」

「是在出菜檯靠裡面那側嗎？還是靠餐廳這一邊？」

「靠餐廳。」

「接著請枝村管家回答。」

「樹海女士正在收拾烹調用具，真由美小姐在出菜檯靠餐廳這一側，津久井女士端著料理正要走回餐廳。」

「津久井女士。」

「烹調工作結束後，我正要把出菜檯上的盤子端去餐廳時，真由美就進來幫忙了。我端著菜走回餐廳時，管家剛好走進廚房，我們擦身而過。」

「那時樹海女士在做什麼？」

「在流理台前面收拾。」

新恒再次瞥向三人一眼。

「接下來是第二次，請真由美小姐先講。」

「樹海女士不在廚房裡，我覺得很奇怪，但又想……大概是有什麼事，從後門出去了吧……並沒有太在意。」

「接著換枝村管家。」

「廚房裡確實沒看到樹海女士的人影，但餐點全都做好了，我認為也沒有什麼問題。」

枝村的想法，很符合他身為管家的立場。

「最後是津久井女士。」

「樹海女士不在，我感到有點奇怪，就算說她可能是從後門出去了，我也想不出她會去哪。我有點在意，但當時得趕緊把菜端到餐廳，就先繼續送菜了。」

「然後一直到真由美小姐去廚房叫樹海女士之前，都沒有人再離開過餐廳。這個事實我們可以證明。」

「也就是說，事情應該是這樣的。」

俊一郎把自己根據方才三人的證詞推導出的想法說出口。

「三位第一次去端菜時，都有親眼看到樹海女士仍然活著，但第二次，三位卻都表示沒見到她。理由就是，當時她已經遭到殺害，倒在出菜檯的另一側地上了……」

「來整理一下吧。」

新恒整理的結果如左，為求方便，就先簡單標上號碼。

一　廚房　樹海、津久井。
　　餐廳　枝村、真由美。
二　廚房　樹海、津久井、真由美。
　　餐廳　枝村。
三　廚房　樹海、真由美、枝村。

餐廳 津久井。

四 廚房 樹海、枝村。

餐廳 津久井、真由美。

五 廚房 樹海、真由美。

餐廳 津久井、枝村。

六 廚房 樹海、津久井。

餐廳 枝村、真由美。

「第一次在沒有其他人的情況下，與樹海單獨待在廚房的是，四的枝村。」

曲矢延續這個結論。

「如果五的真由美說的是實話，凶手就會是枝村。」

儘管遭到懷疑，管家的神色仍絲毫不為所動。

「但如果枝村並非凶手，就會是真由美在五的時候殺害了樹海，因此六的津久井才會說，沒看到被害者的人影。」

「津久井女士在說謊，她才是凶手，沒有這個可能性嗎？」

俊一郎立刻質疑。

「這樣一來，五的真由美就不會說樹海不在了吧。」

「哦，你真的有進入狀況耶。」

「你這個混帳——」

俊一郎趁他徹底發火前及早表明看法。

「但還有一種可能性，就是被害人在四到五這段期間內剛好從後門出去了，直到六才回來，然後遭津久井女士殺害。」

「她有什麼理由要特地從後門跑出去？」

「她抽菸嗎？」

詢問三位服務人員，大家都搖頭。

「各位知道她從後門出去的可能原因嗎？」

對於這個問題，三人依然是搖頭。

「你看吧，凶手果然是枝村或真由美其中之一。」

「我跟她都沒有動機。」

枝村難得為自己發聲。

「不只廚師呂見山先生，連樹海女士都過世的話，到底要讓誰來準備各位客人的三餐呢？」

不過他提出的理由，和之前一模一樣。

「先不論管家，真由美不可能是凶手。」

就連一直保持沉默的津久井都開口講話了。

張。

「不，所以我說——」

枝村也沒有動怒，就只是重申這樣一來沒辦法好好服務客人，所以自己不可能是凶手的主張。

「我明白了，今天就到此為止吧。」

新恒和曲矢兩個人把樹海的遺體搬到熊井房間。在那之前，枝村證實被害人身上插的跟雙手握的菜刀，都是廚房裡的用具。在靠近確認時，他的神色也幾乎看不出情緒波動。

他不是凶手嗎？

俊一郎一直在觀察他，大腦飛快轉動。

可是這樣一來，凶手就會是真由美……

但這又讓人感到不太可能。

這些命案的凶手，果然還是悄悄藏身某處的黑術師嗎？那樣的話，命案現場的密室狀態就真的毫無意義了。因為，對方可以驅使咒術。不過被害人身上的奇特謎團依然沒能獲得解釋。

新恒跟曲矢回來後，大家開始用晚餐。在這種情況下還有心情吃東西的，只有曲矢一個人。不過新恒的一句「還是補充一點體力吧」，讓大家乖乖聽話。

真由美有一起吃晚餐，津久井最後也陪她坐下來。不過她的食量似乎很小，幾乎沒吃多少。

問題是枝村，不管問他多少次，他總是斷然拒絕。甚至在大家用晚餐的期間，還一直站在餐廳一角。

俊一郎一邊勉強自己吞下食物，一邊悄悄用死視觀看真由美，結果發現她身上的死相變濃了。

……是因為樹海被殺了嗎？

照這樣發展下去，如果枝村跟津久井也相繼死去，真由美身上的死相徹底成形，最後就換她喪命了嗎？

不過萬一情況真變成那樣，就表示黑術師並沒有藏身在服務人員之中。

話說回來，他們身上明明沒有出現死相，為什麼會相繼被殺呢？

而身上出現了清晰死相的俊一郎等人，為什麼反而活得好好的呢？

此刻根本吃不出食物的味道，只是不斷重複把東西送進口中，咀嚼，再吞下去的動作而已。

用完餐後，眾人到二樓的休息廳召開搜查會議。把三位服務人員留在餐廳，令新恒十分擔憂，但考慮到樹海遇害的情況，又不方便讓他們參與。

「就讓管家趁那段時間用餐，他肯定是不好意思在各位面前吃飯。」

於是津久井的發言，新恒就恭敬不如從命地接受了。

「我們會盡快回來，各位千萬不要離開這裡。」

警部叮囑完，便請俊一郎等人離開餐廳。

「要是我們回來時，津久井被殺了，那事情就更清楚了，凶手不是枝村就是真由美。」

「萬一真的變那樣，他們兩位肯定都會堅持對方才是凶手，案情依然沒有進展啊。」

曲矢未經深思的發言，立刻遭到俊一郎駁斥。

「那如果不是津久井，換成枝村或真由美被殺——」

「少講蠢話了。」

「才不是蠢話。這種怎麼想都沒有意義的殺人行為，根本就不可能靠正常的搜查方式來解決。」

「也不能因為這樣就希望有下一個人遇害——」

「他們依然有可能是黑術師的手下吧？」

「這個跟那個——」

「是有關的喔。你聽好——」

「曲矢主任。」

新恒明明只是平常地叫了他一聲，曲矢卻立刻閉上嘴。俊一郎也一樣。

眾人抵達二樓的休息廳。

「真由美小姐的死相怎麼樣了？」

新恒主動問起，俊一郎對於他看透一切的本領實在很佩服。

「比之前更濃了。」

「這樣呀。關於這一點，愛染老師——」

這時大家注意到，外婆的身體又不太舒服了。

「外婆，妳要不要躺下來？」

「……不用，我這樣就好。」

她全身癱在椅子上，緊閉雙眼，看起來虛弱無比，好似會就這麼逝去，俊一郎胸口一緊。

「嗯……」

外公沉吟著。

「她在餐廳時還好好的，一離開那邊身體狀況就變差，究竟是什麼緣故呢？」

「……不是我貪吃喔。」

外婆雙眼緊閉著休息，卻仍舊立刻回答。俊一郎見狀，稍微鬆了口氣，看來還不是太嚴重。

「是否應該告知真由美小姐，死相的事呢……？」

新恒猶豫著，曲矢語氣堅決地發言。

「她也是嫌疑犯之一，不需要特地講吧。」

「可是既然她身上出現了死相，就不能放任不管。」

「目前實際遇害的，不都全是沒有出現死相的服務人員嗎？不管她，八成也不會有事啦。」

但依然都是些亂七八糟的意見。

「我們來島上才第二天，就已經有四個人被殺了，而且光是今天，就有三個。這樣一來，身上有沒有出現死相幾乎已經沒什麼關係了吧？」

「……你這樣說，或許也是有道理。」

看來就連曲矢也不得不同意這句話。

「眼前最大的問題是今天晚上。」

「你的意思是，要怎麼監視，或說保護那三位服務人員嗎？」

聽見新恒的擔憂，俊一郎回應。

「如果情況暫時沒有再變化，就請枝村管家單獨就寢，津久井女士則跟真由美小姐一間好了。」

「整晚都要在走廊上監視嗎？」

唯木詢問後，新恒面露難色。

「輪班的話，讓搜查官單獨行動適合嗎？」

「畢竟現在我們身上全都清楚出現死相了。」

俊一郎的話，令新恒跟唯木都陷入沉默。

「身上出現死相的是我們，卻必須要去監視或保護沒有死相的那三個人——其中兩位還是嫌疑犯——黑術師看到現在這種狀況，肯定樂歪了。」

曲矢語帶諷刺地說。

「或許……這就是他的目的。」

俊一郎忽然有這種感覺。

「你的意思是，那些毫無意義的連續殺人案，動機就在於此嗎？」

「邀請我們到濤島來，引發這種命案，對黑術師來說到底有什麼好處呢？」

「應該沒有吧。」

「那麼，他的目的說不定就只是想在精神上打擊我們，令我們陷入混亂與恐懼之中。」

這時，外公低聲拋出一句。

「至今的咒術殺人案對黑術師而言，應該就像幾場遊戲吧。」

外公的話，跟先前俊一郎在黑搜課會議室面對飛鳥信一郎時下的結論一樣，黑搜課的看法也相同。

「果然還是如此吧。」

「嗯，這個的意見也跟我一樣。」

這個，指的當然是外婆。

「至於今天晚上——」

新恒把談話拉回主題。

「我有一個想法，可以請枝村管家、津久井女士跟真由美小姐三人一同在休息廳過夜，由我們負責監視。」

「那位管家會接受嗎？」

新恒立刻去找他，結果正如曲矢所擔心的，枝村拒絕了。理由是「原則上我們就是要睡在服務人員的房間」，他的回答很符合管家的立場，無從反駁。

「由於目前的情況——」

新恒第三次討論這件事。

「我決定兩人一組在服務人員房前監視。」

「我們也來幫忙吧。」

外公主動提議，新恒慌忙要拒絕。

「我的意思是，從現在開始到就寢時間為止。請三位服務人員待在餐廳，讓我們兩人過去看著，就沒問題了吧。」

「這樣呀，外婆過去餐廳，身體也會比較舒服吧。」

「謝謝，那我就恭敬不如從命了。」

新恒向外公外婆道謝，今晚的值班表就此定案。

到晚上十一點為止（服務人員回房間為止）　餐廳　弦矢夫婦。

到明天凌晨三點為止　一樓走廊　新恒跟唯木。

到明天早上六點半為止　一樓走廊　曲矢跟俊一郎。

曲矢立刻抗議。

「要是服務人員早早就去睡了，警部跟唯木的工作不就變重了嗎？」

但發言內容卻是在擔心上司跟屬下，沒想到他會在意這一點。

「哦，你挺體貼的嘛。」

俊一郎立刻開他玩笑。

「不要把我跟你這小鬼混為一談。」

曲矢氣沖沖地回，很明顯只是在掩飾自己的害羞。

「他們也有可能和弦矢夫妻聊開了，更晚回去房間。那樣的話，我們值班的時間就變短了，所以這樣分配還算公平。」

儘管可能性不高，但曲矢至少是接受了這個說法。

接下來，外公外婆前往餐廳，俊一郎等四人先回房補眠。依然是新恒跟唯木一間，曲矢跟俊一郎一間。

躺進被窩後，俊一郎不理會曲矢的無聊發言，逕自準備入睡。他原本還擔心太吵了自己會睡不著，沒想到那些拉哩拉雜的廢話就像是聽不懂的經文，反而發揮了催眠曲的功效。

被新恒叫醒，是隔天凌晨三點五分時。

「我請枝村管家自己一間，津久井女士跟真由美小姐一間，還拜託他們要從房內鎖上門窗。」

俊一郎再次確認這兩間房的位置。

「外公外婆結果待到幾點？」

「三人昨晚離開餐廳回房間的時間，大約是十一點十五分。聽說他們聊了滿多的。不過枝村管家很少開口，主要是真由美小姐在講，津久井女士附和她的樣子。」

「警部，你們監視時的情形如何？」

「一片寂靜。真的是靜到有點嚇人，一點聲音都沒有。」

第一天晚上俊一郎嘗到的那種恐懼，新恒跟唯木似乎也體會到了。

兩人交談時，一旁的唯木正搖著曲矢說「主任，換班時間到了，請起來」。曲矢好不容易才醒來，還頻頻發牢騷。俊一郎跟曲矢匆匆洗把臉，就立刻下去一樓。在換班的這段空檔，也有可能會發生新的命案。

原本新恒跟唯木是應該留一個人在一樓走廊，另一個人過來俊一郎他們的房間。之所以沒這麼做，想必是因為這樣一來兩人都會有一段時間落單。特別是留在一樓的那一位，很有可能遇上危險，警部肯定不願意讓這種事有機會發生。

俊一郎很清楚這點，便急忙拉著正在發起床氣的曲矢前往一樓的走廊。

不過走廊上正如新恒所言，寂靜到令人害怕的程度，而且絕對不是現在才這樣，似乎從三人回房後，就一直是這麼安靜。

跟第一天晚上的感覺很相似。

所有人都睡了，當然會很安靜。可是，總感覺有什麼其他原因，造就了這一區奇異的氣氛。

不過跟那時的氛圍，又有些許不同。

儘管同樣很安靜，感覺卻比第一天晚上來得淡。照理來說靜謐是不分濃淡的，但俊一郎清楚感受到其中差異。

這到底是……

俊一郎繃緊全副神經，附耳在枝村房門上，聽了一陣子。

……完全沒有動靜。

接著到津久井和真由美的房前，做了同樣的舉動。他耐著性子聽，……傳來極為微弱的類似翻身的聲響。

俊一郎走回新恒他們擺好的椅子時，大腦飛快轉動。

該不會枝村已經被殺了吧……？

他將自己的猜測小聲告訴曲矢。

「剛才在這裡監視的，可是那位個性認真的警部，和說不定比他還要認真的唯木，又不是我們兩個，怎麼可能會出事。」

他的回應倒是很有道理。

結果，一直到將近六點枝村從房間走出來為止，都沒有發生任何異狀。兩人順利迎接早晨的到來。

「早安，辛苦你們了。」

管家開口打招呼。

「你真早。」

俊一郎回應。

「現在沒有廚師也沒有外場服務人員，只能靠剩下的這幾個人了，不比平常早起怎麼行。」

枝村邊說，邊走到津久井跟真由美的房前敲門。

「等他們三個去廚房，我們就去餐廳守著。」

「好。外公他們起床前，就這麼辦吧。」

服務人員的起床時間比表定早了半小時，曲矢跟俊一郎也立刻隨之調整。

不過枝村敲了好幾次門，兩人卻都沒有出來。

「津久井女士，早上囉。真由美小姐，該起床了。」

儘管隔著門板叫她們，也毫無回應。

「怪了。」

換成曲矢叩叩叩地敲起門來。

「喂，你去找警部——」

俊一郎還沒聽完整句話，就往新恒的房間跑去，要去拿鑰匙。

他一敲門，兩人就醒了，用不著詳細說明，就立刻了解津久井跟真由美的房間出現了異狀。

三人回到一樓走廊，新恒拿出備用鑰匙開門。

下一瞬間，映入眼底的房間裡，一個人也沒有。床上有人睡過的痕跡，但兩人已經不見了。

而且，窗戶開著。

「……逃走了嗎？」

俊一郎不敢置信地問。

十七　第五跟第六次殺人？

新恒警部進房後，快速檢查了一遍房內。

「這情況看起來的確像是逃走。」

「有可能是綁架嗎？」

俊一郎謹慎發問。

「兩人的行李都不見了。窗鎖也沒有從外面遭到破壞，看起來是從裡面打開的。因此，應該是自己逃出去的。」

「但是，逃去哪呢？」

濤島上一艘船也沒有，目前為止也還沒人發現有船隻經過近海。就算逃出這棟舊別墅，也不可能離開這座島。

「肯定是津久井奶奶的這裡有問題啦。」

曲矢指著自己的頭。

「所以就帶著如自家孫女般疼愛的真由美，辛辛苦苦爬出窗戶後，慌忙逃走。」

「然後呢？逃去哪裡？」

「那種事誰曉得。」

新恒立刻下指令。

「曲矢主任跟弦矢，請你們去棧橋。我跟唯木搜查官會去觀景台。如果沒有找到人，我們就分別搜索島上的南邊跟北邊。如果發現那兩人，就設法說服，帶她們回來。如果找到時已經出了意外——」

警部口中的「意外」，指的就是找到兩人遺體的情況吧。俊一郎立刻心領神會。

「請朝空中鳴一槍。」

這時俊一郎才曉得，不光是新恒，連曲矢跟唯木身上也都帶著槍。平常也就罷了，現在可是潛入黑術師的大本營了，這或許是理所當然的防身之道。

「我們跟枝村管家會待在食堂。」

外公說完這句話，新恒行個禮後，俊一郎跟曲矢就朝正面玄關，新恒跟唯木則往後門各自走去。

穿過前院，沒了遮蔽視線的樹木後，倒在棧橋附近的人影撞進俊一郎的眼裡，而且看起來還是兩個人。

「警部！在這邊！」

曲矢突然大叫。

「他們會嚇一跳吧。」

「但可以省一發子彈吧？」

「哦，真讓人意外。我以為就算警部他們還在聽得見喊叫聲的距離，曲矢刑警也會寧願發射一發子彈。」

「我是有射擊夢的國中生嗎？」

不，國中生八成還比你會念書──這句話，俊一郎費了九牛二虎之力才吞回肚子。

「快過去吧。」

兩人跑了起來。

在棧橋連接岸邊這一端，真由美倒在地上，前面則是津久井的身影。

兩人先在真由美旁停下腳步，曲矢蹲下來，搭上她的手腕。

「……還活著。」

他的這句話，令俊一郎放下心來。

不過，曲矢接著大步走到棧橋前端，對津久井採取同樣行動後，轉回來搖頭，因此方才的安心又頓時消失了一半。

「這可能是中毒了。」

「為什麼？」

「她嘴巴吐了一點血，而且遺體旁不是還掉了一個寶特瓶嗎？」

在真由美附近，也落著一個沒有蓋子的寶特瓶，裡面的液體灑得到處都是。而且她身旁的地上不知為何還有一個裝著餅乾的袋子。

「這是什麼？」

津久井的遺體是趴在地面上的，曲矢檢視遺體下方。

「這傢伙的右手拿著一本書。」

「什麼書？」

「我看看，占星術的書。」

真由美的東西嗎？津久井向她借的吧？不過為什麼會拿在右手呢？在打算逃跑的緊急情況中，還特地把占星術的書帶出來實在很奇怪。

「難道……兩位都遇害了？」

此時新恒和唯木趕到，警部絕望地問。

「沒有，真由美還活著。」

「津久井女士呢？」

俊一郎搖搖頭，新恒將現場交給唯木，急忙跑向棧橋前端。

「……她好像只是昏過去了。」

唯木徹底檢查真由美的生命跡象後，下了這個判斷。

「完全不可能是中毒嗎？」

俊一郎點出兩人身旁都有寶特瓶，懷疑津久井是遭到毒殺。

「如果真的是毒，就有點麻煩了。」

因為在島上沒辦法檢查也沒辦法治療吧。

「……咦？」

這時，真由美忽然醒轉。

「喂，妳沒事吧？」

「……我，昏倒了？」

「妳什麼都不記得嗎？」

「我吃餅乾當早餐，喝了寶特瓶裡的水……沒多久就覺得好睏……」

「咦……安眠藥？」

俊一郎驚訝，旁邊的唯木也露出詫異的神情。

「津久井女士好像真的是中毒而死。」

新恒從棧橋前端走回來，先是同意了曲矢的猜測，再問真由美話。但可能因為她尚未完全清醒，似乎不太願意回答，或許也是得知津久井的死訊後大受打擊的緣故。

最後由俊一郎跟唯木先帶真由美回別墅，新恒說要先跟曲矢把津久井的遺體搬至熊井的房間。

俊一郎等人回到餐廳，報告案情後，外公外婆為真由美平安無事而高興，而枝村則是一副世界末日降臨的表情。令他喪氣的理由肯定是……服務人員又少了一個。

唯木想讓真由美回房睡一會兒，卻遭本人拒絕。於是外婆去泡了一杯熱可可給她喝，她看起來才逐漸恢復神智。

過一陣子後，新恒跟曲矢走進餐廳，警部將津久井拿在手裡的那本書擺到桌上。

「啊，那是我的。」

真由美吃驚地說。

「這本書妳有借給津久井女士嗎？」

聽見新恒的問題，真由美搖頭。

那本書是白水社「赫密士叢書」出版的，公元一世紀古羅馬詩人馬庫斯・曼尼里烏斯所撰寫的《占星術或天體的神聖學問》。

「這本書看起來相當專業耶。這麼說起來，真由美小姐，妳之前說過想學占星術。」

聽見警部的話，真由美肯定地點頭。

「不過，妳沒有把書借給津久井女士，她手裡卻拿著這本書。」

「應該是她偷的吧？」

曲矢的猜測，立刻遭到真由美否認。

「那本書一直放在我包包裡。」

「真由美小姐，妳現在可以說明一下，究竟發生了什麼事嗎？當然如果妳想再休息一下也沒問題。」

新恒體貼表示。真由美先垂下頭，才緩緩道來。

「昨天晚上，津久井女士睡前去廚房拿了瓶裝水，又去儲藏室拿餅乾回來。」

「她有說為什麼要這麼做嗎？」

「她當時說……半夜可能會肚子餓。那時候我沒有多想，但一大早她就搖醒我，突然告訴我要逃跑了。我才意識到，那些東西是為此準備的。」

「她有說要怎麼逃跑嗎？」

「沒有。」

真由美虛弱地搖搖頭。

「我也有問她，但她只回『不能待在這裡』。我當時還很想睡，覺得有點麻煩，但我很清楚她是擔心我，想說反正也跑不了多遠，不如就陪她到她甘願為止，所以就跟她一起爬出窗外了。」

「兩位知道我們就守在走廊上嗎？」

真由美臉上頓時浮現惡作劇般的笑容。

「我有發現喔。所以是我提議要從窗戶爬出去的。」

「哦，挺厲害的嘛。」

新恒的稱讚讓真由美露出開心的神情。

「從窗戶爬出去後，津久井女士就直接前往棧橋，我嚇到，問她『有船嗎？』她回我『等船經過，請他們讓我們上船』，我就心想，果然行不通。」

「為什麼？」

「黑搜課的各位不是說過嗎？你們從島上的各處眺望近海，卻連一艘船都沒見到。」

「原來如此。」

新恒苦笑。

「我們開搜查會議時，妳跑來偷聽？」

「抱歉。你們在二樓的休息廳講話時，只要待在樓梯上，就可以聽到一點點。」

她低頭道歉，卻看不出半點愧疚的神色。

「人家太無聊了嘛。」

還說出了連曲矢也啞口無言的話。

「就算發射照明彈，警方的船也沒有來救援，對吧？」

更誇張的是，她甚至還厚臉皮地向新恒確認實情。

「妳說的沒錯。妳既然知道，為什麼要陪津久井女士去棧橋呢？」

「老人家大部分都很頑固……」

「妳是想，陪她到她自己放棄為止？」

「對。我們到了棧橋後，津久井女士就跑到橋前方眺望近海的情況。我沒事幹，就開始吃餅乾當早餐——這是她叮嚀過的。我一邊吃一邊喝瓶裝水，後來就好睏，我最後的一個印象就是我勉強撐著沒倒下，在棧橋底端坐下來。」

「那時津久井女士在做什麼呢？」

「我失去意識前看到的是，她和我一樣拿起寶特瓶正要喝水。」

「只有津久井的瓶子裡被下毒……」

曲矢這句話一出，大家的目光自然都朝枝村集中，不過他看起來倒是絲毫不在意。

「那個時候，那本占星術的書還在妳的包包裡嗎？」

「對，肯定是。」

「妳們兩個從窗戶爬出去，大概是幾點的事？」

「應該是快五點。」

「我記得枝村從他房裡出來，去敲津久井和真由美房間的門，是快六點吧？」

曲矢問俊一郎，後者點頭。

「換句話說，枝村管家有充分的時間可以和她們一樣爬出窗外，到棧橋去。」

新恒點出關鍵，但枝村依然回以同一句話。

「我身為管家，不可能做這種讓服務人員減少的事。」

「就算在寶特瓶裡下毒的人是枝村管家好了——」

俊一郎說出了大家心中都有的疑問。

「但他也無法預料津久井女士什麼時候會喝。」

「還有一個問題。」

新恒接著說。

「寶特瓶有兩瓶，喝到有毒那瓶的人也不見得會是津久井女士。」

「對耶，也有可能是真由美……」

曲矢說到這裡，真由美露出驚嚇的神情。

「弦矢，她身上的死相現在怎麼樣了？」

看來新恒已不打算隱瞞真由美這件事了。

「咦……？我身上的，死相？」

真由美臉上流露出疑惑與畏懼，俊一郎直直望著她，用死視觀看。

「果然比之前又濃了一點。」

「……你、你在說什麼？」

新恒輕輕點頭，因此俊一郎開始說明真由美身上死相的變化。

「怎麼可能……」

她似乎受到相當大的打擊，臉色頓時發白。

「……如果不解決這起連續殺人案，連我也會被殺？」

「從現況來看，這個可能性很高。」

俊一郎回完她，正準備繼續說出「某件事」。

「弦矢，你也注意到那一點了吧？」

新恒突然這麼問他，讓他嚇一跳。

「警部，你也……」

用膝蓋想也曉得，他可是新恒，當然會發現。

「我也注意到了。」

唯木也插話了，讓俊一郎更加確定自己的想法。

「喂喂，現在是在排擠我嗎？」

曲矢則毫不意外地嚷嚷，但現在沒空陪他鬧。

「真由美小姐，為了讓妳活下來——」

俊一郎講到一半，原本一直站在食堂角落的枝村，忽然搖搖晃晃地走近餐桌。

「怎麼了嗎？」

即使新恒出聲關切，他也不作聲。

「枝村管家？」

叫他也不應，只是把右手舉到自己的胸部高度，然後就靜止不動了。

「喂，你在玩什麼把戲？」

曲矢站到他前面，肯定是考量到有什麼萬一——譬如他忽然發狂的情況。

不過枝村卻只是伸出右手食指，開始在空中畫起圓來，還越畫越大。他並不是在畫漩渦，而是在第一個畫的圓外圍，又畫了一個更大的圓，看起來就是不斷在重覆這項行為。

「你、你在做什麼？」

就連新恒都驚訝不已。

接著，枝村畫完最後一個大圓後，驀地頹然朝地面倒去。

「喂！」

曲矢立刻接住他，輕輕把他放倒在地板上，但枝村連動都不動一下。

曲矢單手搭上他的後頸。

「……死了。」

十八 連續殺人案的祕密

枝村死前的神祕動作，刺激了俊一郎的大腦。不曉得出於什麼原因，他總感覺自己其實知道那個行為的涵義。

「……等一下。」

因此，脫口說出了這句話。

「什麼啦，等一下什麼——」

曲矢一反問，新恒警部就掃去銳利的一眼，封住他的嘴巴。俊一郎對此感激不已，陷入沉思之中。

沒多久，思緒豁然開朗，心情卻相反，一顆心直往下沉。在經歷如雲霄飛車般驟升又驟降的情緒後，他終於明白連續殺人案的意義了。

不過，還需要確認。

「新恒警部，我有事拜託你。」

「什麼事？」

俊一郎走到他身旁，附耳說話。

「我明白了。」

警部沒有多問理由，立刻步出餐廳。

「喂，你們講什麼悄悄話。」

俊一郎心想剛才不是去拜託曲矢真是明智之舉時，新恒就回來了。

「第一個，呂見山先生四肢的根部的確跟脖子一樣，被相同的繩子纏繞著。第二個，屍臭非常嚴重。」

那瞬間，俊一郎確定自己的推理是正確的。

「這座島上發生的，是咒術連續殺人案。」

「啊？你怎麼到現在還講——」

「什麼意思呢？」

曲矢跟新恒的反應正好相反，要是平常，俊一郎肯定會笑出來，但此刻他神情依舊認真。

「城崎警官是被十三之咒所殺。雖然實際上是『類似十三之咒的咒術』，但這樣看待應該也沒問題。」

曲矢對此似乎沒有意見，默不作聲。

「第二位熊井先生，面朝房間角落，頭還靠上去，這是在表現『四隅之魔』。」

「咦……？」

曲矢露出驚愕的神情，新恒跟唯木都倒抽了一口氣。

「第三位呂見山先生的脖子跟熊井先生一樣纏著繩子，可推知他在從觀景台摔落時，就已經遭到殺害了，沒辦法對遺體進行驗屍。就這一點而言，其他被害人也都一樣，在這座島基本上沒辦法真正檢驗屍體。」

「剛才弦矢拜託我去檢查呂見山先生的遺體，發現不只是脖子，他四肢的根部也同樣都纏著繩子。」

新恒補充說明後，俊一郎接著講：

「在這裡纏上繩子，是為了將遺體劃分為六個區塊。也就是說，用呂見山先生的遺體來表現『六蠱之軀』。」

「是這樣啊……」

曲矢似乎終於明白了。

「第四位樹海女士，都說這麼多了，接下來相信不用講大家也能明白了吧。」

「被害者的胸口正中央跟左右側腹總共插著三把菜刀，同時雙手還各握著一把菜刀，這是『五骨之刃』吧？」

「沒錯。接著是第五位津久井女士，她的遺體抓著《占星術或天體的神聖學問》，這是在表現『十二之贄』。」

「這樣說來……」

曲矢低頭，目不轉睛地盯著剛過世的管家遺體。

「枝村管家在斷氣前所做的那個舉動，是在畫八個圓，自然是在表現『八獄之界』了。」

「可是——」

曲矢一臉嫌惡。

「枝村到底是怎麼被殺的？」

「黑術師的咒術。」

「那個，我知道是咒術沒錯，但我要問的是——」

「曲矢警官，就算是黑術師，也沒辦法在完全沒有靠近被害人的情況下，突然殺害一個健康的人，一定會需要像城崎警官那次一樣，預先施下類似十三之咒的咒術。不過遇害的幾位身上，完全沒有那樣的痕跡。」

每次到闡述自身推理破解案件時，俊一郎不曉得為什麼就會突然變得對誰講話都很有禮貌，儘管對方是曲矢也一樣。

曲矢雖然很清楚他這項奇特的習慣，仍舊是一副渾身不自在的模樣。

「啊啊！」

曲矢突然大喊。

「我的幸運餅乾上寫的，『請把我針對弦矢俊一郎引發的咒術殺人案都列出來。』原來就是提示啊？」

「——或許是。」

但俊一郎的回答卻十分模糊，曲矢不滿地問。

「所以咧，他到底怎麼做的？」

「我們從一開始就徹底上當了。」

「什麼意思？」

「為什麼相繼遇害的被害人身上沒有出現死相？為什麼命案現場的出血量都很少？為什麼暫時存放遺體的熊井先生房間，屍臭會這麼嚴重？」

「為什麼？」

「因為除了真由美以外，其他服務人員原本就都是死人。」

此時無論是新恒、曲矢或唯木都依然閉著嘴，但明顯深受衝擊。

相較之下，外公外婆看起來像是很自然地就接受了俊一郎的推理。

「城崎警官當時發現與島上人數相比，食材分量明顯不足，那是因為從一開始就有一半的人不需要吃飯。」

「所以即使愛染老師主動邀請，他們也不願意坐下來一起吃……」

「真由美小姐的餐點會立刻就端上桌，也是因為事先就準備好了的緣故吧？因為只有她需要進食。」

「這也就說明了，為什麼服務人員全都有氣無力的。」

「不過生前的記憶偶爾會突然浮現，有些人甚至會以實際言行表現出來。在偵訊時就有出現過這樣的情況。所以，呂見山先生跟樹海女士，說不定真的是一對夫妻。」

「果然是這樣啊。」

新恒出聲附和。

「警部之前的看法確實是正確的。」

「因此告知大家呂見山先生的死訊時，才會只有樹海女士有反應。」

「一定是忽然感受到自己的感覺了吧。不過，仍舊轉眼間就消失了。」

「在觀景台上呂見山先生意味深長的那句話，也是黑術師在讓他自言自語吧。」

「在偵訊服務人員時——」

曲矢像是接受了這個看法似地。

「警部跟唯木的意見相左，也情有可原。畢竟對方早就死了。」

「的確。」

「不過，這實在太噁了。」

曲矢毫不掩飾他的嫌惡。

「喂，等一下。」

他把目光投向倒在地上的枝村。

「如果說，這些傢伙從一開始就已經死了……那他們到底是哪裡弄來的？」

「飛鳥先生來我的事務所時——大家有談到最近的怪事，關東地區醫院的太平間連續有好幾具遺體不翼而飛，那個犯人應該就是黑術師。」

新恒用克制著怒氣的語調說：

「你的意思是，黑術師的待客之道，就是特地用死人當負責照顧我們的服務人員嗎？」

「對，因為原本就是死人，所以對於在自己的脖子上纏繩子這種命令，才不會有任何反抗吧。再來就是，只要停止用咒術控制，就會再度變回死人。命案現場是不是密室，根本不是重點。」

「一旦變回死人，遺體就會一口氣加速腐壞。」

「熊井先生的死亡時間推測是晚上十點五十分到半夜十二點五十分之間，不過實際上唯木警官是在五點五十六分聽見他房裡有動靜，因為當時黑術師停止了對他的操控。」

「原來如此。」

新恒及俊一郎的意見，似乎讓曲矢接受了。

「所以咧，黑術師到底想幹嘛？」

「我外公之前也說過了，大概就是在玩弄我們，一場遊戲罷了。」

「唯木搜查官的看法也一樣對吧？妳說——弦矢的幸運餅乾上寫的『在這座島上發生的神祕案件，你能破解嗎？』已經道盡了一切。」

「正因如此——」

外公淡淡開口。

「也才會有那三個沒意義的情況。也可以這麼想。」

「……等一下啦。」

曲矢的語氣透著焦躁。

「跟黑術師有關的案件，還有『九孔之罠』吧？」

他說這句話時，眼睛直盯著真由美。

「偵、偵探先生，我身上的死相呢？」

本人主動詢問，俊一郎便用死視觀看。

「變淡了。」

「……太好了。」

真由美先是鬆了一口氣，又隨即面露不安神色。

「可是，還沒有完全消失吧？」

俊一郎點頭。

「如果我們沒有找出這起咒術宣告連續殺人案的真相，黑術師原本恐怕是打算繼續對真由美小姐下手，來表現出『九孔之罠』吧。」

「怎麼會……」

「畢竟除去妳後——還要加上城崎警官——光靠五位服務人員，沒辦法完成從『十三之咒』到『九孔之罠』的所有咒術連續殺人案。」

「他瘋了吧。」

曲矢罵道。

「可是為什麼只有真由美不是死人呢？咒術宣告殺人的第一個目標是城崎，是為了給我們一個下馬威吧。這一點我可以理解，但為什麼服務人員裡，只有她一個是活人？」

接著提出合情合理的疑問。

「這有兩個理由。第一個是，在咒術宣告連續殺人之外，黑術師其實還設計了另一個——沒有真由美小姐也能完成的——安排。」

「還有喔？到底是什麼？」

「唯木警官之前就已經看穿了，這些命案是在對我們挑釁。」

「不愧是我的屬下。」

曲矢理所當然地把功勞歸到自己身上。

「只是她認為遇害的順序並沒有什麼特殊含義。」

「不是嗎？」

「如果要在咒術宣告連續殺人案之外，另外再取一個名稱，那就是姓名連續殺人案了，這其實是黑術師特別安排過。」

「聽不懂，你解釋一下。」

俊一郎張開右手的五根指頭，再一根根往下折。

「第一位熊井先生的名字是從『KU』開始，第二位呂見山先生是從『RO』開始，同樣地，第三位的樹海女士是『JU』，第四位的津久井女士是『TSU』，第五位的枝村先生是『SHI』，依序念出來就會是『KUROJUTSUSHI（黑術師）』。」

「所有人都是用假名嗎？」

新恒依然很冷靜，但曲矢就不同了。

「那傢伙絕對是瘋了！」

「真由美小姐從一開始就半是被排除在外，是因為——」

唯木語帶顧慮地插嘴，俊一郎便打手勢請她往下說。

「她是黑術師那一邊的人吧？」

曲矢驚訝得渾身一震，真由美本人也是。

「儘管如此，萬一我們沒有解開連續殺人案，黑術師打算連妳也殺了。」

俊一郎說出這項沉痛的事實，用意絕非在威脅她，而是用近似溫柔勸說的語氣告訴真由美真相。

「第二個理由就是這個？」

「對。」

俊一郎回答曲矢後，從正面直直注視著真由美。

「真由美的真實身分，就是接替黑衣女子成為黑術師左右手的黑衣少年，小林。」

「呃！」

驚呼出聲的人是曲矢，但詫異萬分的不只他一人。看來對於新恒、唯木，甚至連外公外婆來說，這都是出乎意料的事實。

「你、你……男扮女裝嗎？」

最關鍵的原因就在於，無論從哪個角度看過去，真由美完全就是一個少女吧。

在「八獄之界」那起案子，黑術師舉辦的闇黑神祕巴士之旅中，一位少年用「小林」這個暱稱參加了旅程。繼黑衣女子之後，他也成為了黑衣少年。俊一郎是在「九孔之罠」那件案子時發現此事的。

「以偵探來說，你發現的有點晚呢。」

小林沒有流露出絲毫愧色，乾脆地承認了自己的身分。

「代表你的變裝非常出色。」

「能獲得你的稱讚，我真是光榮。但我自認已經給你不少提示了。」

「像是偶爾會叫我『犯罪學者』嗎？」

「啊，不錯嘛。」

「在『八獄之界』那起案子時，我的暱稱是『學者』，看來你還記得很清楚。」

「我當然不會忘記。」

小林揚起和善的微笑。

「說到名字，還有其他線索——」

「真由美吧。」

「哦，為什麼？」

「你的暱稱『小林』，是從江戶川亂步所創造的少年偵探團團長小林芳雄君來的。隸屬於那個少年偵探團的少女偵探，名字不是就叫花崎真由美嗎？畢竟你還特地好心地連『花崎』這個提示都告訴我了。」

「什麼嘛，原來你有發現。」

小林一臉喪氣。

「那你為什麼不早點揭穿我的真面目？」

「我是真的完全被你的男扮女裝唬住了。如果你一開始就以少年身分登場，那就算你加上再多偽裝，我肯定也會懷疑——你該不會是小林吧？」

「看來我扮女裝是正確選擇。」

「你問城崎警官，既然他是與黑術師對抗的警察，應該遇過不少危險場面吧——如果你是少年，我可能就會覺得怪怪的，但妳是少女姿態，我就徹底被騙了。」

「那你是怎麼發現的。」

「新恒警部剛才問你津久井女士遇害的情況時，妳說了『黑搜課的各位』。警部確實有將我們的真實身分告訴枝村管家，但從來不曾提及黑搜課這個名字。」

「啊，原來。」

小林十分懊惱，但那副神情看起來卻非常惹人憐愛。俊一郎暗暗苦笑，真是拿他沒轍。

「你這個失誤，新恒警部跟唯木警官也發現了。」

「你們剛才排擠我的，就是這件事？」

完全不提自己的觀察力有多差，這種講話方式實在很有曲矢的風格。

「不過，其實還有一個更明顯的線索，這恐怕連小林本人都沒注意到……」

「咦？是什麼？」

「我們剛到這座島時，妳在玄關迎接我們，叫我外婆『愛染老師』對吧？」

「啊……」

「新恒警部坦白我們的真實身分，是更後面的事。」

「我見到那位愛染老師實在太興奮了，一個不小心。」

「話雖如此，當時我們也沒有察覺。」

「你的意思是，如果不是我那句『黑搜課的各位』，你們可能還不會發現嗎？只差一點了，真可惜。」

小林依然毫無愧色。

「但你可能會被黑術師殺死喔。」

俊一郎點破殘酷的現實。

「最重要的黑術師結果一直躲在幕後嗎？」

曲矢插了這句話。

「沒有，他就在服務人員裡面。」

「什、什麼？」

吃驚的不僅是曲矢，沒想到連小林也詫異極了。

「真的嗎？」

「你果然不曉得。」

「對……」

「這一點真的——」

「所以咧，是誰？」

曲矢失去耐性地催促，俊一郎宣布了答案。

「津久井女士。」

相較於黑搜課的三位成員。

「怎麼可能，騙人的吧……」

小林的反應最大。

「……原來如此。」

外公深深嘆口氣。

「我也是年紀大了不中用了。」

外婆看起來相當沮喪，俊一郎便溫言解釋——

「這沒辦法，外公，你又不是從一開始就一直在調查黑術師。而外婆，妳這次身體一直不舒服啊。」

「可是我待在餐廳聊天時，情況就很正常。」

「就是這一點。」

俊一郎環顧所有人。

「外婆到這座島之後，最先見到的是枝村管家跟負責雜務的熊井先生。接著，進別墅時又遇見了女僕真由美小姐。當天晚上廚師呂見山先生跟隔天傍晚外場服務人員樹海女士都有去外婆的房間，和這五人碰面時，外婆的身體狀況都一樣差。但只要去餐廳，不知道為什麼身體就會恢復正常。而餐廳裡，除了這五人，還有一個人經常待在裡面。」

「換句話說，只有跟津久井女士碰面時，愛染老師會恢復精神。」

新恒似乎對於自己沒有察覺這件事感到慚愧。

「想必是因為黑術師想跟堪稱宿敵的愛染老師好好聊一聊吧。」

「不這麼覺得嗎？」

俊一郎望向外婆，尋求她的意見。但不只外婆，連外公都神情複雜地沉默著。

「不過我認為黑術師其實也擔心，外婆會因為每次到餐廳就恢復健康而看穿自己的真面目，所以不只在整座島施下結界，在自己身上也加了結界，讓外婆沒辦法察覺。」

「原來如此，十分合理。」

新恒認同這個推測。

「還有，津久井女士有吃了一點東西，這就是她並非死人的證據。或許就像仙人只要吃雲霧就能活一樣，黑術師也不需要像人類一樣進食，不過應該多少還是需要攝取一點營養吧。」

「那種幾乎算是怪物的傢伙，能拿來跟一般人相比嗎？」

這句話維持了曲矢的一貫風格。

「結果津久井女士——」

新恒一臉遲疑地望著小林。

「會特別照顧真由美小姐，也就是小林，是因為她是自己新的心腹黑衣少年囉？」

「不光如此，如果我們沒有及時發現連續殺人案的真相，黑術師打算讓小林成為最後一位被害人，完成一系列的咒術宣告殺人。」

「那個時候，小林……」

「這只是我的推測，但多半會從雙眼、雙耳、鼻子、嘴巴、尿道、肛門這九個孔噴出大量鮮血，死於非命。」

「你是說——九孔之穴的咒術有很高的可能性會用在她身上？」

「對。只要做到這種地步，我們再遲鈍也一定會發現黑術師是在模仿過去的咒術殺人案。不過，已經太遲了。」

「看來比起失去自己的心腹，把這場遊戲玩到結束，對黑術師而言更加重要。只能這樣想了。」

「這證明了那傢伙根本就是個瘋子。」

對於曲矢的評價，沒有人提出異議。

「黑術師都要殺你了，你還崇拜他嗎？」

聽見俊一郎的問題，小林緊閉雙唇。

「喂，女裝小鬼——」

曲矢的出言恫嚇，被新恒警部委婉地打斷了。

「弦矢，他身上的死相現在怎麼樣了？」

俊一郎用死視觀看後，發現已經沒有任何黑影殘留了。

「咒術宣告殺人跟名稱連續殺人的謎團解開後，果然就消失了。」

「太好了呢。」

新恒對小林露出微笑，開口提議。

「黑搜課可以保護你，我們也可以幫助你找回一個普通國中生的生活。」

「……」

但小林沒有回答。

「怎麼樣？」

新恒柔聲詢問。

「要不要試試看呢？」

又像在鼓勵他下定決心似地這麼問。

接下來，餐廳徹底陷入一陣沉默。打破這片寂靜的，是外婆輕柔的聲音。

「黑衣女子已經幾乎被黑暗同化了，只有在面對俊一郎時，內心還殘留著些許光明的部分，或許我該說善良，這樣更準確，所以我們才能找出濤島這項關鍵資訊。」

這時，外婆專注地望著小林。

「我說呀，小姑娘——」

「外婆，就說他其實是位少年了。」

俊一郎忽然恢復平常的語調開口吐嘈。

「你還介於兩者之間。而且你面對俊一郎的態度，比黑衣女子更加充滿光亮。」

「咦……？」

小林不自覺地發出聲音，雙頰微微泛紅，低垂著頭。

「外婆，妳看得出這種事，妳恢復了嗎？」

但俊一郎的焦點並不在那裡，單純因外婆發揮了原本的能力而感到驚訝。

「你說出黑術師就是津久井女士後，我就逐漸輕鬆多了。」

「這樣呀，太好了……」

「愛染老師恢復平常的狀態，真的令人很安心。」

開口表示喜悅的是俊一郎跟新恒，但曲矢和唯木也面露微笑。外公的神情倒沒有特別變化，想必是因為他早就察覺到外婆恢復了吧。

「對了，小林——」

外公開口叫垂著頭的他。

「……是。」

小林微微抬起頭，應了一聲。

「黑術師引發咒術宣告殺人，自然是為了玩弄我們，但說不定還存在另外一層意義呢。」

「像是什麼？」

「像是，觀景台的石筍。」

「老師，你果然很厲害。」

小林的臉色霍然一亮。

「曲矢刑警幸運餅乾裡的那句話，就是提示。」

「喂喂，那不是破解咒術宣告殺人的關鍵嗎？」

「黑術師就是故意要引導你們這麼想，隱藏住真正的含意，才這麼做的吧。」

聽著小林與曲矢的對話，新恒又再確認了一次。

「這次發生在島上的命案，你從一開始就知道嗎？」

「不。」

小林這麼回答時，臉上帶著幾分落寞。

「我完全不曉得那些服務人員竟然是死人，只知道他們全都受黑術師操控……」

「可是，你好像知道幸運餅乾話中真正的含意。」

「是我自己推理的。」

若無其事地回答，是小林一貫的態度。

「黑術師在不斷給你們提示的同時，又不希望你們解開謎題，心情一直很矛盾。」

「這傢伙不只怪，還很不乾脆耶。」

聽見曲矢的感想，小林臉上浮現了笑容。

「我之前很喜歡這樣的黑術師。」

「喔，但你差點就因為無聊的理由，被自己喜歡的這個人殺死囉。」

曲矢毫不留情的回話，令小林的笑容瞬間消失。

「你剛剛說，之前喜歡——是過去式呢。」

新恒立刻幫他解圍。

「我剛剛的提議，你要不要仔細想想看？」

「……我知道了。」

還以為他這次也會不說話，沒想到卻爽快同意。

「你該不會只是想先隨便敷衍一下我們吧？」

因此即使曲矢刁難他，俊一郎也能理解曲矢的想法。

「這位小姑娘大概已經沒問題了。」

外婆的一句話，就解決了這一局。

「警部，是不是該去確認一下津久井女士的遺體？」

「她八成早就從熊井那間屍體室逃走了吧？」

事實恐怕正如曲矢所言，但還是必須確認一下。

新恒叫上一臉不情願的曲矢，一起朝熊井房間走去。不過「屍體室」這個稱呼，真的很像曲矢會說的話。

兩人立刻就回來了，表情都很難看。肯定是津久井，也就是黑術師，果然不見蹤影了，他們很失望，再來多半是腐屍味太令人作嘔了。

俊一郎暗自在心中這麼揣測。

「不光是津久井女士，所有遺體都消失了。」

十九　咒術宣告殺人的意義

沒想到新恒警部說出來的消息，更加駭人聽聞。

「到底是跑哪……」

俊一郎喃喃道。

新恒先是沉默地搖頭。

「對了，小林──」再用溫和的語氣叫他。

「剛才駿作老師說，這場咒術宣告殺人跟觀景台的那些石筍有關係時，你說老師很厲害對吧？」

「對。」

「也就是說，黑術師躲在觀景台。我可以這樣解讀嗎？」

「很可惜，我也還沒有進去過，但是──」

小林先表明立場。

「黑術師大人的塔就在那裡。」

「觀景台本身就是那座塔嗎？」

小林神情為難地說：

「詳細情況我真的也不曉得。不過，那裡是真的有一座塔。黑術師大人還是津久井女士時，曾告訴過我。當時我還暗自奇怪，津久井女士怎麼會知道……沒想到她居然就是黑術師大人……」

「原來如此。」

新恒果斷下了決定。

「我們現在就去觀景台。」

「終於要開戰啦。」

曲矢突然展現出十足幹勁。

「當然，小林，請你留在這裡。」

還以為他會抗議，但他只是點頭，似乎順從地接受了。

接著，新恒的目光投向唯木，但警部還沒開口，她就搶先表明立場。

「我也要去。」

新恒原本是想請唯木照顧小林吧。但她絕對不能接受自己在這種重要關頭被留下來，這一點警部也很清楚，沒辦法強迫她。

俊一郎彷彿看見了新恒內心的掙扎。

「不過，把小林一個人留在這裡也……」

「這小鬼沒問題。」

曲矢片面斷定。

「而且警部，我們可沒這麼多人，還可以留人在這裡顧小孩。」

「嗯，是這樣沒錯，不過……」

短短一瞬間，新恒的目光瞥向了外公跟俊一郎。他可能原本在考慮留兩人中的一人在此。

但外婆敏銳地察覺到這件事。

「這個人完美實踐了『筆勝於劍』這句話，我的意思是，他會是好戰力。」

即刻強調了外公的必要性，再繼續說：

「至於俊一郎，看幸運餅乾裡的文字也曉得，黑術師的目標就是他，絕對不可能不帶他。」

「說的也是。」

新恒嘴上雖然同意，神色仍舊透著幾分遲疑。

「我會在這裡等大家回來。」

小林的這句話，終於促使他下定決心。

倒不是因為他看見了小林的堅強，反倒或許是由於體認到了他的邪惡。

原因在於，那句「等大家回來」的語氣，聽起來蘊含著跟字面上完全相反的意味。

大家絕對回不來的吧

在場所有人都瞬間領悟到，他真正的意思肯定是這樣。

「萬一我們沒有人回來──」

但新恒並沒有發怒，只是淡淡地告訴小林。

「三天後的早上，黑搜課的船會抵達棧橋，你就搭那艘船離開這座島。到時候，希望你告訴他們在島上發生了什麼事。不用表明你的身分也沒關係，只要盡量將實際上發生的事，告訴那艘船上的黑搜課搜查員就好。」

新恒誠懇地注視著小林。

「可以拜託你嗎？」

「……我明白了。」

在片刻猶豫之後，小林答應了。

接下來，所有人各自回房準備，再到二樓休息廳集合。小林也在，但事到如今已沒有人在乎了。

外觀上明顯不同的是外公外婆。外公穿上寫作時專用的工作服，不知為何還帶上了公事包，外婆則換了一身堪稱靈媒制服的巫女裝束。黑搜課的三人沒有顯著的變化，但肯定裝備了不少武器吧。只有俊一郎，前後絲毫沒有改變。

或許是他內心的不安在臉上流露出來了。

「你呀，只要身為弦矢俊一郎，就足以面對黑術師了。」

外婆目光炯炯地望著他，這麼說。

「妳是說——因為我是死相學偵探？」

「那也是原因之一。」

外婆脫下左手腕戴的念珠，套上他的左手腕。

「這個你戴著，萬一有事時，它會保護你。」

「可是外婆，妳不戴沒關係嗎？」

「你以為我是誰啊。」

「高齡銀髮族，任性又有妄想癖，還很難搞的老人家——」

「沒錯沒錯，我最近常犯腰痛，脾氣特別差——不對吧。」

「外婆，看來妳完全恢復了。」

能像平常一樣開個玩笑，讓俊一郎的心情稍微穩定了些。

所有人一同從二樓休息廳向後門走去，原以為小林肯定會跟過來，但他卻留在原地。

「路上小心。」

他只是以女僕的姿態，目送大家離開。

朝觀景台走去的路上，俊一郎回頭看那棟別墅，在二樓窗邊發現小林的身影。

他是用他自己的方式在送我們嗎？

還是單純把這當成最後一面，遠遠看著呢？

小林的話，兩個都有可能吧。俊一郎的感覺是如此。他是否能回歸正常生活呢？老實說，心裡實在沒把握。但俊一郎希望，他能過上普通的國中生活。

沒多久，一行人就抵達觀景台。走上短短幾級階梯後，所有人都來到了石筍前。

「這些石筍跟咒術宣告殺人要怎麼連結在一起——」

新恒繞著那十一根石筍走。

「駿作老師，可以聽一下你的推理嗎？」

「你太客氣了，警部，你也已經曉得了吧。」

外公絕對不是在謙虛，他多半是真的認為，應該幾乎所有人都察覺到了。俊一郎加了個「幾乎」，是因為他不太確定能不能把曲矢算在內。但他也沒有打算要特地向本人求證，現在可不是吵架的時候。

「就像上次唯木警官試過的那樣，這些石筍可以按下去。而先後順序的線索，就藏在咒術宣告殺人案裡，這點應該沒錯吧。」

「因為每項咒術的名字裡，都包含了一個數字。」

「接下來才是問題，石筍跟數字該如何對應。」

那十一根石筍中，外公略過刻著臉的石筍，站到雕了五重塔的那根前面。

「最簡單的方法就是，把這裡當起點，順時鐘把數字填進去。也就是說，五重塔是半夜十二點，往右邊依序是一、二、三……這樣。」

「很合理。」

儘管新恒表示贊同，表情卻十分凝重。

「當然也有可能是從零開始，而不是一。不過，就像舊式電話的號碼排列，社會上通用的順序多半還是從一開始，到零結束。」

「那就來試試看吧？」

曲矢伸手搭上五重塔右邊的那根石筍。

「還不行。」

新恒慌忙制止。

「駿作老師的推理，有很高的機率是正確的，這一點應該沒錯，但現在還沒辦法證明。」

「所以先試一次就——」

「太危險了。」

「我來做——」

「我不答應。」

「堅持要證明的話，那你是要跟這些石筍大眼瞪小眼多——」

「絕對不行。」

曲矢狀似仍不服氣，但敵不過新恒的霸氣。這種緊要關頭，警部說話的方式雖然有禮，卻充滿魄力。

兩人爭執不下時，俊一郎跟唯木沿著那圈石筍走，仔細觀察每一根石筍，然後，幾乎同時叫了出來。

「啊，我知道了！」

「原來如此，是數字的漢字！」

外公外婆靠到俊一郎身側，新恒跟曲矢也來到唯木旁邊。

「唯木警官，請說。」

俊一郎禮讓說明的機會，她先點頭致意，才開口。

「其實在這些臉部線條裡，隱藏了一到九的漢字數字，還有阿拉伯數字的零。」

唯木拿自己身旁的那根石筍為例。

「幾乎每張臉，雙眼都是用小小的圓形來表示。但是，這一根的眼睛看起來卻是一個『八』。原因就在於，這裡頭藏了漢字裡的『四』。只要發現這一點後，就能相繼辨認出除了一到三以外的數字。順便說，代表『零』的，是唯一一張臉部輪廓畫成圓形的臉。而輪廓是四方形的，就會是剛才說的『四』。剩下三個也判斷得出來，眉毛連成一直線的臉是『一』，嘴巴畫成兩條線的臉是『二』，額頭上有皺紋的臉是『三』。」

新恒一根一根謹慎確認。

「兩位的發現似乎是正確答案。」

「這麼簡單的事，之前怎麼會沒注意到……」

曲矢埋怨，俊一郎說明。

「因為臉上的線條有濃淡之分。如果所有線條都一樣濃，一眼就能識破，所以才下了這些工夫。」

「這些數字的排列順序毫無章法可言，從這裡也可以感覺到對方不懷好意。」

正如新恒所言，石筍的排列跟那些數字的位置，不存在任何規則，就只是隨機擺放而已。

「我的推理徹底錯了。哎呀，真抱歉。」

外公道歉，曲矢慌忙回。

「不會不會，不用在意。」

曲矢再轉向新恒，驀地低下頭。看來他是在用自己的方式，為方才唐突的失言表示歉意。

「可以讓我來測試這些石筍機關嗎？」

唯木神情緊張地詢問新恒。

「嗯——這個——」

警部很猶豫，他遲疑的原因在於，雖然解開石筍之謎有一半是她的功勞，但現在尚不能斷定這個機關沒有危險性。

「拜託了。」

唯木繼續懇求，一旁的曲矢開口幫腔。

「比起那傢伙，這傢伙應該更早察覺到吧。」

順帶一提，他口中的「那傢伙」，指的自然是俊一郎。要是平常，俊一郎肯定會反駁，但他願意把機會讓給唯木。而且俊一郎也認為，或許真是她稍微快了一點。

但同時間，他內心卻莫名泛開了一抹不安。

臉上藏著數字的解讀方式，絕對沒有錯。

那些是漢字裡的「一」到「九」，跟阿拉伯數字的「〇」，這也沒有問題。

而按下石筍的順序，也一定是符合咒術宣告殺人的發生順序。

儘管如此，俊一郎卻深陷一股難以言喻的恐懼中。

有地方不太對勁……

有什麼還需要再想想……

就是覺得很在意……

他想要求助，看向外婆，但外婆似乎又身體不舒服了，在外公的攙扶下勉強站著。好像是進到觀景台後就變這樣了。連平常不太管事的外公，都擔心地撐著她。

……不行。

這種情況不好找外婆跟外公商量。

俊一郎眉頭深鎖的表情，似乎引起了曲矢的誤會。

「嗯，你可能不太樂意——」

「不，不是這種問題……」

「這個功勞就讓給唯木吧。」

他甚至難得一臉認真地低下頭了。

「當然。」

俊一郎立刻同意，但內心其實十分掙扎，有股莫名的聲音一直在說……小心起見還是應該阻止她比較好吧？

「謝謝。」

但唯木本人已有禮地致謝。

只剩下新恒的意見了，但情況發展至此，警部也不好強烈反對了。

「務必小心。」

新恒叮嚀後，不動聲色地走到她身旁，像在預防任何意外情況發生。

「那我開始了。」

唯木站到石筍「一」前面。

「首先我要按代表『十三之咒』的『十』的『一』。」

接著移動到代表「〇」的那根石筍前。

「接著按『〇』，再來是『三』。」

她按過的石筍，就一直維持下沉的狀態。

「第二個是『四隅之魔』的『四』。」

唯木就這樣接連按下一根根石筍。

第三個是「六蠱之軀」的「六」，第四個是「五骨之刃」的「五」，第五個是「十二之贄」的「一」、「〇」和「二」──

她每按下一根石筍，俊一郎內心的憂懼就逐漸高漲。

哪裡怪怪的……

就是不太對勁……

可是他絞盡腦汁，仍是想不透不安的原因。

……只是心理作用嗎？

第六個是八獄之界的「八」，第七個是「九孔之穴」的「九」，只剩下「五重塔」那根石筍了。

「這是最後一根了。」

唯木的目光先掃過所有人，才按下那一根石筍。

轟轟轟轟轟。

微弱的震動及奇妙的聲響迴盪四周，喀噠一聲，原本下沉的石筍又全部彈了回來。

糟了！

俊一郎還來不及大叫出聲，唯木的身體就狠狠一晃，原本壓在石筍上的雙手鬆脫，直挺挺地向後倒下去。

「啊！」

立刻衝過去的，是一直守在她身側的新恒。

「怎麼了？」

警部用雙臂抱住她的身體，開始搖晃。

「喂，沒事吧？」

曲矢也立刻奔過來。

只有俊一郎完全無法動彈。外公外婆也一樣，怔怔杵在原地。

新恒跟曲矢喚她好多聲之後——

「……她過世了。」

警部輕輕吐出這句話。

「為什麼！這、這不是太奇怪了嗎！」

曲矢激動得衝到俊一郎面前。

「喂，唯木的做法沒有錯吧？」

「……嗯，應該是。」

「應該？應該是什麼意思。」

「只是……其實我一直覺得不太對勁……」

「你說什麼！」

曲矢一把揪住俊一郎的衣領，後者沒有絲毫反抗。

「那你剛才為什麼不阻止她！」

「……我想不出來啊，到底哪裡奇怪……」

「你這個混帳！」

「曲矢主任。」

新恒安靜卻凜然的聲音響起。

「你怪弦矢，是找錯對象了。」

「可是——」

「唯木搜查官會過世，責任在我。」

「那個……」

「是因為身為上司的我同意了，她才會去按那些石筍。」

「這樣的話，警部，拜託你讓她做的我也一樣有責任……」

「對，沒錯。」

新恒直接了當的回答，讓曲矢的雙手頓時沒了勁力。

「……抱歉。」

然後，他沒看俊一郎的臉，開口道歉。

「不，我也……」

有責任。俊一郎正要這麼說時，外公打斷談話。

「現在最重要的是，先解開石筍的機關。」

「可是……」

「那也是唯木警官最希望我們做的吧。」

新恒抱起遺體，輕輕將她橫放到出入口階梯附近的地上。

「對不起，妳先在這邊忍耐一下。」

外婆開始誦經，所有人跟著雙手合十。但俊一郎腦筋一直轉個不停。

隱藏在石筍那些臉中的，確實是漢字的「一」到「九」，還有「〇」。

咒術宣告殺人的順序是「十三之咒」、「四隅之魔」、「六蠱之軀」、「五骨之刃」、「十二之贄」、「八獄之界」跟「九孔之穴」，這也是絕對錯不了。

但還是失敗了，難道是因為對於數字的解釋不對嗎？

也就是說，「十三」並不是拆成「一」、「〇」跟「三」，而是「一」跟「三」嗎？

……不對，這樣也很奇怪。

如此一來，「〇」那根石筍就完全不需要了。不管怎麼想，「〇」應該都是代表十位數。

到底是怎麼回事？

如果石筍上的數字跟咒術宣告殺人的順序都是對的，到底是哪裡出錯了？

如果還有地方可以動手腳……

那會是哪裡呢？俊一郎陷入苦思。這時，小林說的話——「曲矢刑警幸運餅乾裡的那句話，就是提示。」忽然躍入腦中。

「請把我針對弦矢俊一郎引發的咒術殺人案都列出來。」那張幸運餅乾紙片上的內容，正是當初解開連續殺人案的真正用意就在於咒術宣告殺人的關鍵。

黑術師把這個提示交給曲矢，仔細一想，不是有點奇怪嗎？

而且小林在我們過來觀景台前，明白說過那句話也是解開石筍之謎的關鍵。

這個提示的對象是曲矢，果然還是不太尋常吧。

為什麼這兩個提示都要衝著曲矢去呢？

裡面該不會其實藏著黑術師的陷阱吧？

曲矢刑警，是一個怎麼樣的人？

俊一郎自問自答。

頑固又衝動的類型。

如果要設陷阱給這種性格的曲矢跳……

俊一郎順著自己的思考迴路，再一次將所有線索都檢視一遍，結果——

「啊啊啊啊！」

他發出悲痛的叫聲。

他回過神，才發現外婆的誦經早就停了，所有人正沉默地望著他。

「……你明白了嗎？」

曲矢發問，他無力地點頭，將方才的想法說出口。

「設陷阱給我跳？」

「對，曲矢刑警，黑術師的計畫是要讓你去按石筍。」

「幸運餅乾上面寫的『請把我針對弦矢俊一郎引發的咒術殺人案都列出來。』是這個意思？」

「黑術師的預測是，以你急驚風的個性，看到那句話，又得知了咒術宣告殺人的真相，肯定會採取跟唯木警官一樣的行動。」

「可是──」

曲矢顯得很困惑。

「急驚風什麼的不重要吧，看穿連續殺人案是咒術宣告殺人的，又不是我，是你吧。」

「黑術師太看得起我了。他以為在我們之中會犯這種錯誤的人只有曲矢刑警，完全是猜錯了。」

要是平常，曲矢聽到這種話肯定會發火，但此刻他非常冷靜。

「就因為這樣，唯木……」

「……抱歉。」

「結果所有人都疏忽了。那個錯誤到底是什麼？」

為什麼沒有發現呢……在強烈的懊惱情緒中，俊一郎回答。

「黑術師針對我引發的咒術殺人案中，『四隅之魔』那起案子並不包括在內。」

「你、你說……」

曲矢下意識要反駁，卻驀地愣住。

「我……大意了。」

新恒喃喃低語的同時，雙肩落下。

「那件案子裡用了名為『四隅之魔』的咒術——這裡的『魔』其實不應該是魔鬼的『魔』，而是隔間的『間』（註3）——是一個早已存在的都市傳說。那起案子的凶手，絕非黑術師挑選出來的。」

曲矢的語調含著怒氣。

「但因為他先引發了咒術宣告殺人案，誘使我們認為那件案子也包含在內。不，黑術師預料，我絕對會這麼認定。而幸運餅乾裡的內容也是個圈套，就為了誘導我們往那個方向想，對吧？」

然後，新恒以極為沉痛的語氣說：

「黑術師引發的那些案件，黑搜課徹底參與其中，是從『六蠱之軀』那起案子開始。當然這並不能成為藉口，不管是『十三之咒』或『四隅之魔』，黑搜課都有完整的資料。只是不知不覺

註3：在日文中，「魔」跟「間」讀音相同。

中，我們下意識認為弦矢接下的案件，就等同於黑術師引發的案件。而黑術師就可恨地從這一點下手。」

「我身為當事人，應該要注意到的。」

俊一郎在遺體旁蹲下。

「真的對不起。」

雙手合十，深深低下頭。

「再來一次吧。」

「喂，進來了。」

新恒跟曲矢的神情驟然轉變。不過，兩人立刻為該由誰來按石笥激烈地辯論起來。

曲矢就不用說了，連一向沉穩的新恒都神情激動，堅決不退讓，強勢主張該由自己來按。

「這樣的話，我來——」

俊一郎看不下去，從旁毛遂自薦，馬上遭到兩人反對。而且是連一秒鐘的猶豫都沒有，簡直像在叫他別說傻話了。

外公見狀，語氣委婉地說：

「曲矢刑警，這次就給新恒警部一個面子，怎麼樣？」

「不，即使老師這樣說——」

「警部肯定是不願意再失去屬下了。」

這句話似乎衝擊到曲矢的內心，他閉上嘴，不再說話。

「我要按石筍了。」

新恒就像剛才不曾發生過爭執一般。

「首先是代表『十三之咒』的『十』的『一』。」

他就像唯木一樣，伸手搭上石筍。當然這次跳過了「四隅之魔」的「四」，一直到最後一個數字，「九孔之穴」的「九」為止，都沒有絲毫猶豫地一氣呵成。

「最後是『五重塔』。」

他語音一落，手就按下去了。

硿轟。

那瞬間，觀景台整體開始晃動。

而那十一根石筍全都簌簌簌地完全沉進地面裡。

磅。

附近傳來一聲轟然巨響，宛如一扇沉重門扉開啟似的聲音。

但即使再三環顧四周，也看不出任何變化。唯一的不同之處，只有所有石筍都沉到地底下看不見而已。

「怎麼了？什麼都沒發生啊。」

「曲矢主任，去上面看看。」

新恒跟曲矢拔槍出來，快步走上螺旋樓梯。

「二樓也沒有任何變化。」

新恒的聲音立刻從上方傳來。

然而，剩下的三樓、四樓跟五樓，情況也都一樣，傳回來的都是同樣一句話。

「失敗了嗎？」

他們回到一樓後，曲矢疑惑地問。

「不過石筍全部沉下去了，這表示新恒警部按的順序應該是正確的。」

俊一郎推翻他的猜測。

「如果是那樣——」

「從外面看起來不曉得怎麼樣？我去確認一下。」

新恒拋下這句話，就朝入口的那幾級階梯走去。

沒想到警部一從觀景台的一樓往外踏出去，整個人就突然消失了。

二十　黑術師的塔

即使環顧觀景台外面，也都沒看到新恒的身影。

「警部！」

曲矢放聲大喊，跟著跑上去。

「不行！」

俊一郎慌忙拉住他的手臂。

「你幹什麼？我要去——」

「救警部，也需要先冷靜下來思考。」

「現在哪有那種時間——」

「曲矢刑警，你衝動跑過去，萬一跟警部一樣消失了，那要怎麼辦？」

「到時候再說。」

「你沒有回答我的問題。」

「不管怎樣，我要去找警部。」

「不行。」

兩人僵持不下。

「我去好了。」

外婆不知何時已站在一旁。

「不，外婆，妳的身體還……」

「愛染老師，那樣太危險了。」

俊一郎和曲矢都慌忙制止。

「警部會消失不見，八成是因為咒術的力量，那自然就是我該出場的時候了。」

她道破現狀，讓兩人都無從反駁。

「外公——」

俊一郎轉向外公求助。

「不管怎麼想，也沒有其他人更適合吧。」

他反倒支持外婆的決定，俊一郎更是說不出話。

「你們不用擔心。」

外婆溫和微笑。

「我過去那邊之後，會想辦法通知你們安不安全的。」

「咦？那邊……是哪邊？」

「不去看看我哪知道。」

她一說完，就迅速走下觀景台的階梯，跟新恒一樣消失了。

簡直像是進入了另一個眼睛看不見的時空似地，憑空失去蹤影。

「嗯。」

外公見狀，沉吟一聲。

「說不定石筍的機關啟動後，這座觀景台就跟黑術師的塔連通了。」

「相連的入口，就是那裡？」

俊一郎手指的方向，自然是通往外面的那幾級階梯。

「如果是這樣的話——」

外公正想要繼續說什麼。

「咦？那是什麼？」

曲矢注意到出口附近，一張髒兮兮的汙黑紙片正飄然落下。

「這是……」

俊一郎撿至手中一看，是一張貓咪形狀的紙片。原本應該是白色的，現在卻烏漆抹黑的。

「……依代嗎？」

「但依代不都是人的形狀嗎？」

「哦，你還挺清楚的。」

「跟你這混帳來往，這種對現實生活沒有任何幫助的多餘知識就一直增加。」

「可以學新東西不是很好嗎？」

伊代是神靈附身的對象，有時候也會是岩石或樹木。曲矢說的人形伊代，也就是小紙人，主要是用在驅除邪祟上。

「這是那個傳來的訊息吧。」

外公無視兩人的鬥嘴，肯定地表示。

「外婆傳來的？但為什麼是貓？」

「嗯，是在說——過去那邊也沒問題，一種安全的象徵吧。」

外公一說完，立刻就跟隨外婆的腳步，大步踏向出口，不消多說，那瞬間外公的身影就消失了。

「他們兩位遇上緊急情況還真是處變不驚哪。」

曲矢十分敬佩。

「我們也——」

「嗯，走吧。」

曲矢走在前頭，俊一郎跟著走下階梯，四周一口氣變暗，而且腳尖並沒有踏到階梯的觸感，感覺上前方的地面跟觀景台一樓的高度一致，是在同一個平面上。

這想法一閃而過。

恍然回過神，面前已站著外公外婆跟新恒，只是外婆看起來狀況更差了。

但俊一郎還來不及關心外婆。

「這裡是……」

就因周遭景致而詫異不已。因為眾人所在的空間，不僅圓形石壁直徑寬幾十公尺，天花板還相當高。

他急忙回過頭，看見一道拱型入口，不過另一側是漆黑一片，什麼都看不見。但他幾乎可以肯定，那裡就是連通了觀景台的一樓。

「……黑術師的塔。」

俊一郎喃喃自語，新恒無聲點頭。

塔內昏暗，雖有外頭的光線從幾扇石窗射進來，但此外就無其他光源了。或許也是因為如此，環境令人感到潮濕黏滯，室內的氣氛無比陰森。

周圍的石壁前，雜亂堆放著許多木箱、舊式柳木行李箱、紙箱、竹編的方形衣物箱和硬鋁製的金屬箱等。這模樣看起來不像存放一般物品的倉庫，更像是收存了某些重要的東西。

正中央有一根粗壯石柱聳立至天花板，上面有一扇門。看來石柱裡，應該有通往上面的螺旋樓梯。柱面上到處都有挖洞，想必是為螺旋樓梯而打造的窗戶吧。

「這座塔在濤島上嗎……？」

曲矢抛來疑問，俊一郎疑惑地說。

「我剛也一直在想——」

新恒代為回答。

「說不定黑術師的塔是在梳裂山地。」

「那三個可能地點的第三個嗎？」

「第一個可能地點摩館市的廢棄公寓大廈，是類似黑術師的分公司一樣的存在。而第二鮠予鑼群島的濤島，他邀請我們到島上來，其實是為了轉移我們的注意力，不要去調查第三個選項，梳裂山地的廢棄村莊——不曉得這樣推理對不對？」

「因為黑術師的塔真的就在那裡……」

「這樣說來——」

曲矢一臉不可置信的表情。

「鮠予鑼群島的孤島和梳裂山地廢棄村莊的一部分，跨越現實世界中的距離，靠異次元相連在一起了嗎？」

「……恐怕是。」

新恒簡短回答。

「只是，就算我們一開始就跑去梳裂山地的廢棄村莊，是否真的能找到這座塔，也是一個問題，搞不好這裡只能從濤島的觀景台進來。」

「說到進來——」

外公的語氣充滿遺憾。

「黑術師應該就在這座塔的最高層——想來是五樓吧——但不曉得我們能否平安無事地抵達那裡。」

「沒錯，絕不能大意。」

「不過，從觀景台或許就能輕而易舉地進到五樓。」

乍聽這句話時，俊一郎不解其意，但旋即恍然大悟。

「啊，原來如此……」

不過開口說明的人是新恒。

「就如同觀景台一樓的出口，與這座塔相連一樣，二樓以上缺少欄杆的地方，可能也連接了黑術師這座塔的各樓層。老師是這個意思吧？」

「可惡！不應該匆匆忙忙跑過來的。」

曲矢懊惱萬分，將目光投向拱形的入口。

「現在立刻回去，從觀景台爬到五樓，比直接在這座塔中前進更快吧？」

「那個……」

新恒躊躇著。

「不管怎麼想，那都太危險了。」

外婆望向入口裡的那片黑暗，提出忠告。

「要去很容易，回來很艱險……」

「能通過那裡的，大概也只有外婆的依代吧。」

外公再補上一句——

「就連依代，都變得烏漆抹黑了，何況人類，真要硬闖不曉得會發生什麼事。」

「那還是饒了我吧。」

就連曲矢都露出嫌棄的神色。

「先來看一下中間這根柱子上的門。」

新恒、外公外婆、俊一郎跟曲矢依序靠近柱子，但一走到旁邊，曲矢就發出絕望的呼喊。

「喂喂，怎麼又是石筍。」

門前有一根，左右各五根，與觀景台相同的十一根石筍，直挺挺地矗立在那裡。

「但這次的沒有臉，直接刻了漢字裡的數字。」

「而且還有按順序排好，最右邊是『一』，最左邊是『九』跟『〇』。在門前面的那根則是『五重塔』。」

俊一郎跟新恒紛紛將眼前的情況說出來。

「這麼一來，問題就是要怎麼找出正確的數字了。」

外公環顧四周道。

「乾脆直接用這個強行突破。」

曲矢舉起槍指向那扇門，俊一郎搖頭制止。

「這扇門是向外開的，就算你破壞門鎖，『五重塔』那根石筍也不見得就會沉進地下，還是會擋住門打不開。」

「那我找東西來把石筍敲斷。」

「同時也請尋找那組數字的提示。」

新恒很清楚該如何應付曲矢，他的這句話成了號令，俊一郎等人隨即在塔內散開。

中央柱體的周圍交給外公外婆，其餘三人巡視石壁附近堆積如山的眾多箱子，但數量實在太多，要一個一個檢查工程相當浩大。而且很多箱子不是釘死了，就是用繩子捆著，或者上鎖了，根本沒辦法確認裡頭裝了些什麼。俊一郎沒轍，只好查看箱子的外側，但心裡實在不認為提示會寫在那種地方，很快就放棄了。

到底該怎麼做……

這時忽然聽到曲矢的大叫聲。

「唔哇哇哇！」

他趕緊轉頭看去，曲矢正從箱子的陰影慌忙鑽出來。

「發生了什麼事？」

「怎麼了？」

新恒跟俊一郎都迅速靠過來。

「……長得像蟲的東西一直爬出來。」

兩人順著曲矢手指的方向望去，層層堆高的木箱及竹編方箱的縫隙中，數不清的黑色蚯蚓般的東西正蠢蠢欲動地向外爬。

「那到底是……」

面對疑惑的新恒，俊一郎低聲道：

「……是十三之咒。」

「咦？」

「被施了十三之咒的人，全身都會被那東西附著。」

俊一郎說明後，又繼續補充。

「但現在的情況肯定不同。」

「那應該是黑術師故意放出來，用來攻擊我們的武器。」

新恒果然聰明，立刻就懂了，先命令曲矢跟俊一郎退後，同時告知外公外婆這個情況。

「看來蟲是從四面八方湧出來的。」

聽見外公的提醒，環顧四周後，才發現從箱子陰影爬出來，在地板上扭動前進的那些小蟲，幾乎圍成了一個圓形。

「……喂，我們徹底被包圍了。」

「而且牠們正在慢慢靠近。」

情況如同新恒所言，一大群黑壓壓的小蟲子聚成的那個巨大的圓，開始一點一滴地縮小。那些不斷蠕動的蟲子要爬到背靠中央圓柱的俊一郎等人腳下，只是時間早晚的問題。

「對手是那些小蟲，槍就沒用了。」

「要逃離這個危機，只能設法打開那扇門。」

「可是，線索在哪……」

曲矢懷疑地望著俊一郎，後者的目光正不斷搜索四周。

「真的有那種東西嗎？那個殘忍無情的黑術師真的會好心地準備線索來幫助我們嗎？」

「一般的確會這樣想，不過……黑術師的目的是向我們下挑戰書──也就是把這當成一場遊戲。這樣一來，就一定會有線索才對。我們上島後遇見的案情跟追尋真相的過程，也能佐證這個推理。」

「就算你這麼說……」

其實俊一郎也明白，被令人作嘔且不斷逼近的大批漆黑蟲子包圍，滿眼都是這副驚悚的畫面時，任何安慰都是無效的。

「我要寫稿子。」

結果外公突然宣布。

「啊？」

不只俊一郎，就連新恒和曲矢也都驚訝得目瞪口呆。

「……外、外公？」

你精神狀況還好嗎——俊一郎不由得擔心起來。

「找一下可以當書桌的東西。」

外公理所當然似地要求。

「這、這個……外公？」

「別發呆了，快點。」

但連外婆都開口了。

「請等一下。」

新恒似乎從短暫的震驚中回神了，立刻反應過來，機靈地找出黑色小蟲尚不密集的地方落腳，跳到堆放箱子的那一區。

「那我也——」

曲矢立刻跟在警部後面衝了過去。

「這個人會把我驅除的邪祟封印在怪奇小說裡，這點你也很清楚吧。」

俊一郎仍愣在原地，外婆向他解釋。

「妳是指……跟中庭那個塚連通……」

「沒錯。因為弦矢駿作撰寫的原稿裡，寄宿著言靈。」

「可是，再怎麼說這都太……」

俊一郎實在難以接受，正要反駁時，目光忽然被一個奇妙的東西吸引住。

那是……

在那群黑色小蟲裡，有一個小小的物品正隨著蟲子們的蠢動，緩慢移動著。

「幸運餅乾！」

「咦？真的耶。」

外婆似乎也看見了，看來錯不了。

「打開這扇門的提示，應該就在那裡面吧？」

可是要拿到那個幸運餅乾，就必須踩進那一大群黑色蟲子裡。

如果有掃帚或什麼工具……

或許就能一邊把數不清的蟲子掃開，一邊勉強往前走。

但現在有時間讓自己慢慢找工具嗎？俊一郎陷入猶豫的片刻，那令人不寒而慄的漆黑帶狀蟲群仍舊持續蠢動著，不斷縮小距離。

「久等了。」

這時，新恒拿著一個空木箱，飛身回來。

「找到好東西了。」

後面的曲矢剎車不及，回來時身體還狠狠撞上柱子。他手裡是一塊對折的草蓆。

「這個代替坐墊吧。」

外公向兩人道謝，請他們將木箱跟草蓆擺在門前，就在草蓆坐下，從包包裡掏出稿紙跟鋼筆，真的提筆書寫起來。

一陣子之後，令人難以置信地，那些黑色蟲子的氣勢逐漸弱了下來，不光如此，竟然還開始後退了？

「……外、外公，太神了。」

俊一郎看呆了。

「快趁現在。」

外公催促他，但他不曉得外公在說什麼。

「快點，那不是幸運餅乾嗎？」

一直到外婆點明，他才終於注意到，空蕩蕩的地面上躺著一個幸運餅乾，而那一大群黑色小蟲，則退到後面去了。

俊一郎趕緊跑過去撿起來，扳開餅乾，攤平裡面的那張紙片，上頭以工整字跡寫著下面這些文字。

5骨之刃犧牲者的數目。

探頭過來看紙片的曲矢自信滿滿地說：「這不可能搞錯的。」

就伸手搭上刻著「五」的那根石筍。

「等一下。」

俊一郎不假思索地出聲制止。

「為什麼5要用阿拉伯數字寫，是關鍵所在吧。」

新恒似乎也注意到了這一點。

「嘖……又是陷阱呀。」

「用阿拉伯數字寫『5骨之刃』，就分不出來是在寫第一次無邊館案件中用的『五骨之刃』，還是第二次無邊館案件裡用到的『伍骨之刃』了。」

「警部，你果然也想到這一點嗎？」

「對。而且解釋『犧牲者』的方式不同，人數也會不一樣。」

「什麼意思？」

「是只要算過世的人數，還是連那些雖有保住性命但也算案件被害人的都要算進來呢？」

曲矢提出疑問後，俊一郎向他解釋。

「所以咧，該怎麼解釋才對？」

他似乎半點要自己動腦思考的意思都沒有。

「這裡寫的是『犧牲者』，而不是『被害人』。這樣一來，要考慮的應該是死者的數目吧？而且『5骨之刃』，指的多半是兩次案件中犧牲的總人數吧？」

他看向新恒。

「我也贊成弦矢的推理。」

接著三人展開討論，集中精神在正確計算出那件案子的所有犧牲者數目。

「這必須慎重，你們完全不用著急。」

外公低聲說，俊一郎目光掃向地板，驀地渾身一震。

那群黑壓壓的蟲子比剛才更接近了。

外公書寫原稿延緩了牠們的前進速度這點，幾乎是肯定的，但或許連外公本人都不曉得，那個效果可以持續多久。

而且他振筆疾書的速度，肯定會慢慢下滑。

或者稿紙會用到一張不剩。

不能把問題全丟給外公一個人扛。

俊一郎急了。

「我們加快腳步吧。」

話雖如此，萬一算錯人數，按下石筍的那個人可能就會死。不，是必死無疑。

俊一郎等人頻頻瞥過去察看黑色蟲子的情況，依然設法定下心連算了三次犧牲者的數目。

「這樣就確定了。」

新恒話才說完，就立刻按下第一根石筍。

「警部！」

曲矢跟俊一郎出聲抗議，卻為時已晚。

「沒問題。我們不是都確認過三次了嗎？」

最後，新恒伸手搭上「五重塔」那根，他對三人合力算出的人數有信心，但神色難免緊繃。

「我要按了。」

喀啶。

伴隨著一聲宛如異物刺入腦髓的聲響，石筍開始下沉。

「喔喔！」

「成功了！」

曲矢跟俊一郎高興大喊，沉沉的喀擦一聲，眼前那扇門往一行人的方向開啟。

「走吧。」

新恒正要踏進柱子裡。

「我要留下來寫稿。」

外公卻說出了驚人之言。

「你、你說什麼傻話。」

俊一郎在代替寫字桌的木箱旁單膝跪下，但外公依然埋首寫稿。

「要是現在停手，那些東西就會蜂擁而上，根本逃不了。」

「只要關上門——」

俊一郎還想勸說，曲矢手已搭上門，卻沒有再往前。

「快去。」

「可、可是……」

「新恒警部，曲矢主任，我太太跟孫子就拜託你們了。」

外公無視仍猶豫不決的俊一郎，雙眼緊盯著稿紙，朝新恒跟曲矢開口。

「我明白了。」

新恒恭敬行了一禮，接著是曲矢。

沒想到，外婆動作俐落地在外公的對面跪坐，背後，大片黑色蟲子正蠢動逼近著。不過外婆看起來絲毫不在意。

「我忽然想起跟你初次相遇的情形。」

「啊，那個時候啊。」

外公終於從稿紙抬起頭來。

外公外婆對望了片刻，臉上浮現出只有兩人明瞭的微笑，相互行了一禮。

接著，外公繼續書寫，外婆則沉默地拉起俊一郎。

「外公，我們走囉。」

他朝那個振筆疾書的背影喊道。

「加油呀。」

外公給他的鼓勵，也是當初俊一郎出發來東京前的臨別贈言。

柱子裡頭幾乎是一片漆黑。從外面看起來，那些用來代替窗戶的洞穴很顯眼，此刻卻沒什麼用處。

在黑暗中，新恒、外婆、俊一郎跟曲矢依序爬上去。沒有人開口，沉重的氣氛更壓得人喘不過氣。

「外婆，妳還好嗎？」

外婆屢次幾近要停下腳步，新恒從上方拉著她，俊一郎從下面推著她。外婆如此孱弱的狀態，或許讓他們心裡更是蒙上一層陰影。

「要是這樓梯一直通到黑術師在的最高層，那就簡單了。」

曲矢會說出這種不經大腦的發言，應該也是想要稍微轉換一下氣氛吧。只可惜根本一點效果都沒有。

「看來沒那麼好的事。」

領頭的新恒的聲音，從上方傳過來。

「螺旋樓梯到底後，有一個平台，上面有另一扇門。要再往上走，看來必須先進到二樓，然後多半需要繞到柱子的另一側，再從那裡的門進入柱子裡。」

「表示二樓大概也會有像剛剛那些黑色小蟲一樣的難關，在等著攻擊我們就是了。」

「準備好了嗎——」

新恒開始說明接下來的行動順序。

「請跟在我後面快速進到門後，一進去，我跟愛染老師會往順時鐘方向走，曲矢主任跟弦矢則請走逆時鐘方向，繞過這根柱體，到應該在對面的那扇門前會合。那裡八成會跟前面一樣有石筍，而寫著提示的幸運餅乾也一定藏在某個地方，請在沿著柱子繞過去時，一邊尋找。」

「那黑色小蟲要怎麼辦？」

「按照黑術師的個性，我猜他應該會準備其他難題，而不是同樣的威脅。」

「我也這麼認為。」

「所以，也只能看見後再想辦法了。」

俊一郎表示贊同，新恒作結。

「進去了。」

警部打開門，俊一郎跟在外婆後頭迅速步入。

裡面的空間與一樓極為相似，就連潮濕陰黑這一點都如出一轍。不過二樓明顯多了一個令人不快的新元素。

微微飄盪在空氣中的腐臭味。

在二樓，石壁旁擺著數量眾多、七橫八豎擺放的黑色大塑膠袋，而非一樓的大量箱子，而臭味似乎就是從那些袋子散發出來的。

「……那個，該不會是？」

有。

「對，遺體袋。」

俊一郎令人皺眉的猜想，被新恒證實了。

「而且從這臭味可以推斷，裡面應該是有東西的。」

他還補上了一句驚悚的事實。

「除了那些服務人員以外，黑術師還收集了其他屍體……」

「我們要在他們爬起來前，設法找出幸運餅乾。」

新恒的一句話，讓俊一郎等人立刻分成兩組，分別往相反方向繞著柱體前進。

但視線所及之處全都是遺體袋，根本沒看見其他東西。牆壁、地板、角落都看過了，真的沒有。

俊一郎等人就這樣繞了半圈，跟從相反方向過來的新恒和外婆，在對面的門前會合。

「沒找到。」

「我們也一樣。」

新恒略一思索。

「我們都繼續繞完一圈好了，可能是哪一組看漏了，愛染老師，請妳在這裡稍等。」

如果在平常，外婆肯定會抗議「不要歧視老年人」，此刻卻只是沉默地點頭同意。

「啊，這根柱子也需要仔細看看。」

「……這倒是盲點。」

新恒點出的事實，令俊一郎暗自佩服。

接著，俊一郎跟曲矢朝著新恒跟外婆走過的相反那一側前進，但仍舊什麼都沒找到。兩人也仔細查看過柱子，絲毫沒發現怪異之處。

他們繞著柱子前進時，聽見了奇特的聲響。

……喀唰、喀唰。

……咻、咻。

像是兩個物體在相互摩擦的聲音，從某處微弱地傳來。一開始聲音來源只有一個，但隨著時間過去，其他地方也逐漸傳出聲音。

這……

俊一郎腦中正要浮現出嚇人的想像時，已走到剛才從樓梯出來的那扇門前，再次與新恒碰頭。

「怎麼樣？」

俊一郎立刻詢問，但新恒搖搖頭。

「沒有。」

曲矢聽了便說：

「這樣看來，剩下的只有……」

他的目光落在那堆遺體袋上。

那些漆黑大袋子此刻正不斷發出各種聲響，還明顯動來動去。

「……糟了。」

曲矢的低語聲宛如信號一般，一個遺體袋發生了叫人不敢置信的異常變化。

嘶啵……袋中赫然伸出一隻手。那隻手朝半空中抓取，下一刻，屍體緩緩坐起上半身。看樣子遺體袋從一開始就沒有封起來，所以空氣裡才會一直隱約飄盪著腐臭味。

屍體扭動了一陣子，不久後就徹底爬出袋外，搖搖晃晃地站起來。

那是一位年紀落在五十歲前後的全裸女性屍體，看不太出來死因為何，但她毫無疑問已經死了，明顯就是個死人。

那具屍體朝左右劇烈搖晃，碰、碰……一步步朝俊一郎等人逼近。

「不得了了，屍體復活了。」

外婆的驚叫聲從柱子另一側傳來，可見那裡也發生了同樣的現象。不，真要說的話，應該是整根柱子四周全都一樣。

「槍有用嗎？」

對於曲矢的疑問，俊一郎半信半疑地回答。

「如果這些東西類似活屍，那只要擊中頭部就會死才對。」

「他們不是已經死了？」

「電影裡都是這樣演……」

「……喂喂。」

兩人交談的同時，越來越多死者甦醒了。

「我們先去找愛染老師。」

新恒提議，俊一郎等人繞過半圈柱子。

「外婆！」

俊一郎一看見外婆癱坐在地上，背倚著門前那根石筍的身影，就立刻衝了過去。

「愛染老師，妳還好嗎？」

新恒也立刻出聲關切。

「喂！要先處理這些傢伙吧。」

曲矢著急的叫喊，俊一郎才發現那些屍體已經來到相當靠近的地方，心裡發毛。

磅、磅。

新恒跟曲矢幾乎同時開槍。兩人分別打中一位三、四十歲左右的健壯男性，跟年紀約莫七十的瘦弱老人的頭部。

但倒在地板上不再動彈的，只有那位年輕男性。老人在頭部劇烈朝後方一晃後，雙腳卻踩穩了地面，再次朝俊一郎等人走來。

「為、為什麼？」

曲矢發出近似慘叫的聲音。

「我那一槍應該也打中老爺爺的頭啦。」

新恒也瞄準老人的頭部扣下板機，結果卻一樣，老人仍舊「活著」。

就在他們忙著應付那個老人時，其他死者也慢慢逼近，其中有些人走路時拖著一隻腳，也有人臉扭向其他方向沒辦法筆直前進，所有死者的動作都相當遲緩，但被徹底包圍恐怕也只是時間早晚的問題。因為，後面還有大量遺體袋，裡頭的死者想必也正在甦醒中。

「可惡！」

說不定，遺體不翼而飛的那些服務人員，也都裝在那些袋子裡，待會可能也會相繼復活。

曲矢開始漫無章法地朝那群死者亂開槍，但這樣一來，命中率就隨之下降，根本沒有好處。

「你要節省子彈。」

新恒立刻出言提醒。

「就算你這樣說——」

曲矢的想法多半是，不管怎樣都要先阻止死者前進。不過按照他的個性，也有可能他只是想著總之先開槍再說。

「……但有幾個好像死掉了。」

俊一郎發現了這項令人驚奇的事實。

「咦？」

「真的耶。」

曲矢本人詫異萬分，新恒則冷靜地檢視情況。

「真是搞不懂。」

「這個——」

俊一郎眼見那些死者倒地的模樣，腦中一個想法正要成形。

「是幸運餅乾！」

曲矢手指的方向，一位十二、三歲的少女脖子上，用繩子掛著幸運餅乾，這畫面清清楚楚地映入俊一郎的眼簾。

「掩護我！」

俊一郎大喊的同時，直接朝那位少女衝了出去。

「笨蛋，等一下！」

「弦矢！」

兩人的怒吼從身後傳來，磅、磅——槍聲隨之響起，正中俊一郎前進方向上的死者。但與先前一樣，有些死者倒地不起，也有些若無其事地又站穩腳步。

「除了頭，也射一下胸部或手腳。」

俊一郎大喊，朝逼近眼前的少女胸口迅速伸出手。

唔。

下一刻，少女的雙手抓住了他的右手腕。

齜牙裂嘴地。

少女打算咬住他的上臂。

千鈞一髮之際，他將右手往下一扯，再一口氣往上舉，趁著少女的臉和雙臂跟著往上抬時，俊一郎俐落伸出左手，將幸運餅乾抓在手裡。

少女這次打算咬他的左手，但在那之前，俊一郎已瞄準少女的胸口，用右腳狠狠踹了下去。那一瞬間，他幾乎都要良心不安了。但一看見少女張開血盆大口的那張臉，那一絲愧疚頓時煙消雲散了。

少女被踹飛後，繩子就斷了，只留下幸運餅乾在俊一郎的手裡。

磅、磅。

這段期間內，新恒跟曲矢依舊不停開槍。不過死者依然分為倒地不起跟若無其事的兩種類別。

俊一郎拚命揮開從四面八方伸來的無數手臂，幸好也有些死者單手完全不會動，他才得以逃回柱子旁邊。

方才那群死者都向他靠攏，柱子周圍反倒出現了一些喘息的空間。

「他們好像會對我們的行動產生反應。」

「就算是這樣，要是我們靜止不動，他們還是會靠過來。」

「弦矢，幸運餅乾裡面寫什麼？」

俊一郎急忙捏破餅乾，掏出裡面的紙片，紙上寫著下面這段文字。

從牡羊座看過去，射手座的相位是幾度。

俊一郎念出來。

「這是大面家的黃道十二宮殺人案。」

新恒立刻領悟，開始陷入沉思。

「就是那個莫名其妙的星座圖吧？」

曲矢則馬上放棄。

「我到現在還是搞不懂，這就交給你們兩個了，我來負責阻擋那些死者。」

他一說完，就舉起槍開始射擊，卻又立刻向俊一郎求助。

「喂，結果我是要打哪裡才好？」

「一個死者的頭、軀幹或四肢，其中一個會是他的致命傷。曲矢刑警，剛才你隨便亂射時，有些死者手臂或腳中彈後就死了。」

「聽不懂。」

「這恐怕是六蠱之軀。那項咒術不是會將身體分成六個部位嗎？黑術師用六蠱之軀來提示我們這些死者的弱點所在。」

「連攻擊我們時，也要淋漓盡致地用咒術玩遊戲嗎？」

曲矢看起來半是傻眼，半是佩服。

「所以咧，我要怎麼判斷每一個的弱點在哪？」

「這就是問題所在，不過——」

俊一郎再次觀察那群死者。

「說不定，他們的弱點部位完全不會動。如果死者的頭或哪一隻手腳僵硬不動，你就打那裡，如果全都會動，你就打身體。」

「知道了。你快去幫警部。」

明明是你自己問我話的——即使身處危險之中，俊一郎仍不免暗自苦笑。

「一百二十度。」

這時，新恒遞來記事本。上面不僅畫好黃道十二宮的十二星座，代表天球的圓形，還標示得一清二楚，一眼就能明白從牡羊座看過去，射手座位在一百二十度的位置。

「沒錯。」

俊一郎同意後，新恒搶在他之前，伸手搭上石筍，迅速按下「一」、「二」跟「〇」，最後是「五重塔」。

喀鏘。

跟一樓那時同樣的聲音轟然響起，石筍開始往下沉。

「曲矢主任，請你帶頭走最前面。」

在新恒的催促之下，曲矢打開那扇門走進去，爬上螺旋樓梯，接著是外婆，再來是俊一郎。

「這裡由我來死守。」

新恒站在螺旋樓梯的門口，清楚表明。

「你、你說什麼？」

曲矢慌張地想要下樓，但中間還卡著外婆跟俊一郎，他根本過不來。

「雖然這些死者的動作都很遲緩，但放著不管，待會肯定會跑上樓。上面還有其他危機等著，二樓的難關，就該擋在這裡。」

「可是，警部，這個數量——」

「弦矢破解了六蟲之軀的提示，對我擊斃那些死者很有幫助。這裡留我一個人就夠了。」

「不是呀，怎麼可以——」

「曲矢主任，這是命令。」

新恒並不大聲，卻鏗鏘有力的聲音迴盪在樓梯間。

「你要負責把愛染老師跟弦矢平安帶到上面。」

「……」

「做得到嗎？」

「……」

「曲矢主任，回答呢？」

「是！」

在狹窄不便行動的螺旋樓梯上，曲矢恭敬行禮。

「新恒警部，曲矢一定會遵照你的命令，將愛染老師跟弦矢俊一郎平安帶到上面。」

「拜託你了。」

新恒說完便擺出備戰姿勢，與步步逼近的那群死者對峙，不再回頭。

「把這個放進警部外套裡的口袋。」

曲矢交給外婆，外婆又傳給俊一郎的，是備用的彈匣。

「警部，我把備用的彈匣放進去。」

聽見俊一郎的聲音，新恒輕輕點頭。

「新恒警部……」

外婆喊他，俊一郎也忍不住想說些什麼，但最終仍是接受了這個安排。因為他們心中明白，此刻，抓緊時間往上走，才是對新恒最好的報答。

螺旋狀彎曲的樓梯間裡，氣氛比先前更為沉重苦悶。連曲矢都不再亂開玩笑了，只是沉默地爬著樓梯。

「到三樓了。」

踏上樓梯平台後，曲矢站在門前，向後面兩人說。

「等一下我走順時鐘方向，你跟愛染老師一起走逆時鐘方向，往另一側的門前進。在過程中一邊找幸運餅乾，一邊研究這一樓的怪物是什麼。你要想辦法趕快推理出那些怪物的弱點。」

「你說的倒容易。」

「一樓是十三之咒的黑色蟲子，二樓是六蠱之軀的活屍，每次都只有你一個人看出來，這一層樓也不成問題吧。」

這些話根本構不成安慰，但從曲矢口中說出來，就不可思議地讓人感到，或許真能船到橋頭自然直。

「好，走囉。」

曲矢打開門，迅速走出去。外婆跟俊一郎緊跟在後。不過一進到塔的三樓，三人全都怔怔杵在原地。

「……什麼都沒有耶。」

「嗯，空的。」

放眼望去，只有大片的地板，前方牆壁跟採光用的孔洞，和上方的天花板。

「千萬不要大意。」

曲矢出聲提醒，才起步往柱子另一側走去。

「外婆，走吧。」

俊一郎走在前頭，一面留意後方外婆的情況，一面沿著柱子向前走。

不過無論是柱子本身、地板、牆壁或天花板，都沒有任何奇特之處。只有從牆上代替窗戶的孔洞斜斜射進的光線，微微照亮壁面上的石塊。

「……來了。」

但外婆突然輕聲道。

「……什麼東西？在哪裡？」

俊一郎頓時慌了，但外婆只是眼神銳利地盯著牆壁，不再說話。

「……外婆？」

外婆的身體狀況看起來真的不太好，得趕緊上四樓才行……俊一郎正暗自思量。

「喂，找到囉！」

曲矢興奮的聲音從前進方向傳來。

「幸運餅乾嗎？」

俊一郎心想怎麼可能，還是匆忙跑過去。曲矢就站在「五重塔」那根石筍前，伸手指著上面。

俊一郎看過去，發現石筍上千真萬確擺著幸運餅乾。

「這也太——」

不過，俊一郎遲疑著是否該伸手去拿。

「……果然是陷阱嗎？」

發現幸運餅乾的喜悅頓時煙消雲散，就連曲矢也露出了懷疑的神情。

「……出來。」

沒想到，外婆像是在保護兩人似地，站到他們前面。

妳在對什麼講話——在俊一郎開口問之前，牆壁就忽然變得朦朧，開始冒出一團團白霧狀的東西。

「毒氣嗎？」

曲矢趕緊用外套袖口掩住口鼻，急著要拉外婆回來，外婆卻穩如磐石地動也不動。

沒多久，霧氣漸濃，一轉眼就成了濃霧，掩蓋住整面牆。

……呸，嘶嘶嚕。

而霧中，傳來了令人寒毛直豎的聲音。遠較毒氣更駭人又噁心的東西，緩緩露出它的模樣。

「呃……」

俊一郎的目光一掃過那東西，驀地渾身一震。

「那、那是什麼玩意兒？」

就連曲矢的聲音都不對勁了。

不過在茫茫白霧中蠢動的那個東西，外觀其實看不太清楚。因為乍看之下，它似乎與白霧融為一體了，但只要凝神細看，仍舊能慢慢看清它的輪廓。

大小如同相撲選手、虛軟的白色身軀上，長著無數如觸手般的手腳。相較於龐大的身體，四肢顯得十分纖細，但從白霧中無聲、緩緩伸出來的觸手前端，又有十幾根小觸手不斷扭動。甚至那十幾根觸手的尖端，又再各自長著十幾根小觸手，而且所有觸手的內側，都長著成排宛如泛黃牙齒的物體。那些牙齒之間，還零星卡著看起來像食物殘渣的東西……

「那到底是什麼？」

曲矢再次發問，俊一郎終於開口回答他。

「那是『八獄之界』那件案子裡，我們被拋到異世界後遇見的蛞蝓人妖怪。」

「蛞、蛞蝓人！」

「我親眼看見它的觸手纏住某個人的頭，直接把頭皮全都扒下來……」

「別、別開玩笑了。」

曲矢失聲叫了出來，第一隻、第二隻、第三隻……蛞蝓人不斷冒出來，而作為腳的觸手還沿著地板朝三人爬來。

如果是二樓那群死者，只要巧妙穿梭於死者間的空隙，應該還逃得回來。但蛞蝓人身上的觸手能夠迅速伸長，要是被哪東西逮到，一切就玩完了。

磅、磅。

曲矢接連開槍，但完全看不出來究竟有沒有效果。

磅、磅、磅。

不管他射了多少發子彈，對方的動作都絲毫沒有停下的跡象，甚至還繼續逼近。從這個狀況看來，子彈多半沒有用。

「愛染老師，這裡很危險。」

曲矢再次想請外婆退後。

「快看幸運餅乾的內容。」

外婆大聲喝斥，曲矢慌忙回到石筍前，捏破幸運餅乾，取出紙片，然後——

「什、什麼？」

震驚過後，曲矢一臉萬事休矣的神情，把紙片遞給俊一郎。

黑術師的出生年月日。

紙片上寫著這幾個字。俊一郎也大吃了一驚。誰會曉得連真面目都不清楚的對手，是幾年幾月幾日出生的。

「寫了什麼？」

外婆追問後，俊一郎只好念出來。

「……這樣呀。」

結果外婆終於退到他們身旁，毫無猶豫地接連按下石筍。

「等、等一下，外婆——」

「愛染老師！」

不光是俊一郎，就連曲矢都嚇到了。

不過，她最後按下「五重塔」那根石筍。

喀鏘。

熟悉的聲響轟然響起，石筍開始往下沉。

「妳、妳怎麼會知道？」

外婆沒有回答，不容分說就把俊一郎跟曲矢推進門後，那股力道十分強勁，根本不像是一個身體狀況不好的老年人，清楚傳來她堅定的意志。

「那個怪物，由我來擋住。」

俊一郎跟曲矢都驚愕到一瞬間說不出話來。

「妳、妳說什麼傻話——」

「愛染老師，不可以。」

下一刻，兩人異口同聲地大聲抗議。

「蝦特阿撲！」

不知為何外婆回的卻是帶著濃重口音的英語「Shut up」，她出乎意料的回應跟滔天氣勢令兩人閉上嘴。

「既然手槍不管用，曲矢刑警，這裡就沒你的事了。而俊一郎也幫不上忙。能夠阻止那傢伙的，就只有我。」

「真的好嗎？」

俊一郎擔心地問。

「你以為我是誰啊。」

「高齡銀髮族，任性又有妄想癖，還很難搞的老人家。」

「這我是無法否認。」

「妳能不承認嗎？」

「但不只這樣吧。」

俊一郎先頓了一拍，才開口：

「還是全日本最厲害，不，是全世界最厲害的靈媒。」

「那你就應該曉得，我沒問題的。」

不過外婆現在的身體狀況不如平常，也是事實。

「可是，外婆……」

「你這孩子，不要發出這種丟臉的聲音。」

「可是……」

「不要哭。」

外婆掏出手帕，輕按在俊一郎的雙眼上。

「你的使命是擊斃黑術師。」

「……」

「想想城崎警官跟唯木警官是為了什麼而犧牲的。」

「……」

「那個人跟新恒警部是為了什麼守在下面。」

「……」

「全都是為了把你送到黑術師面前，對吧？」

「……嗯。」

「好了，振作一點。」

外婆鼓勵他的同時，從懷中掏出一枚符咒。

「你把這個貼在黑術師的眉心。這很有效，千萬不能搞丟，一定要拿好，聽到了嗎？」

接著，外婆直直凝視著俊一郎。

「無論黑術師的真面目是誰，都不重要。不能留他禍害人世，一定要殺了他。知道嗎？你聽好，你是弦矢俊一郎這一點，就是我們最大的武器。這件事，千萬不要忘記。」

外婆緊緊抱了孫子一下。

「曲矢刑警，真的很謝謝你當俊一郎的朋友，以後也要拜託你了。」

然後，她深深朝曲矢一鞠躬。

「不敢當。」

曲矢似乎也是勉強才有辦法開口回應。

「好了，快走吧。」

在外婆的催促下，俊一郎和曲矢一起爬上螺旋樓梯。最後看見的畫面是，外婆挺直腰桿，威風凜凜地與怪物對峙的背影。

兩人默然前進，誰都沒有開口。

沒多久，就到了樓梯間平台。

「等下出了這扇門，我走順時鐘方向，你走逆時鐘方向，到柱子的對面去，同時想辦法找幸運餅乾，可以吧？」曲矢說。

「要是遇見怪物，你就大叫。」

「曲矢刑警，你也是。」

「我會自己想辦法。」

他舉起手槍在俊一郎眼前晃了晃，俐落推開門。

兩人快速踏進四樓，正要分頭朝左右方前進時，又猛然停下腳步。

「這裡也是什麼都沒有。」

跟三樓一樣，映入眼底的就是地板、牆壁跟天花板。

「該不會跟剛才一樣……又起霧了吧？」

「看起來黑術師好像不愛用重複的招式——」

俊一郎在回答的同時，腦中一一回顧以往的那些案件。因為到四樓為止，黑術師安排的危險全都是跟過往案件有關的恐怖事物。

這一樓八成也……

雖然他如此推測，卻完全猜不出來這次會是什麼關卡在等著兩人。

「小心點。」

目送曲矢消失在柱子另一頭後，俊一郎也邁出步伐。

往前走時，他的目光不斷來回搜尋地板、牆壁、天花板和柱子，走得自然比較慢。可還是什麼都沒看見。真的是，什麼都沒有。

這是怎麼一回事？

他兀自疑惑，但依然保持警惕，繞著柱子走完半圈。

「唔哇。」

忍不住大叫。

「喂，這個是……」

背對著柱體上的那扇門，動也不動筆直站著的「那東西」另一頭，是曲矢。

「……對。『五骨之刃』案件裡的恐怖殺人魔。」

之前在摩館市的無邊館舉行的展覽《恐怖的表現》，一個打扮怪異的人忽然闖進宴會會場，大開殺戒的案子。

那件案子裡的凶手，臉上戴著電影《月光光心慌慌》裡殺人魔麥克邁爾斯的白色面具，面具上還附有殺人魔的頭髮，臉上則是《十三號星期五》裡傑森沃西的正字標記，曲棍球守門員用的面罩，身上穿了類似《德州電鋸殺人狂》裡皮面人的衣服。各家媒體因為他是「扮成恐怖電影殺人魔的殺人魔」，紛紛稱呼這位凶手為「恐怖殺人魔」或「變裝殺人魔」。

外貌與那位殺人魔一樣的大塊頭，現在正面向前方、直挺挺地站在通往五樓的那扇門前。不過與恐怖殺人魔不同，那傢伙左右腰際分別掛著小型斧頭跟開山刀。

「這傢伙動都不動耶。」

曲矢慢慢繞到這位恐怖殺人魔的正面，因此俊一郎也走了過去。

「只要我們不靠近那扇門，他應該就不會採取行動。」

「你怎麼知道？」

「你仔細看，石筍已經解決了。」

誠如俊一郎所言，十一根石筍從一開始就陷入了地板下。那扇門雖然緊閉著，但看來應該不需要開鎖了。

「也就是說，這傢伙是……」

「那扇門的守衛。」

「黑術師那傢伙，已經用光數字猜謎的哽了嗎？」

曲矢毫不留情地嘲諷。

「解開幸運餅乾裡的謎題，遠比把這傢伙從門前趕走還容易得多吧？」

俊一郎卻這麼回，他聽了就立刻露出不悅的神情。

「沒辦法在不吵醒恐怖殺人魔的情況下，進去那扇門嗎？」

「這種事辦得到嗎？」

「他跟門之間……幾乎沒有空隙呀。」

「喂喂，門是朝我們這邊開的，那傢伙擋在那就絕對行不通啦。」

「話雖如此，要跟這傢伙正面開戰也……」

沒想到曲矢立刻舉槍對準恐怖殺人魔的額頭。

「我陪他玩的時候，你就趁機開門先往上走。」

「槍也不知道有沒有用——」

「嗯，不知道，只能走一步算一步了。」

「怎麼可以——」

「你聽好，只要這傢伙一朝我走過來，你就立刻開門去五樓。」

「可是——」

「最糟的情況就是其實門鎖著，你還必須破解謎題——對手是黑術師的話，這也是有可能。」

「不可能——」

「才怪。事先預測有可能發生的情況，是偵探的工作吧？」

曲矢面露苦笑，神情又剎時轉為認真。

「你不要拖拖拉拉了。跟這種傢伙打，我是沒問題，不過駿作老師、新恒警部和愛染老師不曉得可以撐多久。要是擋不住了，那些黑色小蟲跟什麼蛞蝓人的說不定全都會從下面蜂擁而上。在那種事情發生前，你就要先殺了黑術師。」

「……」

「喂，你聽懂沒？」

「……嗯。」

「好，那就來囉。」

曲矢一說完，就立刻開槍。

磅。

那顆子彈不偏不倚地命中恐怖殺人魔的眉心，不過……

那傢伙像是因此被喚醒了，身體突然動起來，大步逼近曲矢。

又一聲槍響，這次正中恐怖殺人魔的胸口，但那傢伙依然沒有停下動作。

喀嗤、喀嗤。

子彈用盡的聲音傳來。

「快走！」

曲矢一心一意的吶喊，激勵了俊一郎。

他朝那扇門跑過去，飛撲似地握住門把，轉動。

拜託，打開吧！

喀擦。

伴隨著沉鈍的聲響，門朝自己開啟了。

俊一郎踩上螺旋樓梯之前，最後看見的畫面是，曲矢正要對恐怖殺人魔使出過肩摔的英姿。

外公、新恒警部、外婆、曲矢刑警──

俊一郎在心中反覆吶喊眾人的名字，打算一口氣奔上螺旋樓梯。但實際上，他的雙腿宛如鉛塊般沉重，很勉強才能一級級走上去。為了大家，自己得快點……心裡越是著急，抬起一隻腳的動作就越是艱難。

……可惡。

但俊一郎仍舊一步一步拚命爬上螺旋樓梯。

很諷刺地，也幸好他走得跟蝸牛差不多慢，因為他的頭忽然頂到東西，不能再上去了。要是他剛剛全速衝上來，應該多半已撞得眼冒金星了吧。

不過，因這個念頭鬆一口氣，也只是轉瞬間的事。

之前上每層樓的樓梯走完時，都會有一個平台，平台上有一扇門，打開門後，就能進到上一層樓。

但此刻既沒有平台也沒有門，螺旋樓梯就這麼突兀地結束了。即使他伸手摸索頭上的空間，也只摸到似乎是鐵製的天花板。他搞不清楚材質，因為這裡幾乎沒有光線透進來。

難道……這座塔本身，其實就是一個陷阱嗎？

從底下最多只能爬到四樓，要進到黑術師所在的最高樓層，會不會必須要從觀景台的五樓過去才行呢？如果外公先前說的話，就是登上塔頂的提示……

只能回頭了嗎？

濃烈的絕望襲來，俊一郎頓時感到一陣虛軟。

……不，現在放棄還太早。

他試圖讓自己冷靜下來。

應該再更仔細地檢查一下每個角落。

他用雙手手掌滑過頭頂上的鐵製天花板，四處摸索。結果發現一個右手正好能伸進去的洞。那個洞形狀狹長，摸起來像是把手。

……是這個嗎？

俊一郎往上一推，一開始感受到了一股阻力，接著在拐嘰嘰的刺耳聲響中，天花板被頂開了。

他膽顫心驚地探出頭，發現上頭跟下面幾層是一樣的圓形房間，唯一的差別在於正中央沒有柱子。

還有一個。牆壁前面有幾張椅子擺成一個圈。

這些椅子……

是要幹嘛——俊一郎兀自疑惑時，已走到螺旋樓梯的最後一階，站上五樓的地板，他轉過身，渾身一震。

那圈椅子裡，有一張上面，坐著一位披著黑色斗篷的人物。

……黑術師。

他的雙腿瞬間僵直，儘管勉強抬起緊繃幾乎到無法動彈的雙腿，頂多也只能走到螺旋樓梯跟椅子的中間，沒辦法再靠近了。

「我們終於見面了。」

從掩住頭部的斗篷裡，傳來宛如老巫婆般的聲音。

「……妳、妳就是黑術師嗎？」

斗篷清楚往下晃了一下。

「你再靠過來一點。」

「……我站這裡就好。」

結果，呵呵……對方似乎笑了起來。

「你這麼害羞啊。」

俊一郎的雙頰驀地泛紅，但不是因為害羞，而是出於憤怒。

「妳把斗篷拿下來，露、露出真面目來！」

「說的也是，畢竟我們好不容易才見上面——」

黑術師雙手捏住斗篷，往上一拋。

「……」

看到陡然出現的面容，俊一郎啞口無言。

「……」

他試圖要開口說些什麼，卻講不出話來。

「……」

等他終於有辦法發出聲音時，他說的是：

「……外、外婆？」

他的聲音裡滿是疑惑，同時一陣劇烈的頭痛襲來，他感覺自己不斷墜入深不見底的黑暗之中。

當時，俊一郎五歲，在關西的某地區，和雙親住在一間兩層樓的透天住家裡。

他出生前，爺爺和奶奶就已經過世了，因此只有住在奈良的外公和外婆，拿他當作寶貝孫子。老實說，外公給人一種有點難親近的感覺，他其實不太知道該怎麼跟外公相處，不過外婆體貼又有趣，他超喜歡外婆的。

只是不曉得什麼原因，媽媽似乎總是避免回娘家，就算偶爾帶俊一郎回去，也都早早離開。俊一郎跑去找外公時，媽媽的表情並不會不高興，但只要去跟外婆玩，她的神情就會流露出難以言喻的不安。

「不要跟這孩子說恐怖的故事，他會睡不著。」

對於外公，她只會這樣簡單提醒。

「妳不要開發這孩子的怪異力量。」

卻常會對外婆提出奇怪的警告。

「不是我開發的，這孩子天生就具備特殊的力量。」

但外婆總是曉以大義般地回。

「要是置之不理，這孩子將來會吃很多苦頭，必須從現在開始訓練，讓他慢慢習慣。」

「不是這樣吧。媽，都是因為妳多管閒事，這孩子才會出現奇怪的力量。」

兩人的看法隨時間經過越來越分歧。當年俊一郎還小，沒能完全理解她們的談話內容，卻也掌握住大致的意思。

在他的印象哩，媽媽和外婆總是在爭執。但有一件事，兩人的意見難得一致。

不能接近中庭那座塚。

就連平常很和善的外婆，也只有在提到那座塚時，會用相當嚴厲的語氣警告他。至於媽媽對那座塚根本是嫌惡忌憚到異常的程度了。每次媽媽帶俊一郎回娘家時，幾乎都無時無刻地緊盯俊一郎有沒有接近那裡，避諱地不得了。

沒多久，他們回外婆家的頻率漸漸降低，外婆好像有打電話來叫他們過去，但媽媽多半都直接拒絕。就算她在電話中答應，一旦到了當天又會臨時改變主意，或是把俊一郎託給相熟的鄰居，自己一個人回去。

媽媽明確與外公外婆保持著一段距離，而爸爸原本就跟媽媽的娘家不親近，從一開始就不干涉這件事。不，他搞不好根本連媽媽跟外婆的關係惡化都沒有發現。

俊一郎很長一段時間都沒再見到外公外婆。

而這段期間內，爸爸一直都不在家，令俊一郎頓覺不安。他知道媽媽說「爸爸去出差了」，可是也太久了吧。以前出差都沒有去這麼久吧？

他詢問媽媽。

「你在說什麼，爸爸不是已經回來了嗎？」

媽媽笑著走上二樓，去叫似乎是累到在房裡睡覺的爸爸。

俊一郎立刻後悔了，爸爸出差回來應該很累，正在好好休息，結果媽媽現在卻因為自己的緣故要去叫醒他。

自己去叫爸爸再繼續睡吧。

他暗自決定，不過從二樓走下來的爸爸，神情看起來並沒有特別疲倦，還陪自己玩。

「要不要玩捉迷藏？爸爸當鬼。」

爸爸去玄關，在那裡開始從一數到三十。

「一、二、三……」

俊一郎在客廳和廚房搜尋適合躲藏的地點，可是沒找到好地方。

「十一、十二、十三……」

接著他走進和室，心裡立刻漾開一抹感傷，他想起以前外公外婆來玩時，都是住在這間房。

「二十、二十一……」

沒時間了。和室裡只有壁櫥，感覺一下子就會被找到。

「二十三、二十四……」

俊一郎踮起腳尖避免發出聲響，動作迅速地奔上階梯，跑進爸媽的臥房，躲進媽媽衣櫥裡吊掛的整排衣服後面。而且他特別藏在一排大衣後，從外面完全看不見他的身影。

「二十七、二十八……」

他豎起耳朵，依稀可以聽見爸爸的聲音。

「二十九、三十。」

數數字的聲音停了，家裡安靜地彷彿連根針掉到地上都能聽見。

爸爸開始走動，四處尋找俊一郎了。他原本這麼以為，卻等了老半天都沒聽見動靜。

……爸爸在做什麼？

他滿心不可思議。他也想過，可能是因為自己沒有發出任何聲音，他正在豎耳傾聽，但這也實在太久了。

……該不會是睡著了吧？

爸爸可能還是太累了，數到三十以後，就不小心睡著了。那自己應該去叫醒他，叫他回床上好好睡。

……啪噠啪噠。

這次，樓下傳來奇異的聲響。像小鳥揮動翅膀般的聲音。

廚房嗎？

俊一郎開始想像聲音的來源。

……喀鏘。

又傳來奇怪的聲音，這次好像是浴室。

……咕、咕。

接著好像是客廳，

……嚕唰、嚕唰。

然後似乎又到了和室，但完全猜不透是什麼樣的聲音。

……淌、豆淌。

那個莫名其妙的聲響終於開始上樓了。

……咖哩哩、咖哩咖哩。

每一步還會發出怪異的聲響，聽起來一點都不像爬樓梯的聲音，但那毫無疑問是在一階階爬上來。

……外婆。

他不自覺地在內心向外婆求助。

……嘶噠、呵噠、呵噠。

那東西爬完樓梯，踏上二樓的走廊了。

要過來了……

沒多久，臥室的門好像開了。

進來了……

俊一郎清楚感覺到，那東西正在房裡徘徊。

……咯咚、咯咯咯咚。

但他完全想不透為什麼會有那麼奇怪的聲音。

喀擦。

衣櫃的門忽然開了。

……吟吟、吟吟吟。

那東西慢慢接近掛衣服的這一區，嘩地一聲，大衣類從中間被分開，一張臉突然探了過來。

「唔哇啊啊。」

俊一郎嚇到哭出來，爸爸笑著問。

「怎麼啦？很害怕嗎？」

伸出兩隻手，輕柔擦拭滑下他雙頰的淚水。

但接下來的發展就怪了，爸爸的雙手擺在俊一郎的顴骨後，雙手就一直維持著這個幅寬，慢慢縮回他自己的嘴巴前面。

接著，爸爸的嘴角突然向左右兩邊擴張、裂開，一直裂到兩手比的寬度為止。然後嘴巴驀地朝上下拉開，到那個血盆大口幾乎能一口吞下他的頭為止……

爸爸也是這樣被吃掉的。

俊一郎會突然領悟這件事，是因為那個嘴巴不斷張大的過程中，原本是父親容貌的那張臉慢慢轉變成媽媽的模樣。

但此刻，連媽媽的臉都看不出來了。

眼前所見是好幾百顆密密麻麻的牙齒，如蛞蝓般蠢動的艷紅色舌頭，和簡直像洞穴般的鮮紅色口腔。

……啪咕。

在整顆頭幾乎要被塞進那張血盆大口的瞬間，俊一郎昏了過去。等他醒來，人已經在外公外婆家裡，後來就由兩人帶大。

剛醒過來時，他很肯定是外婆救了自己。雖然不曉得外婆用了什麼方法，但自己平安無事就是最好的證據。

——小時候的恐怖回憶似乎徹底被封印在記憶的深處。

此刻卻一股腦湧現腦海，一幕幕清晰閃過。

「你想起什麼了？」

黑術師問。

「……捉迷藏。」

俊一郎回答的語調十分稚嫩，彷彿變回了小時候的自己。

「啊，那時候的——」

黑術師流露出懷念的神色，意外地綻開笑容。

「你那時候好可愛。」

黑術師深深看了俊一郎一眼。

「俊一郎，你長大了。」

咦……？

在領悟這句話的意思之前，俊一郎或許就先靠推理得出這個答案了。

自己為什麼會差點把黑術師看成外婆？

因為她的長相跟外婆極為相似。

那麼，有可能長這樣的人會是誰？

「……媽、媽媽？」

他下意識地喊出來。

「啊啊……」

那瞬間，黑術師歡喜地嘆了口氣，滿臉微笑。

「俊一郎，我總算見到你了……」

這時，俊一郎終於回過神。

「……不，不對。」

「什麼東西不對。」

「妳才不是媽媽。」

「你說什麼傻話。你可是我肚子痛了好久才生下來的。」

「……就算這樣，那也只是生物學上的母親，但妳不是養育我的媽媽。」

「你還保有出生後到五歲的記憶嗎？從你還是個小嬰兒，到五歲為止，明明都是我辛苦照顧你的……」

「那妳為什麼在我五歲時拋棄我？」

黑術師聽了便笑起來，笑到渾身都在發顫，妖豔又決絕。

「因為被那個吸引了。」

「……那個？」

「不對，應該說是，被迷惑了。」

「那個是指什麼？」

「當然是在奈良家中庭裡的那座塚啊。」

黑術師傻眼似地回答。

「那座塚裡，有一大堆你外婆封印的魔物，他們雖然是複數，但同時也是單數。」

「因為都被封印在一起，就結合成一體了嗎？」

「嗯，簡單來說就是這麼回事。」

「妳為什麼會被那東西迷惑？」

「呵呵呵。」

黑術師忽然發出尖銳刺耳的笑聲。

「孩子不懂父母心，還真是說對了。還不都是因為你，你從你外婆身上繼承了那個討厭的能力，有可能被那種魔物蠱惑，所以我們每次去那個家裡時，我不是都一直盯著那個塚嗎？」

「難道……」

俊一郎忍不住低喃。

「結果反而是妳被蠱惑了……嗎？」

「看起來是這樣沒錯。」

但黑術師的口吻宛如在說別人的事。

「外公和外婆說過的，跟那座塚有關的重大意外……就是指那件事吧？」

「他們好像很後悔。」

果然像是別人的事。

「外公和外婆知道妳……」

「一開始多半不知道，但後來應該有慢慢察覺吧？」

確實，不知從何時起，兩人的態度起了微妙的變化。

「我是只有向小林坦白自己的身分。」

「……果然是這樣啊。」

「哦，你知道嗎？」

「他跟我說話的態度，話中有話，所以我有猜過。而飛鳥信一郎似乎早就看穿了──」

正因為小林曉得黑術師的真面目，所以當俊一郎點名津久井是黑術師時，他才會那麼驚訝吧。畢竟以俊一郎的母親而言，津久井的年紀肯定太大了。

「妳的外表變成像外婆一樣，是咒術的影響嗎？」

「施咒很消耗身心能量啊。」

「既然這樣，那妳為什麼要一直引發咒術連續殺人案？話說回來，妳到底想做什麼？」

「我想和我的孩子一起玩，除此之外還會有什麼理由。」

黑術師回答得理所當然，俊一郎卻連一句話也回不了。

「可是你跟你外公外婆一起住在奈良家裡時，我沒機會下手。但後來你去了東京，還開了一家偵探事務所，我簡直高興壞了，機會終於來了。這下就能跟俊一郎一起玩了。而且我引起案件，不是也能讓你接到工作嗎？」

「這……」

俊一郎啞口無言。

就為了這種理由，讓那麼多人平白喪失生命嗎……？

不過，回顧自己接下的第一件委託案，「十三之咒」那件案子，一切的確正如黑術師所言，俊一郎心底不禁一陣戰慄。

「不過，那些遊戲也已經結束了。」

黑術師神態略顯慵懶地繼續說。

「俊一郎，現在我只想找你過來我這裡，兩人相依為命而已。」

「……妳那裡？」

「對。」

「……找我過去？」

「沒錯。」

「少自說自話了。」

俊一郎掏出外婆交給自己的符咒。

「我的使命是殺了妳，如此而已！」

「這樣的話，你一見到我時就該立刻動手了。」

黑術師不屑地說，指向他身後。

俊一郎反射性回過頭，闖入眼底的是一個極為怪異的生命體。

一個像是由無數隻黑色小蟲、復活的死者、蛞蝓人和恐怖殺人魔融合成的混合體，就站在螺旋樓梯旁。看起來就像是剛從樓下上來似地，無神地杵在那裡。

「看來不管是守在一樓的你外公、二樓的新恒警部、三樓的你外婆還是四樓的曲矢主任，都沒能徹底擋住那些威脅。所以他們跑上來後，就結合成了那樣的一個怪物。」

黑術師停頓了一會兒，才又再度開口。

「我話先說在前面，你是逃不了的。那怪物爬上來的螺旋樓梯，早在你恢復記憶的那段時間就崩塌了，現在那裡就是一個直通地獄深淵的大洞。」

「……」

「怎麼樣？只能拿那張符咒去殺死那個怪物了。」

「……」

「我都無所謂。看是要先讓那隻怪物逮住你，我再下手，還是要等你解決那隻怪物，我再用咒術抓你，慢慢下手，我都可以。總之，只要能讓你過來我這邊，怎樣都好。」

下個瞬間，俊一郎就衝了過去。

那個怪物跟自己的距離，和自己到黑術師的距離幾乎一樣。那麼，只要在怪物追過來之前，在黑術師額頭貼上符咒就行了。自己無預警地採取行動，想必黑術師也來不及施展咒術。他在轉瞬間就對情勢下了如此的判斷。

但俊一郎才向前跑了三、四步。

唔。

右腳就忽然被東西絆住，跌倒了。雙臂跟胸口陣陣發疼，他立刻看向腳邊，發現右腳踝被那隻怪物的觸手纏住了。

可惡，原來是蛞蝓人。

那隻觸手又突然咻咻咻地往回縮，要把地板上的俊一郎拖過去。

糟糕，這樣下去——

就會被那隻怪物逮住，再不甘願也不得不用符咒了。要是這麼做，就再也殺不了黑術師了。可是，如果輸給這隻怪物，結局不也是一樣？

該怎麼辦才好……

俊一郎的內心幾乎快被絕望淹沒，毫無反抗能力被拖過去時。

一個猴子似的嬌小身影從他腳的右邊迅速跳往左邊，怪物的觸手就斷了。

咦……？

他下意識地看向左手，更是詫異萬分。

什麼！

虎斑貓小俊正直挺挺地站在那裡。

「……小、小俊。」

喵——

小俊發出高亢的叫聲。

那果敢的叫聲，簡直像小俊在對自己的朋友俊一郎吶喊——你在幹嘛啦。

「這隻化貓還活著啊？」

聽見黑術師這句話，俊一郎回過頭正色道：

「小俊才不是化貓！」

「你還沒有發現喔？」

「發、發現什麼？」

「你最討厭汽車，甚至討厭到不願意坐車，是為什麼？」

對於俊一郎的疑問，黑術師也回以問題。俊一郎有一種非常討厭的預感，但還是如實回答了。

「因為我小時候很親近的一隻附近的野貓，被車子輾死了……」

「沒錯。那麼，你小時候唯一的一個朋友，又是誰呢？」

「當然是奈良那個家裡的小俊了。」

俊一郎理所當然地回答後，內心忽然騷動不安。

「真奇怪耶。你唯一的朋友應該只有小俊，但你又說跟一隻附近的野貓很親近……」

「……」

「換句話說，被車子輾死的，就是小俊。」

「……才、才不是。」

「當時你跟現在一樣，只擁有死視的能力，不過老實說，也還有許多未知數存在，因此你的力量、那座塚的力量，以及最重要的小俊本人的意願產生共鳴，讓那隻貓復活了。」

「……騙、騙人。」

「你說這種話，小俊也太可憐了吧。那隻貓可是擔心你擔心得要命，才會以那種方式回到人世……」

小俊此時正壓低身軀，凶狠地瞪著那隻怪物，一副隨時都會飛撲過去的模樣。俊一郎望著牠的身影，胸口一熱。

「一旦牽扯上那座塚，即使是死而復生，多半都會成為邪惡的化身。從這點來看，那隻貓可以算是特例了。只是牠身上的虎斑，不知為何多了一塊白色的部分，只有那裡跟生前的那隻貓不同。」

「……不只是毛色的問題，小俊跟妳完全不一樣。」

俊一郎說話的聲音就像是從心底深處擠出來的。

「哪裡不一樣？」

「儘管受到那座塚的影響，小俊也沒有改變，但妳卻成了邪惡的一方。小俊在復活後依然是我的好朋友，妳卻成為我的敵人。小俊的心意一直都很純粹，但妳的思想卻滿是邪惡。」

「……你、你根本什麼都不懂。」

黑術師臉上第一次浮現狼狽的神情。

「所以殺了好幾十個人嗎？」

「媽媽我是多為你著想……」

黑術師臉色驟變。

「這些事等你先過來，我再好好跟你解釋。」

「我拒絕！」

「俊一郎，以後我們母子就相依為命過日子，小時候你吃的苦，我都會補——」

「我要跟小俊一起回去，繼續當我的死相學偵探。我的夥伴，是小俊。」

「唉，好吧。」

黑術師嘆了口氣。

「等你過來以後，也會慢慢改變的。」

「誰要過去。」

黑術師輕輕一點頭，那隻怪物就筆直朝俊一郎走來。

喵！

小俊立刻衝出去，身姿靈巧地躍上半空中，揮動利爪劃開那隻怪物的臉。

怪物舞動觸手，每次小俊都迅速躲開，不斷向前後左右跳動，輕巧地避開攻擊。而且還會伺機跳向那隻怪物，不只臉，還接連劃傷對方的手臂、胸口、腹部和大腿。

好，就趁現在。

俊一郎想趁機將那張符咒貼上黑術師的額頭，他正要轉過身，朝黑術師衝過去。

眼角餘光卻忽然掃到小俊的身影，牠俐落閃過一根伸來的觸手後，前方隨即又有好幾根分支後的纖細觸手揮過來，其中一根牢牢捉住了小俊。

喵嗚嗚嗚嗚。

小俊的慘叫聲，讓俊一郎停下腳步。

小俊拚命想要掙脫，觸手卻越纏越緊，牠一臉痛苦。觸手上還有無數根牙齒，這樣下去，那些牙齒會毫不留情地啃咬小俊，最後吞噬牠。

「小俊——」

俊一郎大喊，雙腿已經衝了出去。

要從怪物手中救出小俊，勢必要用上符咒，但要是這麼做，就殺不了黑術師了。可是，不可能對小俊見死不救。

大家，對不起……

外公、新恒警部、外婆和曲矢的臉一張張浮現腦海，但俊一郎甩開那些畫面，右手抓緊符咒跑過去。

他想把符咒貼到逼近眼前的怪物臉上，右手卻咻咻咻地被觸手纏住。

可惡。

他慌張想用左手把那隻觸手扯開來時，才終於瞥見外婆給他的念珠。

用這個！

他用念珠去碰那隻觸手，觸手果然就鬆開了。他收好符咒，將念珠拉到右手的拳頭上，往怪物的臉上狠狠捶去。

咕噗。

怪物的臉在重擊聲中凹陷。

俊一郎一收回右拳，就把念珠硬是塞進怪物臉上凹陷的那個洞裡，再迅速退開。

他立刻轉頭去看小俊的情況，這時觸手正好鬆開了。小俊全身軟趴趴地倒在地上，又搖搖晃晃地努力站起身。

同時，那隻怪物正步履蹣跚地往後退，但俊一郎不確定它究竟受到多大的傷害，既然對方還沒倒地，可能就還沒徹底擊潰它，還不到能放心的時候。

還是只能用那張符咒……

俊一郎再次考慮起這件事。

喵～嗚、喵～嗚。

小俊叫了起來，那是小俊在跟俊一郎撒嬌時的叫法。

他轉過頭，發現小俊正專注地凝視著自己，腦海中頓時閃出小俊還是隻幼貓時的模樣。兩人開心玩耍時的小俊。

喵，喵。

小俊又叫了一聲，旋即就如利箭一般朝怪物衝過去。

「住手！小俊！」

俊一郎也跑了起來，但已經來不及了。

噠——小俊高高跳起的身軀，重重落在那隻怪物的臉上。原本就一直在後退的怪物，受到這個衝擊力，便順勢往後倒下，跟小俊一起直直掉進原本是螺旋樓梯的大洞。

俊一郎趕到洞穴邊緣。

「小俊喵啊啊啊啊啊！」

用盡全身力氣大喊，卻什麼都看不見了。

喵。

只有小俊回應他的叫聲，在漆黑的洞穴裡迴盪。不管過了多久，都沒有聽見摔落地面的聲音，或許是因為如同黑術師方才所說的，這個洞一直連接到地獄深淵的緣故。

「終究剩下你一個人了。」

塔裡，黑術師的聲音虛無地飄盪著。

「不過媽媽在這裡，你什麼都不用擔心。」

「妳才不是我媽媽！」

俊一郎大吼，右手握住那個符咒站起身。

「你看，媽媽有這麼多個呢。」

映入俊一郎眼底的畫面是，十幾個黑術師的身影，把牆壁旁那些椅子都坐滿了。

「猜猜看，哪一個才是真的呢？」

如同她自己說的，根本看不出差別在哪。不管哪一個黑術師，看起來都像是本人。

俊一郎朝剛才跟自己對話的那位黑術師走去。

「你一開始看到的是我沒錯，但現在可就不一定囉。」

不過對方一開口嘲諷，他立刻就失去信心。

「一般來說，反而會故意離開一開始坐的那張椅子吧。」

「這就是騙小孩的把戲。」

俊一郎環顧四周大喊，發現一開始那位黑術師正右方的椅子上坐的那位黑術師，雙眼瞄了他一下，但其他黑術師全都一直望向正面。

是她！

他在心中暗道，跑到那位黑術師面前。

「妳輸了。」

他邊說邊將符咒貼上面前的那個額頭，卻看見自己的右手插入對方頭部的畫面，背脊一陣發涼。

「呵呵呵呵。」

「哈哈哈哈。」

「噗哧。哇啦哇啦。」

那群黑術師異口同聲地嘲笑他。

「真不好意思，稍微捉弄了你一下。」

俊一郎努力想分辨究竟是哪一位黑術師在開口說話，但他實在是看不出來。不，就算他找出來了，那也可能只是黑術師的陷阱。

「你差不多該放棄了。」

「你一點勝算都沒有。」

「過來媽媽身邊吧。」

俊一郎深吸一口氣，再緩緩吐出來。接著，在往前走的同時，認真看向每一位黑術師。

「你再看一萬遍也看不出來的。」

「你絕對猜不到。」

「誰都看不透的。」

那群黑術師七嘴八舌地嘲諷他。

「還是你要每個人都貼符咒看看？」

「不過我會乖乖看你貼幾個人呢？」

「在你猜到真正的我之前，我就對你施好咒了。」

一直不停用言語打擊他。

「……」

但俊一郎只是沉默地在椅子前面徘徊。

然後——

「就是妳。」

一開口的同時，就揚手將符咒貼上黑術師的額頭。

「……為、為、為什麼？」

「妳問我——為什麼會知道嗎？」

俊一郎目光銳利地望著黑術師。

「因為我是死相學偵探。」

「咦……？」

「在這之中，身上出現死相的只有妳。」

框啷……整座塔開始晃動。

「啊啊啊啊……」

激烈又尖銳，幾乎要令人神經崩潰的慘叫聲炸裂開來，十幾位黑術師再次變回一個人，急遽開始腐敗，最終化為大量的塵土。

這就是黑術師的結局嗎……？

俊一郎親眼見證了這一刻，框啷框啷框啷……黑術師的塔開始崩塌。

剩下的，只有滾滾翻湧的粉塵。

終章

神保町的產土大樓「弦矢俊一郎偵探事務所」前面，亞弓滿懷期待地敲門。

可是裡頭依然沒有人回應。

……還沒回來嗎？

她從包包裡掏出備用鑰匙，熟練地開門。

哥哥之前明明說過，一星期後就會回來的。

她跟平常一樣動手打掃事務所和裡面的房間，心裡不安地嘀咕……哥哥他們都去了十幾天了。

他們是去了哪裡，做些什麼，亞弓自然不曉得，但她總感覺這一趟似乎非比尋常。

小俊喵也還沒回來。

俊一郎出門後，第二天牠還乖乖待在事務所，第三天下午過來時，小俊喵就不見了。起初還以為牠是在附近玩，但後來似乎都沒再回過事務所了。

等俊一郎回來後，要是知道小俊喵不見了……

不曉得會有多難過——亞弓在擔心的同時，又覺得說不定他們在一塊兒呢。

可是，那哥哥呢？

其實亞弓也想過要聯繫俊一郎的老家奈良那邊，但又放棄了。因為他離開的隔天，有一個大紙箱以她為收件人寄到事務所來。

裡面裝的是俊一郎的外公，弦矢駿作數量眾多的原稿。但寫給她的那張信箋上只說，「萬一大家沒有回來，妳就把這些原稿念出來」，實在搞不懂這到底怎麼回事。

不過看完那封信後，亞弓隱約猜到這一趟出門的不只是哥哥跟俊一郎，俊一郎的外公外婆和新恒警部似乎也一起去了。光是得知這個消息，就讓她稍稍放下心來。

再等等看吧。

拜那封信所賜，她才能耐住性子。因此，當過了這麼久還是沒人回來後，她開始考慮來念弦矢駿作的原稿。

一方面也因為她忽然想起，俊一郎之前說過的一句奇特的話。

『外公的原稿裡面寄宿著言靈。』

令她忍不住期待，是不是只要念出聲，就會發生什麼奇蹟呢？

那樣一來……

應該就能再見到大家了吧。亞弓有這樣的預感。

九月上旬一個酷熱的下午，一個委託人拿著介紹信來到「弦矢俊一郎偵探事務所」。

……喵。

國家圖書館出版品預行編目資料

死相學偵探最後的案件 / 三津田信三作；莫秦譯
. -- 一版 . -- 臺北市：臺灣角川，2021.11
面；　公分 . --（文學放映所；90）

譯自：死相学探偵最後の事件
ISBN 978-986-524-976-2(平裝)

861.57　　110016134

死相學偵探最後的案件

原著名＊死相学探偵最後の事件

作　　者＊三津田信三
封面插畫＊田倉トヲル
譯　　者＊莫秦

2021年11月25日　一版第1刷發行

發 行 人＊岩崎剛人
總 編 輯＊呂慧君
編　　輯＊林毓珊
美術設計＊林慧玟
印　　務＊李明修（主任）、張加恩（主任）、張凱棋

台灣角川

發 行 所＊台灣角川股份有限公司
地　　址＊104台北市中山區松江路223號3樓
電　　話＊（02）2515-3000
傳　　真＊（02）2515-0033
網　　址＊http://www.kadokawa.com.tw
劃撥帳戶＊台灣角川股份有限公司
劃撥帳號＊19487412
法律顧問＊有澤法律事務所
製　　版＊尚騰印刷事業有限公司
I S B N＊978-986-524-976-2